J. von Harten / K. Henniger

Niedersächsische Volksmärchen und Schwänke

J. von Harten / K. Henniger

Niedersächsische Volksmärchen und Schwänke

1. Auflage 2011 | ISBN: 978-3-8460-0200-1

Erscheinungsort: Paderborn, Deutschland

Reprint des Originals von 1908.

Niedersächsische Volksmärchen und Schwänke

Gesammelt und herausgegeben von
J. von Harten u. K. Henniger

·········· Mit Zeichnungen ··········
von Edm. Schaefer · Bremen

1908
Niedersachsen-Verlag Carl Schünemann · Bremen

Unserm lieben Landsmann

Wilhelm Raabe,

dem Altmeister deutschen Humors,

in herzlicher Verehrung

gewidmet

von den Herausgebern.

Vorwort.

Das war eine schöne Zeit, als sich noch Großmutter oder
Mutter und Kinder abends in der Schummerstunde um den
warmen Ofen versammelten. Das Feuer bullerte, die Brat=
äpfel brutzelten, und das Kätzlein schnurrte. Und nun begann
Großmütterlein zu erzählen von Riesen und Zwergen, von Prinzen
und Prinzessinnen, von Hexen und Zauberern, von guten und
bösen Tieren und von allerhand Schabernack und Schelmen=
streichen. Oft war's recht gruselig anzuhören, doch zum Schluß
wurde alles wieder gut. Gar zu schnell verging dabei die
Zeit, und immer wieder baten die Kinder: „Großmutter, noch
eins!" —

In unseren Tagen ist die schöne alte Sitte des Märchen=
erzählens am heimischen Herd immer seltener geworden. Doch
das Verlangen der Kinder nach Märlein und lustigen Geschichten
ist nicht erloschen. Aber an die Stelle der märchenkundigen
Großmutter und Mutter ist das Märchenbuch getreten. Und
es ist gut, daß die alten Märlein und Schwänke nicht ganz
in Vergessenheit geraten sind. Denn unsere Volksmärchen
sind nicht nur von hohem dichterischen Wert, sie sind auch
wahrhaft sittlich bildend. In die trockene Prosa des alltäg=
lichen Lebens weben sie einen goldenen Schimmer von Poesie
und echt deutscher Gemütstiefe. Und wer als Kind mit seinen
Märchenhelden gejubelt und gelacht, gefühlt und geweint hat,
wird auch als Erwachsener nicht teilnahmlos an fremdem Leid
vorübergehen, sondern handelnd und helfend zugreifen, wie er
es gelernt hat an den Lichtgestalten seiner Märchenwelt.

5

Da danken wir's vor allem dem rastlosen und verständnisvollen Sammlerfleiß der Brüder Grimm, die vor etwa 100 Jahren die schönsten Blüten aus dem deutschen Märchenwalde gepflückt und zu einem stattlichen Strauße vereint haben. Wer dächte nicht mit lebhafter Freude zurück an die vielen köstlichen Stunden, die ihm durch die „Kinder- und Hausmärchen" der Brüder Grimm erwachsen sind! Und angefeuert durch das Beispiel dieser beiden verdienstvollen Forscher haben sich in der Mitte des vorigen Jahrhunderts noch viele andere Männer um die Erhaltung der schönen alten Volksmärchen, -sagen und -lieder in den verschiedensten deutschen Landesteilen bemüht. Leider sind ihre Sammlungen wenig bekannt geworden und größtenteils nur noch in alten Büchereien zu finden. Und doch enthalten auch sie noch viel Schönes, ja, weit Wertvolleres, als die meisten der so viel gekauften Bücher mit Kunstmärchen. Daneben hat der nie ruhende dichterische Volksgeist auch in unserer Zeit noch hier und da manch Blümlein echter Volksmärchen ans Licht gebracht.

Bei der Herausgabe unseres im vorigen Jahre erschienenen Buches „Niedersachsens Sagenborn" *) lernten wir nun auch den großen Reichtum unseres heimatlichen Märchenschatzes kennen. Zwar paßten die Volksmärchen und märchenhaften Schwänke nicht in den Rahmen unserer Sagensammlung, doch wäre es schade gewesen, wenn wir diese weit poetischeren Erzeugnisse heimatlicher Volksdichtung unbeachtet gelassen hätten. Denn auch das Märchen ist ein heiliges Vermächtnis unserer Vorfahren und für ihr Sinnen und Handeln nicht minder bezeichnend als die Sage. Und so haben wir uns denn entschlossen, dem Sagenborn in diesem Jahre eine Sammlung der schönsten niedersächsischen Volksmärchen folgen zu lassen.

---

*) Eine Sammlung der schönsten Sagen und Schwänke aus dem südlichen Niedersachsen, ausgewählt und zusammengestellt von K. Henniger und J. von Harten. Mit Buchschmuck von A. Busch-Breslau. Verlag von A. Lax-Hildesheim. (Zu beziehen durch jede Buchhandlung.) Ein zweiter Band, der die Sagen des niedersächsischen Tieflandes umfassen wird, befindet sich in Vorbereitung.

Wir haben dabei unserem alten Grundsatze gemäß nur dichterisch wertvolle und sittlich einwandfreie Stoffe aufgenommen, an denen sowohl Kinder als Erwachsene ihre Freude haben werden. Da viele der Märchen uns in verschiedener Darstellung vorlagen, so haben wir uns bemüht, stets die beste und volkstümlichste Fassung zu wählen und eine Wiederholung desselben Motivs möglichst zu vermeiden. Märchen, die sich in ähnlicher Form bei den Brüdern Grimm vorfanden, haben wir unberücksichtigt gelassen; nur wo sich wesentlich neue Züge zeigten oder wo das heimatliche Empfinden es gebot, wie bei Dr. W. Schröders „Wettloopen twischen den Swinegel un den Haasen up de lütje Heide bi Buxtehude", sind wir von dieser Regel abgewichen. Noch mehr Raum als beim Sagenborn haben wir — auf vielseitigen Wunsch — den mancherlei Mundarten unseres niedersächsischen Heimatlandes gewährt. Besonders bevorzugt haben wir dabei Stücke heiteren Inhalts, d. h. Schwänke mit vorwiegend märchenhaftem Charakter. Um die Verbreitung des Buches in den weitesten Volkskreisen zu ermöglichen, haben wir die ganze Sammlung von 60 Märchen auf zwei Teile zu je 30 Nummern verteilt, wovon die Märchen des ersten Teiles dem südlichen, die des zweiten dem nördlichen Niedersachsen entstammen. Daneben erscheinen die 60 Märchen in einem in Leinen gebundenen Doppelbande.

Gewiß wird es noch manch andere schöne niedersächsische Volksmärchen geben, die uns bei der Abfassung der vorliegenden Sammlung unbekannt geblieben sind. Wir richten daher an alle Freunde niedersächsischen Volkstums die Bitte, solche Märchen, die weder bei Grimm noch in unserer Sammlung enthalten sind, aus Volksmund aufzuschreiben und uns oder dem Niedersachsenverlag einzusenden. Hoffentlich wird es uns dadurch ermöglicht, noch weitere Bände mit niedersächsischen Volksmärchen und Schwänken folgen lassen zu können.

Allen denen aber, die uns bereits bei der Sammlung der vorliegenden 60 Märchen liebenswürdigst unterstützt haben, so der Witwe unseres Stader Volksschriftstellers D. Abbenseth, den Herren Verlegern oder Eigentümern der noch nicht verlagsfreien Märchensammlungen (f. Quellenangabe), sowie den Herren Stadtbibliothekar Hahn und Redakteur G. F. Konrich-Hannover, Fr. Husmann-Lehe, H. Kerkhoff-Leer, G. Müller-Suderburg, G. Ruseler-Oldenburg, Professor H. Sohnrey-Berlin, Professor W. Wisser-Oldenburg sei auch an dieser Stelle für ihr freundliches Entgegenkommen herzlichst gedankt.

Zum Schluß sei noch darauf hingewiesen, daß der rührige Niedersachsenverlag keine Opfer gescheut hat, die Sammlung durch einen tüchtigen heimatlichen Künstler würdig ausstatten zu lassen und trotzdem den Preis der einzelnen Bände so niedrig wie möglich zu bemessen. —

Und nun zieht hinaus, ihr schönen niedersächsischen Volksmärchen und Schwänke, macht unsern Landsleuten jung und alt die gleiche Freude, die ihr uns während der Zeit des Sammelns bereitet habt, und werdet ein Heimats- und Volksbuch gleich Grimms Kinder- und Hausmärchen!

Die Herausgeber.

Die drei Burschen und der Riese.

Es waren einmal drei Burschen, die wollten unter die Soldaten gehen. Als sie schon eine ganze Weile marschiert waren, kamen sie in einen großen Wald, darin stand ein gewaltiges Haus, in welchem ein Riese wohnte. Sie fürchteten sich aber gar nicht vor dem Riesen, sondern gingen ruhig vorüber und grüßten ihn.

Als sie nun an das Ende des Waldes kamen, begegnete ihnen der Hauptmann der Soldaten; zu dem sagten sie: „Nimm uns an, wir wollen Soldaten werden." — „Ja," sagte der Hauptmann, „das will ich wohl; aber habt ihr auch Mut?" — „An Mut fehlt's uns nicht," sagte der erste. — „Nun, so gehe denn hin und hole mir den Spiegel des Riesen," sprach der Hauptmann. Da ging der erste Bursche

9

fort und kam an das Riesenhaus. Und wie er davor stand, sah die Mutter des Riesen zum Fenster hinaus. Da fragte er sie, ob sie keine Arbeit habe. „Nein," sagte sie, „für dich keine," und da machte sie das Fenster zu. Der Bursche aber schlich sich sogleich ins Haus und versteckte sich im Ofen. Als es nun Nacht war, kroch er heraus, nahm dem Riesen den Spiegel weg und brachte ihn dem Hauptmann. Der freute sich sehr und zog ihm sogleich den bunten Rock an, und da ward er Soldat.

Nun sagte der Hauptmann zum zweiten: „Hast du auch Mut, so kannst du auch Soldat werden." Antwortete der zweite: „Mut habe ich schon, ich will dem Riesen das Laken unter dem Leibe fortnehmen." — „Ja," sagte der Hauptmann, „wenn du das kannst, sollst du sogleich Unteroffizier werden." Da ging der zweite auch fort, und als er an das Riesenhaus kam, lag wieder des Riesen Mutter im Fenster. Die fragte er, ob sie keine Arbeit hätte. „Keine für dich," sagte die Alte und machte das Fenster zu. Da schlich er sich sogleich ins Haus und versteckte sich im Ofen. Und als es Nacht war, kroch er hervor, ging hin an das Bett des Riesen und zog ihm das Laken unter dem Leibe weg, bis auf den letzten Zipfel; den konnte er nicht hervorziehen, denn darauf lagen die Beine des Riesen und noch ein paar große Backsteine. Da nahm er die Backsteine leise herunter, zog das Laken hervor und brachte es dem Hauptmann. Da ward er sogleich Unteroffizier, und sie zogen ihm einen noch schöneren bunten Rock an als dem ersten.

Nun sagte der Hauptmann zum dritten: „Wenn du hin= gehst und mir den Riesen selber bringst, so sollst du gleich an meine Stelle kommen." — „Ja," sagte der dritte, „dann muß ich aber auch ein großes Haus haben mit acht Zimmern und acht Tischen." — „Ja," sagte der Hauptmann, „das sollst du haben." Und da ging der dritte auch weg. Als er nun zum Riesenhause kam, lag der Riese selber im Fenster und

10

rief hinunter: „Erdwürmchen, ich werde dich bald freſſen!“
— „Nun, nun,“ ſagte der dritte, „mach mir nur nicht bange!“
ging hinein ins Haus, bot dem Rieſen die Zeit und fragte
ihn, ob er ſich nicht wolle einen Sarg machen laſſen. „Wozu
doch?“ fragte der Rieſe, „ich bin ja noch friſch und geſund.“
— „I nun,“ ſagte der Burſche, „wenn du einmal ſtirbſt, ſo
haſt du doch gleich einen Sarg und kannſt dich darin ehrlich
und anſtändig begraben laſſen.“ Das gefiel dem Rieſen, und
er ſagte zu dem Burſchen, er ſollt's nur machen. Darauf
hieben ſie einen großen Lindenbaum um, der draußen vorm
Hauſe ſtand, und der Burſche machte ſich ſogleich an die Arbeit.
Als er damit fertig war, ſagte er zum Rieſen: „Leg dich doch
einmal hinein, damit ich ſehe, ob's auch die rechte Länge hat.“
Da kam der Rieſe und legte ſich hinein. Aber kaum war er
drin, ſo klappte der Burſch den Deckel zu, ſchlug ihn mit ein
paar gewaltigen Nägeln feſt, nahm den Sarg auf den Rücken
und ging davon.

Als er nun zum Hauptmann kam, wollte der's nicht
recht glauben, daß er den Rieſen habe. Da machte er
ſogleich den Deckel auf, und der Rieſe wollte herausſpringen.
Aber der Burſche packte ſchnell zu, und der Rieſe war jetzt
ſo zahm geworden, daß er himmelhoch bat, ſie möchten ihn
doch nur laufen laſſen, er wolle ja keinem etwas zuleide tun.
Da kam denn der dritte Burſche an des Hauptmanns Stelle
und bekam ein Haus mit acht Zimmern und acht Tiſchen und
lebte darin zufrieden und glücklich bis an ſein Lebensende.

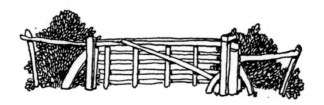

Das weiße Kätzchen.

Es war einmal ein König, der hatte drei Söhne, von denen der jüngste etwas albern war und von den andern immer gering geachtet und zu den niedrigsten Arbeiten gezwungen wurde. Als der König nun alt wurde, sagte er zu seinen Söhnen: „Ich bin jetzt der Regierung müde; ziehet aus, und wer von euch mir einen Kahn heimbringt, an dem weder Nagel noch Pflock ist, der soll das Königreich und die Krone haben."

Da zogen sie alle drei aus; aber die beiden ältesten sprachen zum jüngsten: „Zieh du nur allein hin, wo du Lust hast, du bringst den Kahn doch nicht" und verließen ihn mitten in einem Walde. Da setzte er sich auf einen Baumstamm und verzehrte sein Frühstück. Und wie er da saß, kam ein kleines Männchen daher, das fragte ihn, wohin er denn wolle. Der Königssohn erzählte ihm alles und sagte: „Setz dich doch her zu mir und iß mit; ich habe noch Essen genug, das reicht wohl für uns beide." Da setzte sich das weiße Männchen zu ihm, und als es gegessen hatte, legte es sein Köpfchen auf den Schoß des Königsohnes und schlief ein. Da wehrte ihm der Königsohn die Fliegen ab, daß sie es nicht wecken möchten; und als es nun wieder erwachte, hieß es den Königsohn mit auf sein Schloß kommen, da solle er haben, was er suche.

Da ging der Königssohn mit, und als sie nun ins Schloß kamen, sprang dem Männchen ein weißes Kätzchen entgegen, das sah ihn so wehmütig an und drängte sich auch an den Königsohn und machte einen Buckel. Und er kraute es am Kopfe, da war es so freundlich und sah ihn an, als hätte es sprechen mögen. Im Zimmer aber setzten sie sich an einen Tisch, und nun trug das Kätzchen Schüsseln und Teller herbei, und sie aßen und tranken. Das Kätzchen setzte sich auch mit an den Tisch und aß auch mit. Als sie sich nun an Speise

12

und Trank erquickt hatten, führte das weiße Männchen den Königssohn in ein Nebenzimmer, da stand eine lange Reihe von Kähnen, an denen war weder Pflock noch Nagel. Davon mußte sich der Königssohn einen aussuchen, und als er ihn nun mitnehmen wollte, sagte das weiße Männchen: „Nein, damit sollst du dich nicht beschweren; zieh nur ruhig heim, ich will ihn dir schon nachschicken." Das war der Königssohn zufrieden, nahm Abschied und zog wieder heim.

Als er am Hofe seines Vaters ankam, waren die andern beiden Brüder auch schon da, und als sie nun sahen, daß er keinen Kahn mitbrachte, riefen sie: „Wir wußten's ja gleich, du wirst den Kahn nicht bringen!" Der jüngste aber sprach: „Wartet nur ein wenig, der meine kommt nach." Und wie er das noch sagte, kamen auch schon die Sklaven mit seinem Kahn daher und das gab ein Glitzern und Blinkern in der Sonne, daß sich alle die Hand vor die Augen halten mußten. Da mußte denn der Vater wohl sagen, daß des jüngsten Kahn der beste sei; denn an denen der beiden andern war doch hier und da ein Pflock oder Nagel zu sehen. Aber das Königreich mochte er ihm doch nicht geben, sondern er sagte, sie müßten noch eine Probe bestehen: wer ihm die feinste Stiege Leinwand brächte, der solle König sein.

Da zogen sie alle drei wieder aus, und als sie in den Wald kamen, verließen die beiden älteren wieder den jüngsten und sagten: „Wo du den Kahn geholt, magst du auch die Stiege Leinwand holen!" und gingen davon. Als sie nun schon weit, weit fort waren, da kam das weiße Männchen wieder, und der jüngste teilte wieder sein Frühstück mit ihm, und es fragte ihn, wohin er wolle, und er erzählte ihm alles. Da nahm ihn das weiße Männchen wieder mit auf sein Schloß, und das weiße Kätzchen war auch wieder da. Und sie aßen und tranken wieder wie das erste Mal, und das weiße Kätzchen aß auch mit am Tisch und setzte sich neben den Königssohn, und er streichelte ihm den Rücken, daß es einen

Buckel machte und sich so recht an ihn drückte. Als sie nun gegessen und getrunken hatten, sprang das Kätzchen fort, kam aber gleich wieder und brachte dem Königssohn eine Haselnuß, und das weiße Männchen sagte ihm, damit solle er nur heim=gehen.

Da zog er fort und kam wieder zu seinem Vater. Die beiden andern waren aber auch schon da und hatten jeder eine prächtige Stiege Leinwand gebracht. Nun gab er seinem Vater die Haselnuß, und als er die aufmachte, lag ein Gersten=korn drin, und als er das öffnete, lag eine Stiege Leinwand drin, die glänzte wie Seide und war so fein, daß man die Fäden gar nicht sehen konnte. Aber der Vater mochte dem jüngsten doch das Reich noch nicht geben und sagte: „Aller guten Dinge sind drei; zieht noch einmal aus, und wer mir die schönste Prinzessin heimbringt, der soll das Reich haben." Denn er dachte, den Kahn und die Leinwand mag er wohl von einer Hexe bekommen haben, aber eine Prinzessin bringt er nimmermehr.

Da zogen sie alle drei wieder aus, und es ging alles wie an den beiden vorigen Malen. Als der jüngste Königssohn aber dem weißen Männchen seine Aufgabe gesagt hatte und mit ihm ins Schloß kam, da sagte es zu ihm: „Nun haue dem Kätzchen die vier Pfoten und den Kopf ab!" Aber das wollte der Königssohn nicht und sagte, seinem lieben Kätzchen könne er nichts zuleide tun; doch beruhigte ihn das weiße Männchen wieder und sagte, er solle es nur tun, es würde noch alles gut werden. Und da nahm er denn das Kätzchen, legte es auf einen Block und hieb ihm die eine Pfote ab.

Da gab es einen gewaltigen Donnerschlag, daß das Haus erbebte. Und als er sich von seinem Schrecken erholt hatte und auf das Kätzchen blickte, da sah er statt der Pfote ein Menschenbein und merkte sogleich, daß es eine Verwünschung sei. Da hieb er schnell auch die anderen Pfoten und den Kopf ab, und da stand auf einmal die schönste Prinzessin von

14

der Welt vor ihm und war erlöst. Und das weiße Männchen und alles, was sonst noch im Schlosse verwünscht gewesen, war auch erlöst. Und er heiratete die Prinzessin und zog heim zu seinem Vater und bekam nun zu dessen Königreich noch das seiner Braut hinzu.

Die Frâ[1], dos Hippel[2] un dos Hindel[3].

's is emâl 'ne Frâ kewâsen[4], die hot e Hippel unne Hindel kehot[5] un hot wulla ze Chârmarrikt[6] kîn[7]), un do spricht se ze den Hippel, 's full darhem blâm[8]). Do tut's dos Hippel toch nit, un do spricht se ze den Hindel: „Hindel, bâß[9] es Hippel, Hippel will nit hem kîn, doß ich konn ze Chârmarrikt kîn!" Aber dos Hindel hot's Hippel nit kebiffa, 's Hippel hot nit wulla hem kîn, doß se kunt ze Chârmarrikt kîn.

Dâ kimt[10] se bâ'n Steckel[11]); spricht se: „Steckel, schlâ's Hindel, Hindel will nit Hippel bâßa, Hippel will nit hem kîn, doß ich konn ze Chârmarrikt kîn!" Aber's Steckel hot's Hindel nit kschlân, 's Hindel hot's Hippel nit kebiffa, 's Hippel hot nit wulla hem kîn, daß se kunt ze Chârmarrikt kîn.

---

[1] Frau. [2] Ziegenlamm. [3] Hündlein. [4] gewesen. [5] gehabt. [6] Jahrmarkt. [7] gehn. [8] bleiben. [9] beiß. [10] kommt. [11] Stock.

Då kimt se bå'n Feier¹); spricht se: „Feier, prenne
mål 's Steckel, Steckel will Hindel nit schlån, Hindel will
Hippel nit båßa, Hippel will nit hem kîn, doß ich konn ze
Chårmarrikt kîn!" Åber's Feier hot's Steckel nit kepront²),
's Steckel hot's Hindel nit kschlån, 's Hindel hot's Hippel nit
kebissa, Hippel hot nit wulla hem kîn, doß se kunt ze Chårmarrikt kîn.

Då kimt se bå'n Wosser; spricht se: „Wosser, lesche³)
mål Feier, Feier will nit Steckel prenna, Steckel will nit
Hindel schlån, Hindel will nit Hippel båßa, Hippel will nit
hem kîn, doß ich konn ze Chårmarrikt kîn!" Åber's Wosser
hot's Feier nit kelescht, 's Feier hot's Steckel nit kepront, 's
Steckel hot's Hindel nit kschlån, 's Hindel hot's Hippel nit
kebissa, Hippel hot nit wulla hem kîn, doß se kunt ze Chårmarrikt kîn.

Då kimt se noch 'en Uchs⁴) un spricht: „Uchs, såf⁵)
mål Wosser, Wosser will nit Feier lescha, Feier will nit
Steckel prenna, Steckel will nit Hindel schlån, Hindel will nit
Hippel båßa, Hippel will nit hem kîn, doß ich konn ze Chårmarrikt kîn!" Åber dar Uchs hot nit Wosser kesuffa, 's
Wosser hot's Feier nit kelescht, 's Feier hot dos Steckel nit
kepront, 's Steckel hot's Hindel nit kschlån, 's Hindel hot's
Hippel nit kebissa, Hippel hot nit wulla hem kîn, doß se kunt
ze Chårmarrikt kîn.

Då kimt se noch 'en Fläscher⁶) un spricht: „Fläscher,
schlochte mål en Uchs!" Un do hot dar Fläscher den Uchs
schlochta wulla, un do hot dar Uchs kfåt, hår wulle 's Wosser
hfåfa, un do hot's Wosser kfåt, 's wulle 's Feier lescha, un's
Feier hot kfåt, 's wulle 's Steckel prenna, un's Steckel hot kfåt,
's wulle 's Hindel schlån, un's Hindel hot kfåt, 's wulle 's
Hippel båßa, un's Hippel hot kfåt, 's wulle hem kîn, doß såne
Frå kenne ze Chårmarrikt kîn.

---

¹) Feuer. ²) gebrannt. ³) lösche. ⁴) Ochs. ⁵) sauf. ⁶) Fleischer.

16

Der Zauberring.

Ein Bergmann hatte Langeweile. J, denkt er, du gehst hinaus in den Wald und holst dir ein Schulterstück (d. h. eine Stange Holz). Die Pfeife wird angesteckt, Tabak in den Beutel getan, und nun soppt er langsam die Schulenberger Höhe hinauf und in den Wald hinein. Dort weiß er zwei trockene Bäume; von grünen darf er nichts, sonst kriegt er mit dem Förster Krakeel.

Er kommt bald hin, aber es steht nur noch ein trockener Baum da, und der andere war ein Apfelbaum, daran hängen mehrere Äpfel. Spaßeshalber mußt du dir doch einen Apfel davon mitnehmen; denn Apfelbäume im Tannenwald, das ist eine große Seltenheit hier auf dem Harze, denkt er. Er schlägt sich also einen Apfel mit einer Stange ab und steckt ihn bei. Darauf macht er sich sein Schulterstück zurecht, huckt's auf und geht nach Haus. Im Holzschauer setzt er's in die Ecke und denkt, morgen holst du dir noch eins und so alle Tage bis zum Sonnabend, dann schneidest du's und kriegst dann schon ein artig Teil Winterholz. Dann geht er in die Stube, holt seinen Apfel aus der Tasche und will ihn essen. Als er hineinbeißt, kommt er auf etwas Hartes, und sieh, es steckt ein goldener Ring darin. Hättest du dir doch alle Äpfel abgeschlagen, denkt er, so hättest du heute genug verdient; es ist wohl noch Zeit. Gleich macht er sich noch einmal fort und ist auch bald wieder dort. Aber wer nicht dort ist, das ist der Apfelbaum mit seinen Äpfeln. Nimmst du dir ein Schulterstück mit, denkt er, so hast du doch etwas für deinen Weg. Er steckt den Ring an den Finger; bisher hat er ihn in der Hand gehabt und oft besehen und sich darüber gefreut. Nun steckt er ihn an; denn sonst wäre er ihm im Wege gewesen. Er ladet wieder auf, und fort geht's nach Haus.

Unterwegs begegnen ihm Leute, die laufen weg; er weiß aber nicht, warum. Als er nach Zellerfeld kommt, laufen die Alten und Jungen vor ihm weg; er weiß nicht, warum. So geht's auch, als er auf den Hof kommt, und seine Kinder sind da, die laufen ins Haus; er weiß aber noch nicht, warum. Zuletzt geht er in die Stube, wo seine Frau und seine Kinder sind. Er fragt: „Worim laft ihr denn vor mer wack*)?" Da wollen sie auch alle wieder ausreißen. Er riegelt aber gleich die Tür zu. Da klärt sich's auf. Sie hören ihn wohl, können ihn aber nicht sehen; das ist so schaurig gewesen. Da fällt ihm der Ring ein. Halt, denkt er, sollte der wohl schuld daran sein? Er zieht ihn ab, und richtig, da sehen sie ihn in der Stube stehen. Nun erzählen ihm seine Kinder, da wäre ein Stück Holz durch den Torweg gekommen, das hätte in der Luft geschwebt, und niemand hätte es getragen. Auch wär' es ganz allein in den Holzstall gegangen und hätte sich von selbst in die Ecke gestellt; darum wären sie vor Furcht hereingelaufen. Und in der Stube hätten sie seine Stimme gehört, aber ihn nicht gesehen, da wären sie noch banger geworden. Jetzt weiß er Be= scheid: der Ring macht ihn unsichtbar. Er probiert ihn nun erst ordent= lich aus, und richtig, es ist so, wer ihn an= steckt, der ist gleich unsicht= bar.

Damit hat der Bergmann denn manches belauscht und hat vieles ge= sehen, was an= dere nicht ge= sehen haben. Als er aber tot gewesen ist, da ist der Ring auch weg ge= wesen.

*) „Warum lauft ihr denn vor mir weg?"

18

Der Schmied und die drei Teufel.

Es ging einst ein Schmied in die Fremde auf die Wanderschaft. Auf dem Wege begegnete ihm ein kleines Männchen, das ihn um ein Almosen bat. Der Schmied hatte nur noch einen Pfennig, den gab er ihm, und das Männchen gab ihm dafür einen großen Sack und sagte: „Wenn du zu jemandem sprichst: Schnapp in Sack, so sitzt er drin und kann nicht heraus, bis du ihn frei gibst." Der Schmied dankte und ging weiter.

Des Abends kam er in ein Wirtshaus und wollte da bleiben; der Wirt aber wollte ihn nicht behalten. Da sprach der Schmied: „Schnapp in Sack," und husch, saß der Wirt darin und konnte nicht heraus. Jetzt legte er sich aufs Bitten und versprach, ihn zu behalten, wenn er ihn herausließe. Der Schmied befreite also den Wirt und hatte Nachtquartier. Nun war der Wirt so freundlich, daß man ihn hätte um den Finger wickeln können. Dabei erzählte er seinem Gast, oben im Hause wäre eine Kammer, da kämen alle Nacht drei Teufel zusammen und spielten Karten. Dann gäb' es einen Heiden=lärm, daß keiner im Hause schlafen könne. Wenn er nur diese Quälgeister wegschaffte; Geld solle er dafür haben, so viel er nur tragen könne. „Jawohl", sagte er, „das soll ein Teufels=spaß werden, wenn ich die schwarzen Gesellen im Sacke habe!"

Halbzehn abends ging er auf die Kammer und wartete. Da kam denn ein Teufel an, und als er den ungeladenen Gast auf dem Zimmer sah, wurde er splittertoll, fuhr mit seinen Hörnern und Krallen auf den Schmied zu und wollte ihn kalt machen. Doch dieser sprach ganz gelassen: „Schnapp in Sack," und schnupp, saß Meister Urian im Sack und konnte nicht heraus. Nicht lange, so kam der zweite, dem ging es ebenso und auch dem dritten. O, wie lärmten und spektakelten die drei aber in dem Sacke, wie fluchten und tobten sie darin! Doch das war alles vergebens, sie kamen nicht heraus. Endlich

wurden sie zahm und zogen gelindere Seiten auf. Sie versprachen heilig und teuer, wenn er sie herausließe, so solle er den Sack ganz voll Gold haben, sie wollten sich nie wieder hier sehen und hören lassen, und ihm sollte auch nie ein Leides widerfahren, sondern er solle immer Glück haben. Da ließ er sie heraus, und sie hielten Wort.

Am andern Morgen erzählte er es dem Wirt, und dieser war froh und sagte: „Du hast mein Haus erlöst, ich will dich reichlich dafür belohnen." Der Schmied aber schlug den Lohn aus und sprach: „Ich habe genug an dem, was mir die Teufel geschenkt haben."

So lebte er nun herrlich und in Freuden alle Tage. Als er merkte, daß er bald sterben werde, ließ er sich seinen Sarg machen und legte seinen Sack hinein. Als er tot war, ging er mit seinem Sack zum Himmel und wollte hinein. Er wurde aber nicht hineingelassen. Da ging er zur Hölle. Als ihn aber die Teufel sahen, machten sie gleich die Hölle zu; denn sie sahen seinen Sack, und davor hatten sie Respekt. Da ging er wieder zurück zum Himmel und klopfte laut an die Himmelspforte. Als sie aufging, nahm er seinen Sack, warf ihn geschwind hinein und sprang schnell dahinter her. Da war er auch im Himmel.

20

Der eiserne Mann.

Ein Soldat hatte lange Zeit dem König gedient, war tapfer und brav gewesen und hatte dadurch denn auch viele Wunden bekommen. Als der Krieg zu Ende war, mußte er wieder hingehen, wo er hergekommen war, und zusehen, wie er sich sein bißchen Brot bettelte; denn arbeiten konnte solch ein Krüppel nicht, und Pension gab's damals noch nicht. Er ging also von Dorf zu Dorf, von Stadt zu Stadt und fand so sein kärgliches Auskommen.

Einstmals mußte er durch einen großen Wald; denn damals gab's noch viele und große Wälder. Er verlief sich, irrte drei Tage ohne Weg und Steg umher und mußte sich von Wurzeln und Beeren so lange nähren, bis er endlich zu einem Köhler kam, der ihn aufnahm und freundlich bewirtete. Es gefiel dem Soldaten da recht in der Einsamkeit, und er und der Köhler wurden gute Freunde. Er trug dem Köhler Holz zu und half ihm mit bei allem, was es zu tun gab. In der Röte des Abends aber saßen beide vor dem rauchenden Meiler und erzählten sich von ihren Schicksalen.

Einmal sagte der Köhler: „Höre, Freund, du bist mutig und tapfer, du kannst uns beide glücklich machen, wenn du meinem Rate folgst. Nicht weit von hier ist ein tiefer Schacht, darin sind ungeheure Schätze vergraben. Hast du nicht Lust dazu, daß ich dich an einem Seile hinunterlasse? Mir sollst du nur ein Bund Wachslichte mitbringen; das andere, was du sonst noch mitbringst, kannst du behalten. Du sollst sehen, dann haben wir beide genug." Der Soldat war gleich dazu bereit.

Am folgenden Morgen nimmt der Köhler ein langes Seil, und beide gehen zu dem Schachte. Eins, zwei, drei, hat der Soldat das Seil um den Leib, und der Köhler läßt ihn ins Loch hinein. Unten auf der Sohle macht er das Seil ab, steckt ein Licht an und findet einen Stollen. Darin geht er

fort, kommt vor eine eiserne Tür, die mit vielen Riegeln ver=
schlossen ist, macht sie auf und tritt in einen großen Saal, der
durch einen großen Kronleuchter ganz erleuchtet wird; es ist
so hell, wie am Tage. Da sitzt mitten auf einem Thron ein
großer eiserner Mann, am Throne stehen drei Kisten, die aber
verschlossen sind, über der Tür hängt das Bund Wachslichte.
Er greift zunächst nach den Wachslichten; der Mann sieht's,
rührt sich aber nicht. Dann geht der Soldat zu der einen
Kiste, die vorher nicht offen gewesen ist, und sieh, der Deckel
springt auf, und es liegen lauter blanke Taler darin. Er
packt seine Taschen sackvoll. Da springt die zweite Kiste auf,
und daraus leuchten ihm die schönsten und größten Goldstücke
entgegen. Er wirft seine Taler wieder in die Talerkiste und
packt seine Taschen voll Gold. Kaum ist er damit fertig, so
öffnet sich die dritte Kiste, und darin glänzen die kostbarsten
Perlen und Edelsteine. Nun legt er das Gold wieder hin
und füllt seine Taschen mit Perlen und Diamanten. Der
Mann aber rührt sich nicht. Der Soldat geht wieder weg,
und der eiserne Mann bleibt ruhig sitzen. Am Schacht macht
sich der Soldat das Seil wieder um den Leib und zuckt, da
wird er hinaufgezogen. Oben gibt er dem Köhler die Lichte
und zeigt ihm seine Schätze. Beide freuen sich und begeben
sich zur Ruh auf die Bank. Am andern Morgen ist der
Köhler tot. Was soll da nun noch der Soldat? Er begräbt
den toten Freund, nimmt dann seine Schätze, aber auch die
Wachslichte, und seinen Stab in die Hand, und fort geht's in
die weite Welt hinein.

Er kommt bald aus dem Walde und gelangt in eine
große Stadt. Da lebt er herrlich und in Freuden lange Zeit
und denkt, seine Reichtümer nehmen kein Ende. Sie gehen
aber endlich doch zu Ende, ja, er hat nicht einmal soviel, daß
er sich Öl auf seine Lampe kaufen kann. Da fallen ihm die
Wachslichte ein, die er aus dem Schachte mitgebracht hat.
Er nimmt eins davon, steckt's an, und in demselben Augenblick

steht der eiserne Mann vor ihm und fragt, was er solle. Aha, denkt der Soldat, jetzt weiß ich Bescheid, und spricht: „Bring mir einen Sack voll Gold!" Im Nu ist der eiserne Mann mit dem Gold zur Stelle. Das Wachslicht geht aus, und der Mann ist verschwunden. Nun hat er wieder genug, und wenn's alle ist, muß der eiserne Mann wieder her und neues bringen.

Von da reist der Soldat weg nach der Stadt, wo sein König wohnt, dem er gedient hat. Hier hört er, daß des Königs Tochter so wunderschön sei, aber keiner kriege sie zu sehen. Weil er nun weiter nichts zu tun hat und sonst ein schönes vornehmes Leben führt, so kommt ihm der Gedanke, er will die Prinzessin einmal sehen. Deshalb steckt er sein Wachslicht an, — es ist abends zehn Uhr gewesen — und gleich kommt der eiserne Mann zur Tür herein und fragt, was er wünsche. „Hole mir die Königstochter aus dem Schlosse hierher!" spricht der Soldat. Der mächtige Bote verschwindet, und in kurzer Zeit ist er mit der Prinzessin da. Der Soldat läßt nun die Tochter entgelten, was ihr Vater ihm zugefügt hat. Sie muß ihm aufwarten, Stiefel putzen, die Stube fegen usw., kurz die Dienste einer gemeinen Magd tun. Am andern Morgen vor Tag trägt sie dann der eiserne Mann wieder in ihre Schlafkammer im Schlosse.

Als die Königstochter nun aufwachte, ging sie zu ihrem Vater und erzählte, sie wisse nicht, ob es wirklich so gewesen sei oder ob es ihr nur geträumt habe, sie sei in das Zimmer eines Soldaten gebracht und habe dem aufwarten müssen. Der König betrachtete seine Tochter und sah schwarze Flecke in ihrem Gesichte. Da merkte er, daß es wohl so gewesen sein könne, und sagte, sie möge diesen Abend ein Stück Kreide in die Tasche stecken und an die Haustür, in die sie hineingetragen würde, einen Strich und ein Kreuz machen, damit man das Haus wiederfände. Das tat sie denn auch. Der eiserne Mann hatte es aber bemerkt, und er machte an alle Türen der Stadt einen Strich und ein Kreuz.

24

Am andern Morgen erzählte die Prinzessin wieder ihrem Vater, wie es ihr gegangen wäre. Da befahl der König seinen Leuten, sie sollten das Haus aufsuchen, an dem ein Kreuz und ein Strich mit Kreide gemacht wäre. Die Leute kamen aber unverrichteter Sache zurück, denn an allen Häusern stand das Zeichen. Der König wurde ärgerlich und befahl den Soldaten, sie sollten diesen Abend das ganze Schloß umzingeln, daß keine Maus hinein und heraus käme. Auch vor die Stubentür seiner Tochter sollte eine starke Wache gestellt werden. Er selbst wolle bei seiner Tochter bleiben. Aber dessen ungeachtet wurde sie am Abend doch weggeholt; denn den eisernen Mann konnte niemand sehen.

Am andern Morgen erzählte die Königstochter wieder die Begebenheit, auch daß sie den Abend eine derbe Ohrfeige von dem Soldaten gekriegt habe, wovon sie noch die Finger auf der Backe sitzen hätte. Das war dem König doch zu arg, und er sagte seiner Tochter ganz leise ins Ohr und machte drei Kreuze dazu, sie möge diesen Abend seinen goldenen Ring anstecken und ihn unter das Bett des Soldaten legen. Und das tat sie auch.

„Ach,“ sagte sie am andern Morgen, „diese Nacht hat mich der Soldat fürchterlich geschlagen, weil ich ihm nicht ordentlich dienen wollte.“ Da befahl der König, jedes Haus in der Stadt nach dem Soldaten und dem versteckten Ringe zu durchsuchen und, wo sie den Ring unterm Bette fänden, den Mann mitzunehmen und zu ihm zu bringen. Es dauerte nicht lange, da wurde der Ring bei dem Soldaten gefunden; denn er hatte es nicht gemerkt, daß die Prinzessin den Ring versteckt hatte.

Unser Soldat wurde nun zum Strange verurteilt und der Tag zur Hinrichtung angesetzt. Drei Tage hatte er noch, sich zum Tode vorzubereiten. In der Zeit fand er Gelegenheit, einen Boten in seine Wohnung nach den Wachslichtern zu schicken. Der Bote brachte sie, erhielt dafür Geld genug, und nun mußte der eiserne Mann her und dem Soldaten aus der

Not helfen. Der eiserne Mann sagte: „Warte nur so lange, bis du auf dem Brett unter dem Galgen stehst. Dann kannst du noch eine Bitte tun, die muß dir gewährt werden. Du hast dann dein Wachslicht mit, steckst es an, und ich bin da. Ich werde dann schon meine Schuldigkeit tun. Wen ich treffe, dem tut der Kopf nicht mehr weh." Und so kam's auch. Der Soldat war fröhlich und guter Dinge, worüber sich der Gefangenwärter nicht wenig wunderte, aß und trank und schlief die Zeit hindurch so ruhig, als wenn ihm gar nichts darum wäre, daß er sterben müsse.

Als er nun auf dem Brett stand und der Henker ihm das neumodige Halsband umtun wollte, sagte der Soldat: „Halt, soweit sind wir noch nicht. Ich habe noch eine Bitte, die wird mir gewiß noch gewährt werden." „Jawohl," sagte der König, der mit seiner Tochter auch dahin gekommen war, damit sie sähe, wie es dem Bösewicht ginge, der ihr so übel gelohnt hatte. „Jawohl," sprach er, „die Bitte soll dir gewährt sein, wenn sie nicht unbillig ist." „Nein," sagte der Soldat, „ich will nur noch einmal mein Wachslicht anstecken und brennen sehen." „Das kann geschehen," sagte der König. Nun wurde das Wachslicht angesteckt. Gleich war der eiserne Mann mit einem dicken Knüppel da, schlug zunächst den Henker und dann die zunächst stehenden Leute tot und mähte fürchterlich dazwischen, daß sie fielen wie die Fliegen, und keiner konnte von der Stelle. Nun wurde dem König angst; denn der eiserne Mann mit seinem Knüppel rückte näher und näher. Da schrie er dem Soldaten zu, er möge dem eisernen Mann befehlen, daß er aufhöre zu schlagen; der Soldat solle auch die Prinzessin zur Frau haben. Da blies der Soldat das Licht aus, und weg war der eiserne Mann.

Der Soldat bekam nun seine Frau und hatte alles heillos in Respekt, selbst seinen Schwiegervater, und wenn der einmal nicht so wollte, wie er, brauchte er nur zu sagen: „Na, soll der eiserne Mann kommen?" Dann geschah alles, was der

26

Soldat wollte. Später ist er noch König geworden; in großer Not oder in Krieg hat er noch bisweilen den eisernen Mann kommen lassen, und der hat ihm jedesmal geholfen. Als der Soldat aber gestorben ist, da sind auch die Wachslichte weggewesen.

☙ ☙ ☙

Der schnelle Soldat.

Ein Handwerksbursch, der in der Fremde war, bekam Nachricht, seine Eltern wären gestorben, er solle nach Haus kommen und sein Erbteil hinnehmen. Als er zurückkehrte, war die Teilung schon gemacht, und er bekam im ganzen einen Pfennig als Erbteil. Er war zwar nicht recht damit zufrieden, daß ihn seine Geschwister so beschuppt hatten; zanken und klagen mochte er aber nicht, und so nahm er den Kurzen auf den Langen und ging wieder fort. Es wurde ihm nicht schwer.

Kaum war er aber aus seinem Ort heraus, so hinkte ein armer Greis auf dem Wege daher, der sah aus, wie die teure Zeit. Von weitem nahm der alte Mann schon seinen Hut ab und bat um eine kleine Gabe. Der Handwerksbursch griff in die Tasche, faßte den geerbten Pfennig und reichte ihn dem Bettler mit den Worten hin: „Hier, Alter, Ihr sollt mein ganzes Erbteil haben." Der Greis bedankte sich recht herzlich und sprach: „Du hast mir viel gegeben, du sollst viel dafür wieder haben. Von jetzt an kannst du dich nach Belieben zu einem Hasen oder Fisch oder zu einer Taube machen. Leb wohl und werde glücklich, wir sehen uns noch einmal. Deinen Geschwistern wird der Betrug, den sie dir gespielt haben, nichts nützen." Da war er verschwunden; der Beschenkte konnte dem Alten nicht einmal danken.

Als er eine halbe Stunde gegangen war, hörte er stürmen. Er blickte sich um und erschrak nicht wenig; sein Dorf, das er erst eben verlassen hatte, brannte an allen vier Seiten. Schnell kehrte er um, doch ehe er wieder zurückkam, stand der ganze Ort

in lichten Flammen. Seine Geschwister waren alle abgebrannt und hatten all ihr Hab und Gut eingebüßt. Da er selbst arm war und nicht helfen konnte, so ging er wieder fort, hörte aber noch, wie die Leute sagten: wenn sie nur den alten Spitzbuben erwischen könnten, der das Dorf gleich an allen vier Ecken angesteckt hätte. Da ward ihm erst klar, was der Alte mit den Worten hatte sagen wollen: es würde seinen Geschwistern nichts nützen. Er sah deutlich, sie waren ärmer als vorher.

In tiefen Gedanken versunken über die Schicksale, die den Menschen treffen können, zog er seine Straße und stand, er wußte nicht wie, vor einem breiten Fluß, über dem die

28

Brücke abgebrochen war. J, dachte er, du kannst dich ja zu einem Fisch machen, hat der Alte gesagt, wie wäre es, wenn du einen Versuch machtest. Er trat mit den Füßen ins Wasser und wünschte sich, ein Fisch zu sein. Gleich war er ein Fisch, er schwamm durch den Fluß und kam an jener Seite ans Land. Da wünschte er sich, wieder Mensch zu sein. Gleich stand er wieder mit den Füßen im Wasser und war ganz der vorige. Nicht weit von dem Flusse stand ein Wirts= haus, er ging hinein, trocknete sich seine Füße und blieb da.

Des Abends kam ein Werber zugereist. Als der des Handwerksburschen ansichtig ward, fragte er ihn gleich, ob er nicht Lust hätte, Soldat zu werden, an gutem Handgeld solle es nicht fehlen. Der Handwerksbursch war's zufrieden, sie tranken eine Flasche Wein miteinander, er nahm sein Hand= geld und war den Abend noch Soldat. Als er zum Regiment kam, war er der größte und hübscheste, und der König selbst und alle Offiziere freuten sich über den neuen Soldaten.

Es dauerte nicht lange, da hieß es ins Feld, in den Krieg. Natürlich, unser Soldat mußte erst recht mit; denn er war Flügelmann. So kamen sie dem Feinde näher und näher, und mit einem Male hieß es: morgen geht's in die Schlacht. Da klopfte denn manchem das Herz wie ein Hammer, wenn er so daran dachte, daß er morgen abend vielleicht nicht mehr lebte oder zu einem Krüppel gehauen oder geschossen sei. Selbst der König kam in große Not, weil er zu seinem größten Schrecken seinen Zauberring mitzunehmen vergessen hatte, mit dem er jede Schlacht gewann. In seiner Angst wandte er sich an seine Soldaten und sprach: „Wer mir bis morgen meinen Ring herbeischaffen kann, der soll meine Tochter zur Frau haben." Es trat aber keiner vor; denn von da bis nach der Wohnung des Königs war zu weit, und keiner hätte den Weg hin und zurück in so kurzer Zeit reiten, laufen oder gehen können. Da trat der neue Flügelmann vor und sagte: „Ich will es tun." Der König sprach zu ihm: „Sage meiner

Tochter, daß sie dir den Ring gibt. Eile aber, daß du zur rechten Zeit wiederkommst, sonst sind wir verloren! Kommst du früh genug zurück, so weißt du, was ich versprochen habe."

Der Soldat lief fort. Ein anderer aber von den Soldaten, der es auch gern getan hätte, es aber nicht konnte, lief ihm nach. Mit einem Male verwandelte sich der Flügelmann in einen Hasen, und nun mußte der neidische zurückbleiben. Er hatte aber gesehen, was mit dem Flügelmann vorgegangen war, und blieb an der Stelle, um ihn da zu überfallen, wenn er zurückkäme.

Bald darauf verwandelte sich der Bote in eine Taube und flog zu dem Schlosse des Königs und gleich in das Stubenfenster hinein, wo die Prinzessin wohnte. Das liebe Mädchen freute sich über die hineingekommene Taube und lockte sie zu sich. Da flog das Täubchen auf die Hand der Königstochter und sprach:

„Liebe Prinzessin mein,
Rupf mir aus drei Federlein!"

Das tat die Prinzessin und freute sich noch mehr darüber, daß die Taube auch sprechen konnte. Kaum aber hatte die Jungfrau die drei Federn in der Hand, so war die Taube in einen Fisch verwandelt. Der sprang auf der Erde hin und her und brummte:

„Liebes Prinzesselein,
Rupf mir aus drei Schüppelein!"

Auch das tat die Prinzessin, da war der Fisch in einen Hasen verwandelt und sprach:

„Holde Prinzessin fein,
Schneid mir ab mein Schwänzelein!"

Da er so gutmütig und still sitzen blieb, so nahm die Prinzessin die Schere und schnitt dem Hasen ein kleines Stück von seinem Schwänzchen. Als sie sich in die Höhe richtete, da stand vor ihr ein hübscher junger Soldat und brachte ihr einen freundlichen Gruß von ihrem Vater. Dabei bat er sie,

sie möchte doch so gut sein und ihm den Zauberring geben, mit dem der König jede Schlacht gewönne; er hätte ihn vergessen, sie aber wüßte, wo er sei. Die Prinzessin gab dem Soldaten den Ring, und er verwandelte sich wieder in eine Taube, die den Ring im Schnabel trug, und flog wieder zurück ins Lager.

Da, wo sich der Soldat in einen Hasen verwandelt hatte, nahm die Taube wieder die Gestalt des Hasen an. Kaum aber war er ein paar hundert Schritte gelaufen, so wurde er von dem auflauernden Soldaten erschlagen. Dieser nahm dem Hasen den Ring aus dem Maule und brachte ihn zum König, der sich über alle Maßen freute, daß er sein Kleinod hatte. Dabei wiederholte er sein Versprechen und sagte, der Soldat solle dafür sein Schwiegersohn werden. —

Jetzt lassen wir den erschlagenen Hasen da liegen, wo er tot gemacht wurde, und sehen weiter zu, wie die Geschichte kam. An demselben Tage, an dem der König seinen Ring erhalten hatte, kam's noch zur Schlacht, einer Schlacht, die ganz furchtbar gewesen ist; die Menschen haben umhergelegen, wie hingemäht. Obgleich der König viele von seinen braven Soldaten verlor, so blieb er doch Sieger, und die Feinde mußten flüchten. Danach wurde wieder Friede im Lande, der König zog mit seinen Soldaten nach Haus und wollte nun seine Tochter dem Soldaten geben, der ihm den Ring geholt hatte. Als er das seiner Tochter sagte, war sie ganz zufrieden damit; denn der Soldat war ein sehr hübscher Mann und dabei so freundlich und lieb gewesen, daß sie sich in ihn verguckt hatte. Sie konnte deshalb kaum die Zeit abwarten, bis er gerufen wurde und ankam. Als sie aber den falschen Soldaten sah, der den Hasen erschlagen hatte, da wandte sie sich gleich von ihm, ging zum Vater und sprach, das wäre der Soldat nicht, der den Ring geholt hätte; der wäre viel hübscher, freundlicher und feiner gewesen als dieser grobe Mensch. Damit möge sie ihr Vater verschonen, den nähme sie nimmer=

mehr. Vorerst möge der König bestimmen, daß sie noch ein Jahr warten solle, bis sie sich verheiratete, dann fände sich's weiter. Damit war der König einverstanden, und der falsche Soldat durfte ihr während der ganzen Zeit nicht vor die Augen kommen. —

Nun wollen wir sehen, was aus dem erschlagenen Hasen geworden ist. Der tote Hase lag da auf dem Felde, und kein Mensch bekümmerte sich darum; denn bei dem Kriegsspektakel war ein jeder in der Gegend selber um sein bißchen Leben bange und kümmerte sich wenig um einen erschlagenen Hasen.

Da kam aber an dem Abend, als die Schlacht geschlagen war, ein Greis zu der Stelle, wo der Hase lag, und sprach zu ihm:

"Ich sage dir, Häslein, steh auf,
Beginne wieder deinen Lauf!"

Da wurde der Hase wieder lebendig, verwandelte sich in den Soldaten, der herzte und drückte vor lauter Dankbarkeit den Greis, und dieser sagte ganz freundlich: "Genug, genug des Dankes; jetzt mach dich auf und fliege als Taube zu deiner Braut! Fliege neun Tage vor ihr Fenster, damit du erst gewahr wirst, wie es dort steht, und daß sie dich sieht. Dann flieg durch das geöffnete Fenster in ihre Stube und mache die Verwandlungen durch! Sie wird alles noch haben, was sie dir ausgerupft und abgeschnitten hat, und daran wird sie dich wiedererkennen, ebenso an deiner jetzigen Gestalt. Nun leb wohl!" Damit war der Greis verschwunden.

Der Soldat verwandelte sich sogleich in die Taube und war bald vor dem Fenster der Prinzessin, die er um alles in der Welt gern gesehen hätte, so lieb hatte er sie. Neun Tage flog er zu ihrem Fenster und dann wieder fort. Dabei tat's ihm in der Seele weh, daß er sich nicht früher zu erkennen geben sollte. Aber er war seinem Freunde, dem Greis, gehorsam und wich kein Haar von der Vorschrift. Am neunten Tage endlich flog er auf vieles Locken der Königs-

32

tochter, die ihn jeden Tag genötigt hatte, ins Fenster hinein, setzte sich der Prinzessin auf den Arm und sprach:

„Liebe Prinzessin mein,
Setz ein mir meine Federlein!"

Voll Freude holte die holde Jungfrau ein seidenes Beutelchen herbei, nahm die ausgerupften Federn heraus und setzte sie der Taube ein. Beim Einsetzen der letzten verwandelte sich die Taube schon zu einem Fisch, der sprach:

„Liebes Prinzesselein,
Setz ein mir meine Schüppelein!"

Auch das tat sie. Da wurde aus dem Fisch ein Hase, der sagte so recht bittend und traut:

„Holde Prinzessin fein,
Setz wieder an mein Schwänzelein!"

Als die Prinzessin auch das getan hatte, da war aus dem Hasen der frühere Soldat geworden, der freundlich und gut wieder vor der Königstochter stand und sie bat, daß er ihr seine Schicksale erzählen dürfe, damit sie erfahre, wie es ihm ergangen und wie er beinahe ums Leben gekommen wäre. Da hörte sie ihn recht gnädig an, und als er mit der Erzählung dahin kam, daß ihm ihre Hand von ihrem Vater versprochen wäre, da reichte sie ihm ihre beiden Hände und sprach: „Du wirst mein Mann, ich deine Frau." Und so ist's auch gekommen. Der falsche Soldat aber wurde aufgehängt.

❦ ❦ ❦

Die Zwergmännchen.

Ein Schweinehirt hatte viele Söhne, von denen trieb der älteste mit den Ferkeln aus. Draußen aber machte er sich eine Pfeife und lehrte seinen sechs Ferkeln das Tanzen nach der Pfeife. Als sie es gelernt hatten und herangewachsen waren,

zog er damit nach der Stadt und ließ sie vor dem Königs-
schlosse tanzen. Da schaute die Frau Königin zum Fenster
heraus und freute sich über die tanzenden Schweine, ließ auch
dem Schweinejungen Zucker und Rosinen reichen und hieß
ihren Säckelmeister mit ihm um eins der Schweine handeln.

Allein der Schweinejunge sagte: „Darüber ist kein anderer
Handel, als wenn ich die Frau Königin für das erste Schwein
einmal ein wenig ins Ohr kneifen darf." Das erlaubte ihm
die Frau Königin, er aber gab ein Schwein hin und zog mit
den übrigen Schweinen nach Hause.

Als er heim kam und sein Vater sah, daß ein Schwein
fehlte, wollte er das Geld dafür sehen. Der Schweinejunge
erzählte, wie er die Königin dafür ein wenig ins Ohr gekniffen
hätte, und bekam zur Strafe, weil er kein Geld mitgebracht
hatte, von seinem Vater Schläge.

Nach einer Weile trieb er mit den übrigen fünf Ferkeln
wieder vor das Königsschloß und ließ sie nach seiner Pfeife

34

tanzen. Frau Königin schaute wieder zum Fenster heraus, ließ ihm Zucker und Rosinen zu essen geben und schickte ihren Säckelmeister, eins von den fünf Schweinen zu kaufen. Da sagte er wieder, daß er es nur hingäbe, wenn er die Frau Königin dafür ein wenig ins Ohrläppchen kneifen könne. Die Frau Königin aber kam lächelnd herbei und ließ sich von ihm am Ohr zausen und bekam eins von den fünf Schweinen dafür. Als er seinem Vater wieder kein Geld brachte, bekam er noch mehr Peitschenschläge als zuvor. So ging es fort, bis das letzte Schwein an die Frau Königin verhandelt war, wonach sein Vater ihn am ganzen Leibe blutig schlug.

Als die Frau Königin die sechs Ferkel zusammen hatte, spitzte sie das Mäulchen und pfiff, daß sie danach tanzen sollten; allein vergebens, denn die sechs Schweine rührten sich nicht. Darauf bot sie ihr ganzes Musikkorps auf, aber die Schweine erhoben sich nicht und fingen nicht an zu tanzen. Da gab sie ihren Dienern Befehl, daß sie den Schweinejungen mit der Pfeife herbringen sollten; und sie dachte, ihm die Pfeife auch noch abzukaufen. Die Diener aber spürten ihn auf und fanden ihn krank von den Schlägen auf dem Lager liegen in seines Vaters Hause. Doch folgte er ihnen mit seiner Pfeife, bekam auch wieder Zucker und Rosinen, und die sechs Schweine machten zu seiner Musik die lustigsten Sprünge. Als nun die Frau Königin diesmal selber den Handel mit ihm abschließen wollte, bemerkte sie, daß sein Körper blutrünstig war, und fragte ihn nach der Ursache. Er sagte, daß sein Vater ihn immer mit der Peitsche geschlagen hätte, wenn er kein Geld für die Schweine heimgebracht. Darüber lachte die Frau Königin, wandte sich aber um und sagte: „Ich könnte es nicht verantworten, wenn der arme Narr noch einmal so von seinem Vater mißhandelt würde. Mein Säckelmeister soll ihm mit Gewalt die Taschen voll Gold stecken, dafür aber sollen ihm meine Diener die Pfeife wegnehmen und ihn dann vom Königshofe hinwegführen."

So geschah es auch, und bald stand der Schweinejunge mit gefüllten Taschen draußen allein im Walde. Die Frau Königin aber blies mit vollen Backen auf seiner Pfeife, und die sechs Schweine tanzten lustig danach, und war dazumal großer Jubel und viele Lustbarkeit am Königshofe.

Der Schweinejunge aber war traurig, zürnte der Königin und wollte mit dem vielen Gelde, das er nicht achtete, zu seinem Vater zurückkehren. Da kam ein Zwergmännchen daher, klagte sehr über die schlechten Zeiten, sagte auch, daß es in Not sei, und bat um einen Zehrpfennig. „Nach Pfennigen greife ich jetzt nicht mehr in die Tasche," sagte der Schweinejunge und gab ihm einen Dukaten.

Nach einer Weile kam wieder ein Zwergmännchen, klagte auch über die schlechten Zeiten und bat wieder um einen Zehrpfennig. Da gab er wieder einen Dukaten hin, und so kamen noch viele Zwergmännchen an, und jedes erhielt seinen Dukaten. Der letzte Zwerg aber sagte: „Die Dukaten, die du uns gabst, sollen Glücksdukaten für dich werden; wenn du in Not bist, so magst du uns nur rufen!"

Der Schweinejunge hatte nun nur noch zehn Dukaten, und als er damit weiter ging, begegnete ihm der Böse mit einem hübschen Pferde. Der Junge kannte aber den Bösen noch nicht und fragte, was das Pferd kosten solle. „Weil du es bist," sagte der Böse, „so lasse ich dir's für zehn Dukaten, ist aber unter Brüdern hundert wert. Die übrigen neunzig Dukaten will ich dir schenken, und du kannst dich gleich auf=setzen, unter dem Beding, daß du zuerst mit nach meinem Schlosse reitest."

Das war der Schweinejunge wohl zufrieden; denn der Teufel erschien ihm wie ein feiner und liebreicher Herr. Als sie aber in das Schloß des Teufels kamen, sprach dieser: „Jetzt bist du in meiner Gewalt. Wisse also, daß ich der Teufel bin. Und weil ich dir neunzig Dukaten an dem Pferde geschenkt habe und du das angenommen hast, so will ich dir

36

den Hals umdrehen, wenn du mir nicht drei Aufgaben lösen kannst." Es war aber die erste Aufgabe des Teufels, daß er aus einer Kuh ein Pferd machen müsse; die zweite: um sein Teufelsschloß müsse er eine zehn Fuß hohe und zwei Fuß dicke Mauer ziehen, die Steine dazu waren schon vorhanden. Die dritte Aufgabe war: der Teufel hätte zwischen seinen Jungfern im Schloß eine Prinzessin, die sollte er zwischen den übrigen Jungfern heraussuchen, müsse aber beim ersten Griff sogleich die Prinzessin herausfinden.

Als dem Jungen solches eröffnet war, ging er in den Stall, darin die Kuh stand, und der Teufel schloß ihn ein. Er mußte aber nicht, was er tun solle. Da fielen ihm die Zwerge ein, und er rief also:

"Zwergmännichen, ich rufe euch,
Kommt her, ich bin in Not!
Ich weiß es, ihr könnt helfen mir;
Ich gab euch Geld zu Brot."

Da erschien sogleich eine Schar Zwerge, die fraßen die Kuh bei Stumpf und Stiel auf. Darauf zogen sie ein Pferdchen aus der Tasche, so groß wie ein Spielpferd, das wurde immer größer und hatte zuletzt die Größe eines gewöhnlichen Reitpferdes. Als der Teufel kam, war schon alles fix und fertig, und er fand statt der schlechten Kuh das beste Pferd.

Nun ging es aber an die Maurerarbeit. Da sagte der Schweinejunge wieder sein Sprüchlein, und die Zwerge kamen in großen Scharen herbei. Sie konnten sich aber unsichtbar machen, so daß sie der Teufel nicht sah, und es waren der Zwerge so viele, daß auf jeden Zwerg kaum fünf Steine kamen, die er legen mußte an der ganzen großen Mauer. So stand denn diese alsbald fertig da, gar hoch und breit.

Und nun ging's an die dritte Arbeit. Als der Junge sein Sprüchlein gesagt hatte, kam der letzte von den Zwergen allein an und gab ihm eine Rute, die sollte er krumm biegen und damit auf die Jungfern zielen, die alle ganz gleich ausfähen, ganz ſchwarz gekleidet wären und alle in einem großen Saale aufgeſtellt würden. Er ſagte auch, diejenige, welche die losgelaſſene Rute berühre, wäre die Prinzeſſin. Der Schweine= junge traf alſo richtig mit der Rute die Prinzeſſin und hatte ſie damit erlöſt. Deshalb rief eine Stimme:

„Prinzeſſin, bring dem Höchſten Dank!
Du biſt befreit vom Höllenbrand.“

Als der Böſe das hörte, ſprach er: „Jetzt gehört dir die Prinzeſſin, und auch die beiden Pferde ſind dein von Rechts wegen.“ So ſetzte der Schweinejunge ſich ſelbſt auf das Pferd, das er für zehn Dukaten gekauft hatte, nachdem er zuvor die Prinzeſſin auf das andere Pferd gehoben, das er von den Zwergen erhalten hatte.

Darauf zogen beide hin zu dem Vater der Prinzeſſin, der ein mächtiger König war, und ſogleich wurde die Hochzeit veranſtaltet. Zu der Hochzeit war auch die Frau Königin eingeladen, welcher der Schweinejunge immer die Ohren gezauſt hatte, und ſie tanzte mit dem alten Schweinehirten, der ſeinen Sohn immer geprügelt hatte, den Ehrentanz. Die Frau Königin aber hatte ihre Pfeife und ihre ſechs Schweine mit= gebracht, und wenn die anderen müde waren zu tanzen, ſo mußten die ſechs Schweine nach der Pfeife der Frau Königin tanzen, und ſie tanzten noch ſchöner als alle die Hochzeitsgäſte.

Die gesottenen Eier.

Es war ein Mann, der ging über Land. Er hatte nur wenig Geld bei sich, und als er auf dem Heimwege noch einmal im Wirtshause einkehrte und fünf gesottene Eier aß, mußte er die Zeche schuldig bleiben.

Nach fünf Jahren kam er wieder in das nämliche Wirtshaus und wollte jetzt auch seine alte Schuld bezahlen. Da rechnete die Wirtin und rechnete, machte ihm eine Zeche von fünfzig Talern und sagte, soviel hätte sie jetzt an Hühnern und Eiern verdient, wenn die fünf Eier, die er damals gegessen hätte, von der Glucke ordentlich ausgebrütet und Hühner geworden wären, die wieder Eier gelegt hätten, und diese Eier wären wieder ausgebrütet, und so immer weiter. Als der Mann das hörte, weigerte er sich zu bezahlen und ging fort.

Die Frau aber ging am andern Tage zum Richter, zu dessen Untergebenen auch der Mann gehörte, und trug ihre Sache vor. Der Richter befand die Rechnung ganz richtig, schickte den Gerichtsdiener zu dem Manne und bestellte ihn auf den nächsten Tag um zehn Uhr morgens vor Gericht, ihm anzukündigen, daß er die fünfzig Taler bezahlen solle.

Der Mann machte sich also früh auf, um zu rechter Zeit vor Gericht zu erscheinen. Unterwegs traf er einen Bauer bei seiner Feldarbeit. Als der ihn so traurig daherkommen sah, hielt er inne und fragte, was er für einen Gang vorhabe. Der Mann erzählte ihm alles; der Bauer aber sprach: „Legt Euch nur dort unter jene Eiche am Feldrain, ich will mich bei dem Richter für Euch ausgeben und Eure Sache wohl in Ordnung bringen. Aber zuerst muß ich hier meinen Acker fertig bestellen; solange mag der Richter warten."

Der Mann legte sich unter die Eiche und überließ dem Bauer seine Sache, sah aber mit großer Unruhe, daß er sich gar nicht eilte. Schon war es zwölf Uhr vorbei, als er zum Richter ging, und dieser wollte eben zu Tische gehen, da er anlangte. Deshalb fuhr er ihn hart an und fragte, weshalb er nicht früher gekommen wäre. „Ei," sagte der Bauer, „ich bin ein Bauersmann, wie Ihr seht, und einem Bauern wird das Leben jetzt sauer gemacht. Ich mußte heut Erbsen säen, stand gar früh auf und gedachte zu rechter Zeit mit dem Säen fertig zu sein, so daß ich um zehn Uhr vor Gericht erscheinen könnte. Aber jetzt ist alles so weitläufig, und die Erbsen wollen vor dem Säen erst gekocht sein."

„Gekocht?" fragte der Richter, „und dann noch gesät? Wie soll ich das verstehen?" — „Ja," sagte der Bauer, „das ist jetzt die neueste Mode, seit die Wirtinnen sich von gesottenen Eiern einen ganzen Hühnerhof bezahlen lassen. Früher freilich gab nur ein rohes Ei ein junges Huhn, und damals brauchte man auch die Erbsen nicht zu kochen, wenn man sie säen wollte. Aber alles schreitet jetzt fort und macht große Ansprüche, darum wollen die Erbsen nicht aufgesen, wenn sie nicht erst gekocht sind."

Da lachte der Richter, bestimmte, daß nur wenige Pfennige für die gesottenen Eier bezahlt werden sollten, und ging zu Tische.

Es ist schon gut.

Ein Bauer hatte eine Kuh und eine Ziege; es wurde ihm aber die Fütterung zu schwer, und er sagte zu seiner Frau: „Wir wollen die Kuh verkaufen, ich bringe sie auf den Markt." Er nahm also die Kuh und zog mit ihr ab.

Bald aber kamen drei Studenten, die sprachen: „Bauer, wo willst du mit der Ziege hin?" Ach, sagte er, ob sie denn nicht gescheit wären; seine Ziege sei ja zu Hause, er hätte die Kuh am Stricke. Ei, sagten die Studenten, da hätte er sich vergriffen und die Ziege genommen. Damit gingen sie fort.

Sie machten nun einen kleinen Umweg, kamen dann wieder und sagten: „Bauer, wo willst du mit der verdammten Ziege hin?" Ach, sagte er wieder, ob sie denn nicht gescheit wären; es wären ihm da schon einmal drei Studenten begegnet, die hätten auch so gesprochen, es wäre aber keine Ziege, es wäre seine Kuh. „Lieber Mann," sagten die Studenten, „da hat er sich vergriffen und die Ziege genommen; wenn er ein andermal seine Kuh verkaufen will, so seh' er besser zu!"

Jetzt gingen die Studenten durch ein Holz, machten einen Umweg und begegneten dem Bauer zum dritten Mal. „Bauer," sagten sie, „wo willst du mit der Ziege hin?" Nun sagte der Bauer, es seien ihm schon zweimal Studenten begegnet, die hätten auch so gesprochen; es wäre ja aber seine Kuh, — er müßte sich denn vergriffen und die Ziege für die Kuh genommen haben.

Ei, sagten sie, das sähe er doch wohl, daß es eine Ziege wäre, gewiß stände die Kuh daheim im Stalle; ob er denn die Ziege nicht verkaufen wolle? — Ei nun, sagte er, wenn er sich denn vergriffen und die Ziege genommen hätte, so wollte er sie auch verkaufen. Was sie denn dafür geben wollten? — Sie wollten ihm fünf Taler geben, sagten sie. Das gefiel dem Bauer ganz wohl, und der Handel ward abgeschlossen. Die

Studenten gaben ihm fünf Taler, nahmen die Kuh und zogen ab.

Der Bauer ging heim und sagte zu seiner Frau: „Da hab ich die verdammte Ziege verkauft!" — Ach, sagte die Frau, die Ziege stände ja noch im Stalle, er hätte die Kuh geführt. — Ei, sagte er, ob sie denn nicht bei Verstande sei? Dreimal seien drei Studenten bei ihm vorbei gekommen und hätten gefragt, wo er mit der Ziege hin wolle. — Die Frau aber führte ihn in den Stall zu der Ziege, und nun sagte er: „Dann sind das immer die nämlichen Studenten gewesen; ich werde ihnen aber auch schon wieder eine Nase drehen."

Nun machte der Bauer seinen Plan, und ein guter Freund mußte ihm auf sein Grundstück hundertundfünfzig Taler leihen. Dann setzte er seinen runden Hut auf und ging fort in die Stadt. Er kehrte in dem Wirtshause ein, wo die meisten Studenten sich aufhielten, und gab dem Wirt fünfzig Taler, ging nach dem andern Wirtshause, händigte auch dort dem Wirt fünfzig Taler ein und ebenso im dritten Wirtshause. Dafür machte er mit den Wirten aus, daß sie an Speisen und Getränken so viel auftragen sollten, als er verlangte, und daß sie antworten sollten: „Es ist schon gut," wenn er nach der Zeche frage.

Am anderen Tage setzte der Bauer sich ins erste Wirtshaus und ließ sich Essen und Trinken bringen, daß die Heide wackelte, wie man zu sagen pflegt. Bald kamen auch die drei Studenten aus dem Kollegienhause gegenüber, kannten aber den Bauer in seinem Sonntagsstaate und in dem Hütchen nicht wieder. Der nötigte sie zum Essen und Trinken, und der Wirt trug immerfort auf. Endlich fragte der Bauer nach der Schuldigkeit und griff dabei so ein bißchen an sein Hütchen. Da sagte der Wirt: „Es ist schon gut." Die drei Studenten sahen einander an; der Bauer aber stand auf, als wär' es ganz in der Ordnung, daß ihm der Wirt diese Antwort gegeben hätte, und ging seiner Wege.

42

Am anderen Morgen fah man den Bauer schon wieder in seiner Sonntagskleidung durchs Dorf nach der Stadt zu= gehen, als eben erst der Tag graute. Der Torwärter hatte das Tor noch nicht lange aufgeschlossen und sah noch ganz verschlafen aus, als der Bauer dort einzog. Er ging heute ins zweite Wirtshaus, da war er schon früh auf seinem Posten,

und als es gegen Mittag war, ließ er sich wieder auftragen vom Schönsten und Besten. Es dauerte nicht lange, so kamen die drei Studenten; der Bauer lud sie wieder ein, mit ihm zu speisen und zu trinken, und bewirtete sie noch viel schöner als am ersten Tage im Kollegienwirtshause. Wie's ans Bezahlen ging, griff der Bauer an sein Hütchen und fragte nach der Zeche. Der Wirt sagte wieder: „Es ist schon gut," und damit stand er auf und ging seiner Wege.

Die Studenten aber beredeten sich später ordentlich und sprachen: „Das muß ein Wünschhütchen sein, was der Bauer trägt; denn sowie er daran dreht, ist die Zeche bezahlt. Wir müssen sehen, daß wir's ihm abkaufen. Denn wenn wir alles, was wir essen und trinken, das ganze Jahr hindurch bezahlen sollen, so reicht unser Geld lange nicht aus. Jetzt aber haben wir noch Mutterpfennige, da können wir das Hütchen wohl bezahlen."

Der Bauer aber war am anderen Tage wieder mit dem Haushahn heraus und auf dem Wege nach der Stadt. Er ging wieder in ein anderes Wirtshaus, und auch da traf er des Mittags die Studenten. Das Essen und Trinken in dem zweiten Wirtshause war noch nichts gewesen gegen das Leben in dem dritten. Als sie aber gegessen und getrunken hatten, fragte der Bauer wieder: „Was ist die Zeche?" und drehte dabei an seinem Hute. Da sprach der Wirt: „Es ist schon gut."

Nun, sagten die Studenten, ob denn der Hut nicht zu verkaufen sei? Der Bauer aber antwortete: Nein, der sei ihm lieber als viel Geld. Wenn er im Wirtshause noch so viel äße und tränke, so sei doch alles immer gleich bezahlt, und das sei viel wert. Sie hätten es ja selbst erfahren, was das Hütchen alles bezahlen könne, Wildschweinsbraten, Gänsebraten, Schellfisch und alle Weine, die es nur gäbe.

Durch diese Rede wurden aber die Studenten noch viel begieriger nach dem Wünschhütchen, und sie boten ihm als erstes Angebot fünfhundert Taler dafür. „Ei, wie wird mir das Hütchen für fünfhundert Taler feil sein?" erwiderte der Bauer. Die Studenten boten ihm endlich achthundert Taler. Als der Bauer dies Gebot hörte, antwortete er: „Nun, so mag es darum sein," gab es hin und steckte seine achthundert Taler ein. Dann ging er heim und sagte zu seiner Frau: „Erst haben mir die Studenten die Kuh abgekauft als Ziege, und nun haben sie auch noch mein altes Hütchen dazu genommen für achthundert Taler."

Der Bauer war mit den Handelsgeschäften, die er seit acht Tagen gemacht hatte, ganz zufrieden; aber die Studenten? —

Sie nahmen das Hütchen und gingen in das Wirtshaus, wo sie zum ersten Mal den Bauer getroffen hatten. Der Wirt mußte zu essen und zu trinken bringen, und sie ließen es sich alle drei gar wohl sein im Wein und anderen Herrlichkeiten. Der älteste Student hatte das Hütchen aufgesetzt, und als sie gegessen und getrunken hatten, fragte er so recht verwegen: „Herr Wirt, was ist die Zeche?" Da kam der Wirt mit der Kreide und rechnete, und sie mußten alles bezahlen.

Am anderen Tage setzte der zweite Student das Hütchen auf; denn sie meinten, der Älteste wisse keinen rechten Bescheid, verstehe mit dem Hütchen nicht umzugehen und könne es nicht ordentlich drehen. So gingen sie in das Wirtshaus, wo sie am zweiten Tage mit dem Bauer gewesen waren. Als aber der zweite Student nun fragte: „Herr Wirt, was ist die Zeche?" da kam auch der herbei mit der Kreide und machte ihnen die Rechnung.

Der jüngste Student behauptete steif und fest, die andern beiden wüßten das Hütchen nur nicht zu drehen. Er setzte also am dritten Tage das Hütchen auf, und sie gingen ins dritte Wirtshaus. Als sie gegessen und getrunken hatten, drehte er das Hütchen auf seinem Kopfe beinahe in Stücken, und dabei fragte er nach der Zeche. Aber da kam er bei dem Wirt schön an! Der machte die Zeche nach der Schwierigkeit und schenkte ihnen nicht einen Heller.

Damit war die Geschichte aus, — die Studenten hoffen aber trotzdem noch immer einmal an ein Hütchen zu kommen, das die Wirtsrechnungen für sie bezahlen kann.

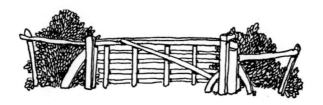

EN·KÖNIG·DE HARRE·NE·DOCHDER
DEI·WAS·SCHÖÄN VOR·ALLEN·MÄKENS
INN· LANNE

Von'n Scheepe[1], dat aane Wind un Waater gung.

En Köönig, dë harre 'ne Dochder, dei was schöäne vor allen Mäkens in'n Lanne. Daa was Drang[2] genaug dernäe, un et keimen der Friers veele, dë naa öhr frieden. De Köönig wolle se aawer neinen geewen, hei bröchte öne süst en Schep, dat aane Wind un Waater günge.

Dat höärde aak en Auheere[3]; dë dachte nuu bie seck, de Köönigesdochder solle siene wëren. Drup nam he de Baare[4]

_____
[1] Schiff. [2] Zudrang, eifrige Bewerbung. [3] Hirtenjunge. [4] Barte, kleine Axt.

un gung wiet, wiet weg naa en'n Waale, um dat Holt dertau too langen. As he an den Waald kam, satt daa en klein witt Männeken, dat fraug öne, woo he hen wolle un wat he maaken wolle. As de Auheere öne düt esegt harre, leit he seck de Baare geewen un sêe [1]), hei solle seck mant [2]) an siene Stêe [3]) setten un toiwen [4]), bet hei wêer keime; hei wolle vor öne hengaan un dat Holt langen [5]). De Auheere harre en Schuuer [6]) vor'n Waale 'sêten, daa kam dat kleine witte Männeken an in 'en Scheepe, dat aane Wind un Waater gung. Jetzund leit he den Jungen int Schep ninstiegen un heit 'ne alles mêe= nöömen, wat he up der Straaten andröpe.

Hei mochte nuu wol 'ne Ecke [7]) föört sien, daa sach he 'n'n Minschen an'n Wêge sitten, bë fratt met graater Gier von 'en daaen [8]) Pêre. Up de Fraage, worümme dat bêe [9]), antwoore jönne [10]), hei herre saun'n beetschen [11]) Hunger, dat he all [12]) tein Pêre biesslaan [13]) herre un allewiele an'n ölfden seite, un doch wööre noch lange nich satt. Daa sprook de Auheere, hei solle mant mêeföören; wenn hei de Kööunigesdochder kreege, denn solle seck aak recht satt ëten.

Drup föörde wier, un baale kam he an 'ne Stêe, daa lag ein an'n Dieke [14]) un soop. Dok düssen fraug he, worümme dat bêe, un jönne antwoore, hei herre sau'n gluupschen [15]) Doft, dat he 'ne nümmer stillen könne; uut tein Dieken herre alreits [16]) dat Waater uutesoopen, nuu leige an'n ölfden un wööre doch noch jümmer döstig. De Auheere sêe vor öne, hei solle mant mêegaan; wenn hei de Kööunigesdochder friede, solle seck satt suupen.

Sau föörde wier, un et modde [17]) öön' ein, bë harre dat eine Bein up de Schulder elegt un leip doch noch sau ge= swinne, as de Wind wëjet [18]) un de Vuugel flügt. As he düssen fraugde, wat hei't sau hille [19]) herre, sêe, hei wolle noch veele

[1]) sagte. [2]) nur. [3]) Stelle. [4]) warten. [5]) holen. [6]) Schauer, Zeitlang. [7]) Strecke. [8]) toten. [9]) täte. [10]) jener. [11]) beißenden, grimmigen. [12]) schon. [13]) beigeschlagen, ver= zehrt. [14]) Teiche. [15]) gewaltigen. [16]) bereits. [17]) begegnete. [18]) weht. [19]) eilig.

Stunnen wiet un fien Mibbaages[1] ëten. Nuu leit de Junge
aak düssen instiegen un fêe vor ööne, wenn hei de Köönigesdochder
kreege, wolle ööne in sienen Deinst nöömen.

Hei fööre wier un fund ein'n, dë an der Ëre[2] lag un met
den Flizbaagen enken[3] ziele. Düssen fraug he, wornâe zielde,
un jönne antwoore: veele, veele Stunnen wiet, up der Spitze
enes Kerktoorens, daa seite 'ne Mügge, dë wolle runder scheiten.
Daa segde de Auheere vor ööne, hei solle mêegahn; wenn hei
de Köönigesdochder efriet herre, wööre hei ööne in sienen
Deinst nöömen.

As he nuu endlich met sienen Scheepe un met sienen Ëter
un met sienen Drinker un met sienen Lööäper un met sienen
Schütten naa der Köönigesborg kam, daa gaf he den Köönige dat
Schep un föderde dei Köönigesdochder taur Fruuen. Dë aawer
was nich moitig[4] tau ener solken Frijaade[5] un sêe: „Dat
is jaa Heeres[6] Junge; den mag eck nich taun Manne hem."

Öör Vaader, de Köönig, wolle aak sien Kind neinen Auheeren geewen un sêe, de Hochtiet könne nich eer sien, as bet
he von hundert Moldern[7] Weite dat Braat[8] upegetten
herre. Daaran kreeg nuu de Auheere sienen Ëter, un as dë
dermêe reie[9] was, was he kuume satt.

Aawer de Köönig wolle 'ne siene Dochder doch noch nich
geewen un bedüüe 'ne, de Hochtiet könne erst denn sien, wenn he
von hundert Moldern Gaste[10] dat Beer uutedrunken herre.
Doch aak daa harre de Auheere kene Bange voor; sien Drinker
maakede seck dran un drunk et baale uut, un as he dermêe
reie was, was he ëben satt.

Nuu konne de Köönig den Auheeren siene Dochder nich
lënger afflaan, un et solle de Hochtiet sien. Doch as nuu Bruut
un Brödegam taur Kerke gaan wollen, daa feile[11] düssen de
Dööäpschien[12]), un et woord den Auheeren mant eine Stunne
Tiet egeewen, den Schien taur Stêe too schaffen. Alsebaale

---

[1] Mittagsbrot. [2] Erde. [3] genau, sorgfältig. [4] geneigt, bereit. [5] Heirat. [6] des
Hirten. [7] Malter. [8] Brot. [9] fertig. [10] Gerste. [11] fehle. [12] Taufschein.

schicke de Auheere sienen Lööper af; aawerst allnaagerâe*)
was de Tiet ümme un de Lööper noch nich wêer daa.

Nuu woord de Schütte afeschicket, dë solle tausein, woo de
Lööper bleewe. Dë sach 'ne aak baale up 'en Përkoppe in
deipen Slaape lien un schoot nuu ööne met den Baagen den
Përkopp under'n Koppe weg. Daavon waakede de Lööper up
un kam met den Dööpschiene noch taur rechten Tiet.

De Köönig aawer moste nuu den Auheeren siene Dochder
taur Fruue geewen, weil he dat Schep ebrocht harre, dat aane
Wind un Waater gung, un dertau noch edaan harre, wat de
Köönig föderde.

♣ ♣ ♣

Das klingende und singende Blatt.

Es war einmal ein König, der hatte eine einzige Tochter,
die war des Vaters Stolz und Freude. Einst wollte der
König verreisen, und er fragte sie, was er ihr mitbringen
sollte. Sie sagte: „Ein Blatt, das klingen und singen kann."

Der König reiste nun in eine große Stadt. Überall
erkundigte er sich nach dem Blatte, das klingen und singen
könne, aber er konnte es nirgend bekommen. Betrübt darüber,
daß er den Wunsch seiner Tochter nicht erfüllen könne, reiste
er zurück und kam in einen großen Wald.

Mit einem Male hörte er zu seiner Freude auf einem
Baume ein Blatt, das klang und sang. Ganz froh darüber,
ließ er den Kutscher auf den Baum steigen, um das Blatt
zu holen. Als dieser aber die Hand danach ausstreckte, rief
plötzlich ein Ungeheuer in der Nähe: „Dat sind mîne Bêren!"
Ein großer Wolf kam hervor und sprach zu dem Kutscher, er
möge dem Könige sagen, wenn er ihm geben wolle, was ihm
zuerst auf der Brücke vor seinem Schlosse begegnen würde, so
solle er das klingende und singende Blatt haben. Als der
König das gehört hatte, willigte er in die Bedingung ein, um

---
*) allnachgerade.

49

nur seiner Tochter das Blatt mitbringen zu können. Der
Wolf aber setzte sich hinten auf den Wagen und fuhr mit.

Als sie zu der Brücke kamen, sah der König von weitem
seine Tochter ihm entgegenkommen. Er erschrak heftig und
rief ihr schon aus der Ferne: „Zurück!" entgegen. Allein als
sie ihren Vater und das klingende und singende Blatt sah,
ließ sie sich nicht zurückhalten, sondern eilte dem Vater auf
der Brücke entgegen. Still und traurig reichte der König
seiner Tochter das klingende und singende Blatt; der Wolf
aber sprang vom Wagen und rief: „Morgen biste mîne!"

Als man nun im Schlosse vernahm, was der König dem
Wolfe versprochen hatte, war da ein großes Herzeleid. Zuletzt
beschloß man, des Kuhhirten Tochter in die Kleider der
Prinzessin zu stecken und dem Wolfe zu übergeben. Am
andern Morgen zog die Tochter des Kuhhirten die schönen
Kleider der Prinzessin an und wurde dem Wolfe übergeben.
Dieser sprach zu ihr: „Sett deck up mînen rûen Swanz, hurle,
hurle, hen!" und trabte mit ihr fort. Unterwegs machte er
Halt und sagte zu ihr: „Lûs meck enmâl!" Dann fragte er:
„Wat was de Glocke, as we wegtögen?" Das Mädchen
antwortete: „As mîn Bâder met den Koien wegtôg." Da
sprach der Wolf: „Sett deck up mînen rûen Swanz, hurle,
50

hurle, hen; du bist de rechte nich!" und brachte sie wieder zurück ins Schloß.

Hier forderte er die rechte Tochter. Die Prinzessin aber weinte und schrie so viel, daß der König endlich beschloß, der Tochter des Schweinehirten die Kleider der Prinzessin anziehen zu lassen und sie dem Wolfe zu geben. Als er nun unterwegs mit ihr rastete, fragte er sie: „Wat was de Glocke, as we wegtögen?" Das Mädchen antwortete: „As mîn Vâder met den Swînen ûtdrêf." Da sagte der Wolf ganz ärgerlich: „Sett deck up mînen rûen Swanz, hurle, hurle, hen; du bist de rechte nich!" So brachte er auch diese wieder zurück und forderte die rechte Prinzessin.

Trotz alles Jammerns und Klagens mußte jetzt die Königstochter mit ihm fort. Unterwegs sprach er auch zu ihr: „Lûs meck enmâl!" und dann: „Wat was de Glocke, as we wegtögen?" Sie antwortete: „Als mein Vater mit den silbernen Löffeln klingelte." Vergnügt sprach der Wolf: „Sett deck up mînen rûen Swanz, hurle, hurle, hen; du bist de rechte!" So trabte er mit ihr in den großen Wald, gerade dahin, wo der hohe Baum stand, auf dem das klingende und singende Blatt gesessen hatte. Hier mußte die Prinzessin mit dem Wolfe zusammenleben; er war aber gegen sie so gut, daß sie ihn zuletzt recht lieb hatte.

Eines Tages sprach der Wolf zu ihr, sie solle ein Feuer anmachen. Darauf gab er ihr ein Schwert in die Hand und befahl ihr, ihm damit den Kopf abzuhauen und diesen in das Feuer zu werfen. Sie wollte es zuerst nicht tun, weil sie ihn so lieb hatte; sie fiel ihm um den Hals, weinte und jammerte, doch er bestand darauf und legte seinen Kopf hin. Sie faßte sich ein Herz, hieb den Kopf ab und warf ihn ins Feuer. Da sprühte die Flamme hoch empor, und in demselben Augenblicke stand ein schöner Prinz vor ihr. Beide reisten nun zu dem Könige, dem Vater der Prinzessin, heirateten sich und lebten recht lange glücklich miteinander.

Der Schatz des Riesen.

Einem Schweinehirtenjungen träumte drei Nächte hinter=
einander, er solle sehr reich werden. Als es ihm zum dritten
Male geträumt hatte, ließ er seine Schweine im Stiche und
ging weg, um reich zu werden. Er kam in einen großen
Wald. Nachdem er eine Zeitlang darin fortgegangen war,
begegnete ihm ein Riese; der fragte ihn, wohin er wolle. Der
Junge antwortete, er suche einen Herrn. „Und ich suche einen
Knecht," sprach der Riese, „da kannst du ja gleich bei mir in
Dienst treten." Der Junge war damit zufrieden, und so
wanderten sie miteinander des Riesen Wohnung zu.

Unterwegs kamen sie zu einem schönen Apfelbaume, woran
die köstlichsten Äpfel hingen. Der Junge bekam Verlangen,
einen von den Äpfeln zu essen, und bat deshalb den Riesen,
er möge ihm doch einen abpflücken. Der Riese faßte den
Wipfel des Baumes, bog ihn fast bis zur Erde nieder und
sagte dann dem Jungen, er möge sich selbst einen abpflücken.
Indem dieser nun nach dem Zweige griff, ließ der Riese den
Baum los, so daß der Zweig in die Höhe schnellte und der
Junge, der den Zweig festhielt, über den Baum hinüberflog.
Auf der anderen Seite stand er aber gleich wieder auf den
Füßen und sagte darauf ganz keck zu dem Riesen: „Den
Sprung mache mir einmal nach!" Der Riese, der wohl wußte,
daß er das nicht könne, schwieg still.

Endlich kamen sie zu des Riesen Haus. Hier fand der
Junge eine Frau, die der Riese geraubt hatte, und ein kleines
Mädchen. Am Abend trug die Frau auf, was sie gekocht
hatte. Der Junge merkte bald, daß es Menschenfleisch sei,
und aß deshalb nichts; der Riese aber aß desto mehr. Als
es ganz dunkel geworden war, mußte das kleine Mädchen den
Jungen auf die Kammer führen, in welcher er schlafen sollte.
Als das Mädchen wieder fortgehen wollte, warnte es den Jungen
und sprach: „Nimm dich in acht, über Nacht kommt der Riese

52

und schlägt dich tot." Er dankte dem Mädchen und meinte, mit dem Totschlagen habe es keine Not, sie möge ihm nur Licht, Stroh, einen Stock und einen großen Milchtopf bringen. Als ihm das Mädchen alles gebracht hatte, machte er einen Strohmann, dem der Milchtopf als Kopf dienen mußte, und legte ihn ins Bett. Dann legte er sich unter das Bett und erwartete da die Ankunft des Riesen.

In der Nacht kam der Riese auch richtig an, tastete auf dem Bette herum, um zu wissen, wo der Kopf sei, und als er diesen gefunden zu haben glaubte, führte er einen gewaltigen Streich mit dem Beile nach dem Milchtopfe, so daß dieser in viele Scherben zersprang. Darauf ging er wieder hinunter und sagte zu der Frau: „Einen Kopf, der so geknallt hat, habe ich noch nie zerschmettert." Der Junge aber zündete sich ein Licht an, brachte alles von der Kammer wieder herunter, legte sich dann ins Bett und schlief ruhig bis zum Morgen. Dann stand er auf, steckte sich des Riesen Pfeife an, die dieser auf der Kammer zurückgelassen hatte, legte sich damit ins Fenster und fing tapfer zu rauchen an.

Als nun der Riese am Morgen im Garten spazieren ging, erblickte er den Jungen im Fenster, den er doch, wie er meinte, totgeschlagen hatte, und sah deshalb ganz verwundert hinauf. „Ja, gucke nur noch lange!" rief ihm drohend der Junge zu, „du hast mir gestern abend meinen Kopf kurz und klein geschlagen, so daß ich die Stücke habe zusammensuchen müssen." Da ward der Riese bange und sagte, weil er sich nicht hinauf getraute, zu der Frau, sie möge doch einmal hinaufgehen und den Jungen fragen, wieviel er haben wolle, wenn er wieder fortgehen wolle. Der Junge verlangte so viel Geld, wie der Riese tragen könne. Um ihn nur schnell wieder los zu werden, nahm der Riese die Forderung an.

Der Junge ging also mit ihm in den Keller, worin des Riesen Schätze lagen, und lud diesem immerfort auf den Rücken. Der Riese meinte zwar nach einer Weile, es sei

54

jetzt genug; allein der Junge sagte trotzig: „Nein!“ und lud
ihm weiter auf. Endlich sagte er, jetzt habe er genug; nun
solle er es ihm auch dahin tragen, wo er ihn getroffen habe,
als er ihn mietete. Der Riese machte sich also mit seiner Last
auf den Weg. Als sie an die Stelle gekommen waren, befahl
der Junge dem Riesen, das Geld da abzusetzen. Dieser
kehrte darauf zurück, sah sich aber, als er eine kleine Strecke
gegangen war, noch einmal um. Da rief ihm der Junge
grimmig zu: „Warte, willst du dich noch lange umsehen?“
Und nun fing der Riese an zu laufen, was er nur laufen konnte.

Der Junge aber ging zu seinem Vater. Der mußte zwei
Wagen anschaffen, einen Vierspänner und einen Zweispänner,
damit fuhren sie zu der Stelle, wo das Geld lag, luden es
auf und brachten es in ihr Haus. So war nun der Junge
reich geworden, wie er geträumt hatte.

❧ ❧ ❧

Die Katzenkindtaufe.

Herr Reineke und Herr Isegrim reisten einmal miteinander und verloren sich in einem großen unwegsamen Walde.
Zwei Tage schon waren sie den Wald kreuz und quer durch-
laufen, ohne den kleinsten Bissen genossen zu haben. Am
dritten Tage warf sich Isegrim zur Erde, streckte die lechzende
Zunge heraus und grunzte: „Bruder Reineke, hörst du meinen
Magen nicht bellen? Donner und Doria, ich halt's nicht länger
aus!“ — „Schlucke Steine, Isegrim!“ rief der Fuchs und
trippelte unaufhaltsam vorwärts. Der Wolf biß sich voll Wut
auf die Lippen und mußte wohl oder übel hinterdrein.

Am Abend gewahrten die Reisenden plötzlich im tiefsten
Dickicht einen hellen Lichtschimmer, auf den sie nun eiligst zu-
gingen. Bald standen sie vor einem grauen, ganz mit Eichen-

borfe überkleideten Häuslein, aus dem ein feiner Bratenduft kam. Isegrim schnalzte mit der Zunge und keuchte: „Da wird's was zu schmausen geben; geschwind hinein!" Reineke aber wehrte ihm, indem er sagte: „Nicht also! Laß mich erst kundschaften! Leg du dich derweil unter jene Eiche!" Brummend fügte sich der Wolf, und der Fuchs schlich sich leise an die Tür, durch deren Spalten heller Lichtglanz drang.

Nach einer Weile klopfte er herzhaft an. „Rrrrrein!" schnarrte inwendig eine kräftige Weibsstimme. Reineke fuhr zusammen. „Rrrrrein!" kreischte es drinnen abermals. Reineke wollte fortlaufen, aber der Hunger hielt ihn fest. So faßte er sich denn ein Herz und klinkte die Tür auf. Da kam er in ein helles und äußerst sauberes Stüblein. Alles blitzerte und blänkerte nur so darin, und auf den Fußboden war weißer Sand gestreut, der unter dem leisesten Tritte sonntäglich knisterte. Inmitten des Stübchens aber saß eine uralte Frau am Spinnrocken.

Reineke begrüßte sie mit der ausgesuchtesten Freundlich= keit und rief in verwundertem und schmeichelndem Tone: „Ah, hier ist's aber mal wunderschön!" — „Jou," schnarrte die Alte und schielte von der Seite, „weui häaut äauk Kattenkinnerdäpige. Willt Se se moal seihn?"[1] — „Ja," entgegnete der Rote. Und als ihm nun die Alte die blinden miauenden Katzenkinder zeigte, schlug er entzückt die Pfoten zusammen und jubelte dazu: „Ach, ach, das sind mal niedliche Kinderlein! Nein, aber gar zu niedliche Kinderlein! Wenn ich doch so'n Kindchen hätte!"

Darüber leuchteten die Augen der Greisin auf wie zwei Sternlein am dunkeln Nachthimmel und sie schnarrte in freudig= stem Tone, indem sie die Miezchen wieder hinter den Ofen trug: „Nöu schöllt Se äauk wat täau smäausen hebben!"[2] Und sie trug hurtig auf Würste, Schinken und Gänsebraten und von allem soviel, daß der Tisch krachte. Mit großem

---

[1] „Ja, wir haben auch Katzenkindtaufe. Wollen Sie sie (die Täuflinge) mal sehen?"
[2] „Nun sollen Sie auch was zu schmausen haben."

Behagen setzte sich Reineke an den Tisch, und bald klapperten seine Kinnbacken wie Mühlräder. Schmunzelnd sah die alte Frau ihm zu; solch ein Appetit schien ihr zu gefallen. Als Reineke schließlich kein Krümchen mehr hinunterbringen konnte, stand er mit heimlichem Bedauern auf, machte die tiefsten Bücklinge vor der Greisin, bedankte sich vielmals für ihre Gastfreundschaft und ging von dannen.

Als Isegrim, der sich vor Hunger ganz zusammengekrümmt hatte, vernahm, was für ein Glück sein roter Freund gehabt, stob er auf und sprang in mächtigen Sätzen nach der Tür des Waldhäusleins. Er klopfte aber nicht erst an, sondern polterte unaufhaltsam über die Schwelle. Statt nun artig zu grüßen und hübsch um Entschuldigung zu bitten, glotzte er durch das Gemach und rief spöttisch: „Äh, püh, guck mal einer an; was ist denn hier los?" Nichtsdestoweniger antwortete ihm die Greisin ebenso wie dem Fuchse, daß heute Katzenkindtaufe sei, und ob er die Täuflinge mal sehen wollte. Doch Isegrim erwiderte, heftig abwehrend: „Ich die Mäuseschnäpper beliebäugeln? Danke dafür! Das sind ja lauter — Hexen. Eure Würste und Schinken sind mir lieber."

Kaum waren diese Worte gesprochen, so gab's ein Gewinsel und ein Gekreisch, und hinter dem Ofen sprang ein ganzes Rudel von schwarzen Katzen und Kätzchen hervor. Husch! saßen sie mit ihren Krallen dem Wolfe auf dem Buckel und im Gesicht und bissen und kratzten ihn, so fest sie nur konnten. Der Wolf stieß vor lauter Schmerzen ein wildes Geheul aus. Mit großer Mühe zwängte er sich endlich durch die Tür und lief blutend und heulend zu dem Fuchse zurück.

„Prosit Mahlzeit!" kicherte der Fuchs voll Schadenfreude. „Nicht wahr, Bruder Isegrim, nun können wir's wieder einige Tage aushalten? Das muß gesagt werden, die alte Frau führt einen herrlichen Tisch. Den Gänsebraten vergeß ich mein Lebtag nicht wieder."

Der Wolf aber heulte, daß der ganze Wald erbebte.

Kio.

inem reichen Könige hatte seine Gemahlin das zwölfte Kind geboren, einen bildschönen Knaben. Da nun der König schon so viele Kinder hatte, so bestimmte er, daß gar keine Gevattern gebeten werden sollten, sondern der erste Arme, der vor die Tür käme, der sollte Gevatter sein. Bald kam auch ein Bettler vor das Schloß und bat um eine Gabe. Sogleich wurde er zurückgehalten und ihm gesagt, daß er bei dem neu= geborenen Prinzen Gevatter werden müsse. Er war auch dazu bereit, ging mit dem Kinde in die Kirche und hielt es über die Taufe. Indessen war, ohne daß es jemand bemerkt hatte, auch der Hofnarr des Königs, namens Kio, mit in die Kirche gegangen und hatte sich unter einem Stuhle versteckt, von wo aus er alles hören und sehen konnte, was bei der Taufe vorging. Als nun das Kind getauft war, sprach der Bettler zu ihm, er könne ihm zwar nichts einbinden*), weil er selbst nichts habe; aber eines wolle er ihm doch mitgeben: wenn es heranwüchse und groß würde, so solle es immer das haben, was es sich wünsche. Kio, der das allein gehört hatte, merkte es sich wohl und schlich sich wieder unbemerkt aus der Kirche.

Als nun der Knabe zwei Jahre alt geworden war und schon sprechen konnte, dachte Kio bei sich, er wolle doch einmal versuchen, ob das wirklich geschähe, was das Kind sich wünschte. Er sagte also eines Tages zu dem Knaben, er möge sich doch

---

*) Den Kindern wurde früher gewöhnlich Geld als Patengeschenk in ein Tuch gebunden.

einmal einen Pfennig wünschen. Der Knabe tat das, und sogleich war der Pfennig da. Dann machte er noch einen zweiten Versuch und sprach: „Sage einmal: ich wollte, daß ich einen Stock hätte!" Der Knabe sprach diese Worte, und sogleich hatte er einen Stock.

Im dritten Jahre raubte nun Kio das Kind und ging mit ihm weit weg in ein fremdes Land.

Eines Tages kam er an einem großen und schönen Garten vorbei, worin wunderschöne Lilien standen. Er ging hinein, pflückte eine Lilie ab und sprach darauf zu dem Knaben: „Sage: ich wollte, daß die Lilie ein Lilienstock wäre und ich könnte ihn bei mir in der Tasche tragen!" Der Knabe tat, wie ihm gesagt war, und in demselben Augenblick war die Lilie auch schon ein Lilienstock, den er in die Tasche steckte. Von da zog Kio weiter in ein anderes Land, und hier mußte ihm der Knabe nacheinander Knechte, Mägde und einen großen Hof mit einem schönen Hause und vielem Lande wünschen, was er alles für sich hinnahm. Den Lilienstock aber mußte das Kind zu einer Frau wünschen, die nun seine Mutter war.

Auf dem Hofe war es sehr einsam, weil in der ganzen Gegend keine anderen Menschen waren, als die zu dem Hofe gehörten. Als der Knabe schon mehr herangewachsen und nun mit seiner Mutter einmal allein war, fragte er sie, ob er denn keinen Bruder, keine Schwester, keinen Großvater und keine Großmutter habe. Sie antwortete: „Mein Sohn, ich weiß es selbst nicht, woher ich gekommen bin; ich habe auch keinen Vater und keine Mutter gekannt." Darauf sagte der Knabe zu ihr: „Wenn du dich heute abend schlafen legst, so frage doch den Vater einmal, woher du stammst, und ob ich keinen Großvater und keine Großmutter habe. Ich aber will mich unter das Bett legen und horchen."

Am Abend kam Kio nach Hause und ging mit seiner Frau schlafen. Der Knabe aber hatte sich unter das Bett gelegt. Wie sie nun so im Bette lagen, fing die Frau an:

„Höre, lieber Mann, woher bin ich denn eigentlich? Hier ist doch kein Mensch als ich und du und unsere Knechte und Mägde und das Kind." Er erzählte ihr nun, daß er bei einem reichen Könige Hofnarr gewesen sei und Kio heiße. Dem Könige sei damals ein zwölftes Kind geboren, das ein Bettler bei der Taufe so begabt habe, daß alles, was es sich wünsche, sich alsbald erfülle. Darum habe er das Kind geraubt und sei mit ihm hierher gegangen. Dies Kind aber sei eben ihr Knabe, den sie Lietchen nannten.

„Horch, Lietchen, horch! Horch, Lietchen, horch!" rief jetzt die Frau leise. Lietchen aber lag unter dem Bette und hörte alles mit an. Kio, der davon keine Ahnung hatte, erzählte weiter, wie der Knabe Haus und Hof, Knechte und Mägde, überhaupt alles gewünscht habe, was da sei. „Horch, Lietchen, horch!" rief wieder die Frau. Kio sagte dann auch, daß sie eine Lilie gewesen sei, die von dem Knaben zuerst zu einem Lilienstocke und darauf zu einer Frau gewünscht sei, und daß sie wieder zu einer Lilie werden würde, wenn sie wieder in den Garten gebracht würde und der Knabe zu ihr spräche: „Ich wollte, daß du wieder eine Lilie wärest!" — „Horch, Lietchen, horch!" ließ sich die Frau wieder vernehmen.

In demselben Augenblicke sprach aber auch schon der Knabe unter dem Bette: „Ich wollte, daß du ein Pudelhund wärest und fressen müßtest, was ich dir zu fressen gäbe!" — „Wau, wau," bellte es im Bette, und ein großer Pudel sprang daraus hervor. Da gab der Knabe dem Pudel Steine, die dieser fressen mußte. Dann wünschte er, daß seine Mutter wieder ein Lilienstock würde und er sie in der Tasche tragen könne. Mit diesem ging er zu dem Garten, worin die Lilie gepflückt war, und wünschte, daß sie wieder da stünde. Von da reiste er zu seinem Vater. Der Pudel aber, der mit einem Beine hinkte, so wie Kio mit dem einen Fuße gehinkt hatte, mußte immer neben ihm herlaufen.

60

Im Schloſſe ſeines Vaters gab er ſich für einen Küchen=
jungen aus und bat, daß man ihn in Dienſt nehmen möchte,
ward aber abgewieſen. Er ſagte indes, er wiſſe nirgend hin,
und bat ſo lange, bis er endlich als Küchenjunge angenommen
wurde. Weil er nun den Hund bei ſich behielt, ſagten die
anderen in der Küche zu ihm, was ſie mit ſolchem Küchen-
jungen ſollten, der ſich einen Hund hielte; ſie hätten Hunde
genug im Schloſſe. Er antwortete ihnen, das ginge ſie nichts
an, der Hund fräße nichts als Steine.

Der alte König hatte davon gehört und kam ſelbſt in die
Küche, um den Hund zu ſehen, der Steine fräße. Der Küchenjunge
rief alſo: „Kio, Kio, zuch!“ und ſogleich kam der Hund herbei. Bei
dem Namen Kio war der König aufmerkſam geworden, und er
fragte den Jungen, wie der Hund zu dem Namen käme; er
habe einmal einen Hofnarren gehabt, der habe ſo geheißen und,
ebenſo wie der Hund, mit einem Beine gehinkt. Da fragte der
Küchenjunge, ob er denn nicht auch einen Sohn namens Lietchen
gehabt habe, der ſein jüngſtes Kind geweſen ſei? Der König
bejahte das und fügte hinzu: „Der iſt wahrſcheinlich ertrunken,
denn ich habe keine Spur von ihm auffinden können.“

Nun wünſchte der Junge den Pudel wieder zu einem
Manne, ſagte dem Könige, daß er ſein Sohn ſei, und erzählte
alles, was er erlebt hatte. Da hatte die Freude über den
wiedergefundenen Sohn gar kein Ende. Kio aber ward zur
Strafe für ſein Verbrechen lebendig verbrannt.

Die Prinzessin mit dem Horne.

Ein armer Mann hatte drei Söhne. Alle drei mußten ein Handwerk lernen; der älteste wurde ein Tischler, der zweite ein Schuster, der jüngste und kleinste ein Schneider. Als sie nun ausgelernt hatten und in die Fremde gehen wollten, begleitete sie der Vater eine Strecke und empfahl dann beim Abschiede den kleinsten der Fürsorge der beiden älteren auf das dringendste. „Wo der kleine bleibt," sprach er, „da bleibt ihr auch; kann er keine Arbeit finden, so geht ihr weiter. Neun Jahre sollt ihr ausbleiben, dann kommt ihr aber wieder!"

Die drei Brüder wanderten nun munter miteinander fort. Sie kamen in viele Städte, konnten aber nirgend alle drei zugleich Arbeit bekommen. Bald fanden die beiden älteren Arbeit, und der jüngste konnte keine bekommen; bald aber bekam dieser Arbeit, und die beiden anderen konnten keinen Meister finden. So reisten sie immer weiter und kamen zuletzt in einen großen Wald. Schon acht Tage waren sie darin gegangen und konnten noch immer keine Stadt, nicht einmal ein Dorf oder ein Haus erreichen, auch der Hunger begann sie zu quälen. Da in dem Walde viele Bären, Wölfe, Löwen und andere wilde Tiere waren, so hatten sie unter sich ausgemacht, daß immer nur zwei von ihnen schliefen, der dritte aber während der Zeit Wache halten sollte. Sie taten das auch, nur daß jedes Mal, wenn der Schneider hätte Wache halten müssen, der Tischler für ihn eintrat, weil der Vater gesagt hatte, sie sollten den kleinsten schonen.

So war wieder die Nacht gekommen, wo der Schneider wachen sollte, und wie früher, so wollte auch jetzt der Tischler wieder für ihn eintreten. Doch dieses Mal wollte es der Schneider durchaus nicht zugeben und verlangte, selbst seine Wache zu tun. Als nun die beiden älteren eingeschlafen waren, sah er beim Mondenschein ganz helle Reiser in Menge um sich herum

liegen. Davon sammelte er einen Arm voll und ging damit
von seinen Brüdern, die fest schliefen, weg und seitwärts in
den Wald hinein. Damit er aber seine Brüder wiederfinden
könnte, steckte er öfter rechts und links ein Reis in den Boden.

Nachdem er eine Strecke weit seine Reiser gesteckt hatte, sah
er in einiger Entfernung ein Licht schimmern. Er ging dem
Lichte nach und kam zu einem Schlosse, das von einem Graben
umgeben war, über welchen eine Zugbrücke führte. Die Zug=
brücke ward sogleich herabgelassen; er ging hinüber und ge=
langte über den Hof gerades Wegs in das Schloß hinein.
Nirgend sah er ein lebendiges Wesen; in einem großen er=
leuchteten Saale aber stand Butter und Brot, Braten und
Wein auf dem Tische. Rund herum standen auch viele
Bücher, wenn er etwa lesen und sich damit die Zeit vertreiben
wollte. Der Schneider aß und trank sich recht satt, dann nahm
er Brot und Braten, dazu auch zwei Flaschen Wein, und
machte sich auf den Rückweg zu seinen Brüdern, damit auch
diese etwas zu essen und zu trinken bekämen. Als er wieder
dahin kam, schliefen sie beide noch fest. Er weckte sie und
sprach: „Nun eßt und trinkt erst, dann wollen wir miteinander
hin zu dem Schlosse gehen." Und nun erzählte er ihnen alles,
was er gehört und gesehen hatte. Dann machten sie sich zu=
sammen auf den Weg.

Als sie in das Schloß kamen, war da ein Tisch schön
gedeckt, Speisen und Getränke wurden aufgetragen, ohne daß sie
einen sahen, der das alles brachte. Während sie am Tische saßen
und aßen, kam ein kleines weißes Mäuschen, das lief an dem
Tischler in die Höhe, setzte sich auf seinen Schoß und sprach:
„Ihr könnt hier so lange bleiben, wie ihr wollt, und auch
essen und trinken, was ihr wollt; aber ihr dürft nichts davon
mitnehmen, wenn ihr weggeht, auch dürft ihr Nachts nicht
schlafen." Trotzdem fielen der Tischler und der Schuster in
der Nacht bald in einen tiefen Schlaf, der Schneider aber
schlummerte nur leise. Nachts um zwölf Uhr kam die weiße

Maus zu dem Tischler und sprach: „Schatz, schläfst du oder wachst du?" Doch der Tischler schlief fest. Darauf lief sie hin zu dem Schuster und sprach wieder: „Schatz, schläfst du oder wachst du?" Doch auch dieser schlief fest. Zuletzt lief sie zu dem Schneider, der nur ein wenig schlummerte, und sprach: „Schatz, schläfst du oder wachst du? Ja, du schlummerst nur."

Zwei Tage und drei Nächte blieben die drei Brüder in dem Schlosse. In jeder Nacht kam die weiße Maus und fand den Tischler und den Schuster fest schlafend, aber der Schneider schlummerte nur. Am dritten Tage verließen sie das Schloß, worin sie auf das beste bewirtet waren. Als sie auf die Zug= brücke kamen, lagen da drei dicke, dicke Schlangen. Die eine Schlange sprach zu der anderen: „Was willst du deinem Schatze dafür schenken, daß er immer geschlafen hat?" — „Eine Tasche, die niemals von Gelde leer wird", sprach die angeredete, und damit schenkte sie dem Tischler eine Tasche mit Geld. Dann sagte die zweite Schlange zu der anderen: „Was willst du denn deinem Schatze dafür schenken, daß er immer geschlafen hat?" — „Ich will ihm ein Horn schenken; wenn er hineinbläst, so bekommt er soviel Kriegsvolk, wie er nur haben will." Mit diesen Worten schenkte sie dem Schuster ein Horn. Dann kam die Reihe an die kleinste Schlange. Diese ward von den beiden anderen Schlangen auch gefragt: „Was willst denn du deinem Schatze dafür schenken, daß er nur geschlummert hat?" — „Ich will ihm einen Mantel schenken; wenn er den umhängt und sich hineinwickelt, so kann er sich wünschen, wohin er will." Die Brüder nahmen die Geschenke und bedankten sich. Ehe sie aber damit fortgingen, sagten ihnen die drei Schlangen noch: „Heute über neun Jahre müßt ihr euch alle drei wieder hier auf der Zugbrücke einfinden!"

So reisten sie weg und kamen auf ihrer Wanderung noch in manche Stadt, aber in keinem Orte konnten sie alle drei Arbeit finden. Endlich kamen sie in eine große Stadt, worin

ein König wohnte, der nur eine einzige Tochter hatte, die sehr klug war. Der König hatte bekannt machen lassen, wenn einer käme, der seine Tochter im Spiel überwände, so solle er sie zur Gemahlin und mit ihr das ganze Königreich erhalten; wenn er aber schon verheiratet wäre, so solle er das halbe Königreich bekommen. Der Tischler sprach zu seinen Brüdern, er wolle mit der Prinzessin spielen; sie könne ihn doch nicht überwinden, weil er ja immer einen vollen Beutel habe. So ging er denn ins Schloß und fing an mit der Prinzessin zu spielen. Er verlor zwar viel, behielt aber immer noch Geld genug. Das setzte er alle Tage fort, und schon war eine geraume Zeit vergangen, seitdem er im Schlosse war.

Eines Tages sprach die Prinzessin zu ihm, er möge ihr doch sagen, woher er das viele Geld bekomme, und wie es zu= ginge, daß er immer einerlei Geld habe. Da erzählte er ihr, daß er eine Tasche habe, die niemals von Geld leer werde, und er zeigte sie ihr. Sogleich machte die Prinzessin einen Anschlag, wie sie die Tasche an sich bringen könnte. Sie ließ also eine Tasche machen, die dem Aussehen nach der seinigen völlig gleich war, ersah sich dann in der Nacht, als er fest schlief, einen günstigen Augenblick, stahl ihm die Tasche und gab ihm dafür die nachgemachte, die sie mit Geld gefüllt hatte. Als er nun am andern Morgen wieder mit ihr spielte und zweimal Geld aus der Tasche genommen hatte, war diese leer und blieb leer. Da er jetzt kein Geld mehr zu verlieren hatte, so ward er mit Schimpf und Schande aus dem Schlosse getrieben.

Er ging also wieder zu seinen Brüdern, die er vorher fast vergessen hatte, und sprach zu dem Schneider, nachdem er alles erzählt hatte: „Du mußt mir deinen Mantel leihen; ich will mich dahin wünschen, wo die Prinzessin die Tasche hat." Der Schneider sagte zwar, er habe sich in den drei bis vier Jahren, die er im Schlosse gewesen sei, gar nicht um seine Brüder gekümmert; dennoch wolle er ihm den Mantel geben.

66

Sobald er den Mantel hatte, wünsche er sich dahin, wo die Tasche war, und sogleich befand er sich in einem großen Saale, wo die Prinzessin, die die Tasche an ihren Leib gebunden hatte, gerade bei Tische saß. Die Prinzessin aber spürte seine Nähe, sah unter den Tisch und erblickte da den Spieler. Sogleich griff sie nach dem Mantel und riß ihm den vom Rücken. Nun hatte sie auch den Mantel, und der Tischler wurde abermals aus dem Schlosse getrieben.

Er ging nun zu seinem Bruder, dem Schuster, und dieser mußte ihm sein Horn geben. Damit ging er fort, fing an darauf zu blasen und hatte bald ein sehr großes Kriegsheer beisammen. Jetzt kündigte er dem Könige den Krieg an, wenn er ihm die Prinzessin nicht ausliefere; denn sie müsse sterben. Als der König sich weigerte, kam es zu einer furchtbaren Schlacht, worin dieser vollständig besiegt wurde, so daß er um Frieden bitten und seine Tochter ausliefern mußte. In einer schwarzen Kutsche wurde sie zu ihm gebracht. Die Prinzessin, die nicht wußte, daß er der Spieler sei, bat den Sieger flehentlich, er möge sie doch leben lassen, sie wolle ihn auch heiraten. Nach vielen Bitten ließ er sich erweichen und war dazu bereit. So fuhren sie denn miteinander ins Schloß. Hier erkannte sie ihn aber und fragte, indem sie recht freundlich tat, woher er denn das viele Kriegsvolk bekommen habe. Er erzählte ihr nun von dem Horne, und da er fest glaubte, daß sie jetzt seine Gemahlin würde, so gab er ihr auch das Horn zu der Tasche und dem Mantel noch in Verwahrung. Kaum aber hatte die Prinzessin das Horn in ihren Händen, so ward er auch schon wieder aus dem Schlosse getrieben.

Seine beiden Brüder waren unterdessen, weil die neun Jahre bald um waren und sie nicht länger auf ihn warten wollten, zu ihrem Vater zurückgekehrt. Er wollte nun auch nach Hause gehen und suchte sich unterwegs als armer Handwerksbursche sein Brot. Schon war er lange in einem Walde fortgegangen, als er auf einen großen und schönen Apfelbaum stieß, dessen

Zweige bis auf den Boden hingen und voll der schönsten Äpfel saßen. Da ihn sehr hungerte, so pflückte er einige Äpfel ab und aß sie. Gleich danach wuchs ihm auf dem Kopfe ein Horn, das immer größer wurde, so daß er nicht mehr unter den Büschen durchkommen konnte. Mühsam arbeitete er sich vorwärts und kam nach einer Weile wieder zu einem hohen Apfelbaume, dessen Zweige er mit seinen Händen nicht erreichen konnte. Daher stieß er sich mit seinem langen Horn einige Äpfel herunter und verzehrte sie. Als er nun diese Äpfel gegessen hatte, verging ihm das Horn wieder eben so schnell, wie es vorher gewachsen war. Darauf ging er zu dem ersten Apfelbaum zurück, pflückte sich eine Anzahl Äpfel ab und aß einige davon, damit ihm wieder das Horn wüchse. Nachdem das geschehen war, ging er wieder zu dem zweiten Apfelbaume und stieß sich mit seinem Horn auch von diesem noch mehrere Äpfel ab. Hierauf aß er von diesen Äpfeln, so daß das Horn verging, und wandte sich mit beiderlei Äpfeln der Stadt zu, worin die Prinzessin wohnte.

Als er dahin gekommen war, kaufte er sich ein niedliches Körbchen, das füllte er mit seinen Äpfeln und stellte sich damit an die Kirchentür, durch welche die Prinzessin in die Kirche ging. Die Prinzessin erschien auch, von einer Kammerjungfer begleitet, und wunderte sich über die schönen Äpfel. Bald bekam sie auch Lust, davon zu kaufen, und schickte die Kammerjungfer ab, um nach dem Preise zu fragen. Der Tischler forderte für einen Apfel nicht weniger als drei Goldstücke. Die Kammerjungfer fand das zwar teuer, fragte aber doch, ob er ihr, wenn die Prinzessin zwei Äpfel kaufe, einen schenken wolle. Er versprach das. Da kaufte die Kammerjungfer zwei Äpfel. Für die Prinzessin gab er ihr nun zwei von den Äpfeln, wovon Hörner wuchsen, ihr selbst aber gab er einen von den Äpfeln, wovon keine Hörner wuchsen. Die Prinzessin aß gleich in der Kirche einen der beiden Äpfel. Sowie sie diesen gegessen hatte, bekam sie auf dem Kopfe ein großes,

68

großes Horn, das oben durch die Kirche hinaus wuchs. Man mußte also die Prinzessin auf den Rücken legen und so aus der Kirche tragen. Im Schlosse brachte man sie in ein großes Zimmer und ließ sie darin allein. Das Horn aber wuchs immerzu, so daß es bald oben durch das Dach des Schlosses gewachsen war.

Der König, der seine Tochter um jeden Preis wieder von dem Horne befreien wollte, bot eine unermeßliche Summe Geldes, wenn sich einer fände, der seine Tochter heilen könnte. Da kam der Tischler, der seine Äpfel von beiden Arten zu Pulver gebraten und sich ganz unkenntlich gemacht hatte, und gab sich für einen Arzt aus, der das Horn wegschaffen könne. Er gab der Prinzessin ein Pulver von den Äpfeln, wovon das Horn verging, und richtig war am andern Morgen das Horn nur noch ein Glied lang. Dann gab er ihr wieder einen Löffel voll von dem anderen Pulver, wovon das Horn wieder wuchs, und so wechselte er damit alle Tage ab, so daß das Horn bald verging, bald wieder wuchs.

Einst sagte die Prinzessin zu ihm, ihr wolle es vor= kommen, als habe sie ihn schon einmal gesehen; an ihrem Hofe sei einmal ein Spieler gewesen, der habe fast ganz so aus= gesehen wie er. Das könne wohl sein, antwortete er, bei ihm zu Lande wäre auch eine Dame, die sähe gerade so aus wie die gnädige Prinzessin. Dann fuhr er fort, er habe doch schon mehrere Leute von ihren Hörnern befreit; daß bei ihr das Horn immer von neuem wachse, das müsse einen besonderen Grund haben. Gewiß habe sie etwas auf dem Gewissen; sie möge ihm das nur offenbaren, dann verginge auch das Horn völlig. Darauf gestand sie ihm, sie habe einen Spieler gehabt, dem habe sie nacheinander Tasche, Mantel und Horn weg= genommen. Da sagte der falsche Arzt, sie möge ihm alle drei Stücke mitgeben, er wolle sie auf seiner Schlafkammer auf= bewahren; dann würde auch das Horn bald ganz verschwinden. Nun wurde die Kammerjungfer abgeschickt, die drei Stücke herbeizuholen und dem Arzte zu übergeben. Nachdem er der Prinzessin noch eine tüchtige Portion von dem Tranke eingegeben hatte, wovon das Horn wuchs, ging er mit den drei Stücken auf sein Zimmer. Hier band er sich die Tasche an, hängte sich das Horn um und wickelte sich in den Mantel. Dann sprach er: „Ich wollte, ich wäre da, wo meine Brüder sind." In demselben Augenblicke befand er sich auch schon auf seines Vaters Hofe neben seinen Brüdern.

Am andern Tage waren gerade die neun Jahre um. Nun wickelten sich alle drei in den Mantel und wünschten sich auf die Zugbrücke, wo ihnen die drei Schlangen die drei Stücke gegeben hatten, und sogleich waren sie da. In dem Schlosse aber, das verwünscht gewesen, war jetzt alles lebendig geworden. Die drei Schlangen traten ihnen als drei wunderschöne Prinzessinnen entgegen und dankten ihnen für ihre Erlösung. Jeder der drei Brüder heiratete die Prinzessin, die ihn damals auf der Brücke beschenkt hatte, und sie lebten miteinander glücklich und in Freuden.

Der Prinzessin mit dem Horne aber wuchs das Horn noch immerfort, und wenn sie unterdessen nicht gestorben ist, so wächst es noch jetzt.

❦ ❦ ❦

Dat kläauke Greitjen [1]).

Et was emäl 'n Kroiger [2]), dei harre 'n Mäken, dat heit Greitjen. Dat was bannig [3]) kläauk un dachte all jümmer [4]) an Sachen, wue süß [5]) noch nemmes [6]) an dachte. Darümme neumen [7]) sei et eok dat kläauke Greitjen.

Einmäl kamm Hannes iut'n Nawerdörpe [8]) un woll dat kläauke Greitjen fröien [9]). Deo säe de Kroiger täau den Mäken: „Greitjen, gäh mäl in'n Kelder un häle ösch en Kräaus [10]) Beier von'n Fatte; Hannes is gewiß döstig [11])." Greitjen

---

[1]) Das kluge Gretchen. [2]) Gastwirt. [3]) gewaltig. [4]) immer. [5]) sonst. [6]) niemand. [7]) nannten. [8]) Nachbardorf. [9]) heiraten. [10]) Krug. [11]) durstig.

namm den greoten Deckelkräaus un gung damie in'n Kelder. As et niu unnen was, kreig et seck en Schemmel her un sette seck vorr dat Fatt, datt 'ne de Rüggen eok nich weih diehe. Un denne dreih et den Hâhnen up un leit dat Beier langsâm in'n Kräaus leopen. Daböi keik et en bettjen[1]) in'n Keldere herümmer un dachte säau an düt un dat.

Deo sach et up einmâl uewer[2]) 'n Fatte an der Wand en greot Böil[3]), as et de Timmerluie[4]) briuket, dat hänge an säau'n eolen rustrigen[5]) Hâken grâde bue'm[6]) söinen Koppe. „Och," dachte Greitjen, „wat is dat forr'n gefährlich Ding! Wenn eck niu den Hannese fröie, un wöi kröiget 'n lüttjik[7]) Kind, un wenn et denn iest[8]) leopen[9]) kann, un wöi schicket et eok emâl in'n Kelder, dat et Beier hâlen sall, un denn fällt dat eole Böil grâde von der Wand herunder un iusen leiwen Kinne up'n Kopp, wat wüere[10]) dat forr'n greot Unglücke!" Un dat kläauke Greitjen fong an täau wäinen un wäine, wat et man konne.

In der Stiu'm[11]) âwer satt Hannes un de Kroiger un söine Friue un liuern[12]) up dat Beier. Un de Kroiger reip den Knecht un säe: „Gâh mâl flux[13]) in'n Kelder un suih täau, wue iuse Greitjen stecket!" Deo gung de Knecht hen un sach Greitjen vorr'n Fatte sitten un wäinen. „No, wat is deck denn?" frääug de Knecht. „Och, köik[14]) doch mâl!" säe Greitjen un wöise ühne dat greote Timmermannsböil an der Wand. Un niu fong et an täau vertellen[15]):

„Eck sitte un denke
Un tappe[16]) Gedränke,
Eck denke, wue 't kümmt,
Wenn Hannes meck nümmt
Un wöi kröiget 'n Kind
Un dat Kind löppt in'n Kelder

¹) bißchen. ²) über. ³) Beil. ⁴) Zimmerleute. ⁵) rostig. ⁶) oben über. ⁷) kleines. ⁸) erst. ⁹) laufen. ¹⁰) wäre. ¹¹) Stube. ¹²) lauerte. ¹³) flink. ¹⁴) kuck. ¹⁵) erzählen. ¹⁶) zapfe.

Un fällt in dat Timmermannsböil,
    Wat dat forr'n greot Unglücke wüer'!"

„Dat is äwer eok wåhr!" säe de Knecht, un as hei sach,
wue dat kläauke Greitjen säau bitterlich wäine, reif hei seck de
Eogen¹) natt un huile²) täau'r Sellschopp³) midde.

As niu eok de Knecht nich wier herupper kamm, säe de
Kroiger täau söiner Friuen: „Gåh diu doch mål hen un suih
täau, wue dei beiden mit den Beiere blöiwet!" De Friue stund
up un gung in'n Kelder. Un deo sach se, wue dei beiden då
seiten un wäinen, wat se konnen, un sei fräaug: „No, wat
fehlt jöck denn?" — „Och, Friue," säe de Knecht, „denket
jöck emål, wat iuse kläauke Greitjen forr'n Vöifall⁴) ehat het:
    Wöi sittet un denket
    Un tappet Gedränke,
    Wöi denket, wue 't kümmt,
    Wenn Hans Greitjen nümmt
    Un se kröiget 'n Kind
    Un dat Kind löppt in'n Kelder
    Un fällt in dat Timmermannsböil,
    Wat dat forr'n greot Unglücke wüer'!"

„Och näi⁵), näi!" säe de Kroigersche, as se dat hüere,
„Gott bewåhre ösch forr säau'n slimmen Unglücke!" Un se
sette seck böi ühr kläauket Greitjen in'n Hulken⁶) un namm den
Kopp in beide Hänne un wäine mit den andern inne Wedde⁷).

De Kroiger åwer dachte: „Wat is düt forr 'ne Ge=
schichte! Nemmes kümmt wier? Diu most doch mål sülmst⁸)
in'n Kelder gåhn un täauköiken, wat dat eigentlich bedütt⁹)!"
Un hei säe täau Hannese: „Toif doch noch en Eogenblick;
eck kueme glöik wier. Eck will bleot emål täauseihn, wuerümme
dat Beier noch nich kümmt." Un säau gung hei denn sülmst
in'n Kelder un sach se alle drei vorr'n Fatte sitten un de
bittersten Tränen vergeiten. „Swereneot¹⁰)!" säe de Kroiger, „wat

---

¹) Augen. ²) heulte. ³) zur Gesellschaft. ⁴) Einfall. ⁵) nein. ⁶) in die Knie.
⁷) in die Wette. ⁸) selbst. ⁹) bedeutet. ¹⁰) schwere Not.

is denn düt mit jöck? Wuerümme bringet jöi denn dat Beier
noch nich her?" — „Och, leiwe Mann," säe de Friue,
„hüere doch iest emâl täau, wat iuse Greitjen forr'n kläauken Böifall
ehat het un wat höier noch forr'n greot Unglücke passieren kann:

Wöi sittet un denket
Un tappet Gedränke,
Wöi denket, wue 't kümmt,
Wenn Hans Greitjen nümmt
Un se kröiget 'n Kind
Un dat Kind löppt in'n Kelder
Un fällt in dat Timmermannsböil,
Wat dat forr'n greot Unglücke wüer'!"

„Och Greitjen, bestet Kind," säe de Kroiger, „wat biste
forr'n kläauk Mäken! Dat wüere je 'n Unglücke, säau slimm,
as eck et in möin'n Liem'te[1]) nich edacht härre!" Un niu
föngen dei drei von'n nöien an te huilen, un de Kroiger dachte
an söin einziget Kind un an dat greote Unglücke, un hei konn
et nich laten, hei moste eok mie daruwer wäinen.

Den Brüegamme[2]) in der Stiu'm âwer diure de Töit[3])
doch en bettjen täau lange, un hei dachte: „Wat is düt
forr 'ne Wirtschaft! Greitjen in'n Kelder, Knecht in'n Kelder,
Friue in'n Kelder, Kroiger in'n Kelder — un eck höier säau
ganz alläine in'er Stiu'm! Eck will doch eok emâl hen un
täauseihn, oft dat Beier woll iest ebriuet[4]) weren mott."

As hei niu in'n Kelder kamm, wat sach hei dâ! Dei
halwe Kelder swemme; denn dat ganze Fatt Beier was
iuteleopen bet up den lesten Drüppen[5]). Un de Kroiger un
söine Friue un de Knecht un Greitjen seiten vorr'n Fatte un
keiken na'r Wand un wäinen, wat dat Tuig[6]) heolen wolle.
„No, wat is denn höier passiert, dat jöi alle säau wäinet?"
fräaug Hannes. „Och, leiwe Swöigersuene[7])," säe de Kroiger,
„suiste denn dâ bue'm dat greote Böil nich hängen? Un niu

---

[1]) in meinem Leben. [2]) Bräutigam. [3]) Zeit. [4]) gebraut. [5]) Tropfen. [6]) Zeug.
[7]) Schwiegersohn.

denk doch mâl, wat iufe Greitjen forr'n kläauken Böifall
ekriegen het un wat forr'n greot Unglücke öfch alle noch
bedräpen kann:

Wöi fittet un denket
Un tappet Gedränke,
Wöi denket, wue 't kümmt,
Wenn Greitjen deck nümmt
Un jöi kröiget 'n Kind
Un dat Kind löppt in'n Kelder
Un fällt in dat Timmermannsböil,
Wat dat forr'n greot Unglücke wüer'!"

„Näi," fäe Hans, „fäau wat is meck noch nich vorrekuemen!
Jöi denket all an Sachen, dei wuemöglich in fieben Jâhren
mâl paffieren könnt, un ftatts dat Böil herundertenüemen, lätet
jöi dat fcheune¹) Beier in'n Kelder leopen un lätet meck leiwer
alläine bue'm fitten un halw verböften²). Datt jiue Greitjen
fäau kläauk wäere, härr' eck meck nich edacht! Abjüs, eck gäh
nâ Hius³)!" Un damie gung hei föiner Wege.

Greitjen âwer liuert huite noch up'n Brüegam, wenn et
bette⁴) dahen noch nich eftor'm⁵) is.

---

¹) fchöne. ²) verdurften. ³) Haus. ⁴) bis. ⁵) geftorben.

Der Mullkönig.

Es war einmal ein reicher Kaufmann, der verlor sein ganzes Vermögen beim Indigohandel und behielt kaum soviel, daß er für seine Frau und seine Tochter, die das schönste Mädchen in der Stadt war, das tägliche Brot kaufen konnte.

Da hätten nun die armen Leute vor Hunger und Kummer vergehen können; aber in den alten Zeiten waren die Leute noch vernünftiger als heutzutage und dachten: Arbeit schändet nicht. Darum half der Kaufmann seinen reichen Kollegen in der Schreibstube bei den Büchern, seine Frau ging aus waschen, und auch die Tochter nahm allerlei vor die Hand, wodurch auf redliche Weise Geld gewonnen werden konnte. So ging denn das Mädchen auch in der Frühsommerzeit einmal in den Ziegenberg, um Erdbeeren zu pflücken, die auf dem Markte immer ihre Abnehmer finden.

Als die Kaufmannstochter nun so mutterseelenallein im Walde die fleißigen Hände rührte, raschelte es auf einmal durch das dürre Laub, und ein seltsames Tier kroch ihr entgegen. Das Mädchen tat einen lauten Schrei; denn es dachte, das bunte Tier wäre eine giftige Eidechse oder eine Otter. Und als nun das Tier auch noch seinen Mund auftat und rief: „Fürchte dich nicht, mein Kind, ich tue dir nichts!" da hätte das erschrockene Mädchen vor dem sprechenden Tiere gern davon- laufen mögen; aber seine Füße waren wie in den Boden gewurzelt, es mußte schon still stehen und konnte seine Augen nicht von dem Tiere abwenden. Das sprechende Tier sah nun wirklich auch gar nicht so schlimm aus, es war so groß und so glatt wie ein großer Frosch, seine Haut spiegelte in allen Regen- bogenfarben, und auf dem Kopfe hatte es einen blutroten Kamm, der wie eine Krone gestaltet war. Auch blickte das Tier mit so klugen und verständigen Augen zu der Kauf- mannstochter auf, daß diese nach und nach Mut gewann und ruhig anhörte, was ihr das Tier auseinandersetzte.

„Ich bin der Mullkönig," hob das Tier wieder an, „ich weiß, daß du eine gute Tochter bist und deinen Eltern gern aufhelfen möchtest, darum will ich dich glücklich machen. Nur mußt du mir dagegen einen kleinen Gefallen tun."

„Wenn das, was du verlangst, nicht gegen Gottes Gebot ist," antwortete die fromme Jungfer jetzt ganz dreist, „so will ich dir gern einen Gefallen tun."

„Nun gut," antwortete der Mullkönig, „so beiß mir den Kopf ab!"

„Ach, um des Himmels willen, da verlangst du zuviel," rief das Mädchen, „denn erstens kann ich kein unschuldiges Tier totmachen, und zweitens, lieber Mullkönig, mußt du es mir nicht übel nehmen, wenn ich dich nicht in den Mund nehmen mag; du bist zwar gar nicht so häßlich, aber doch glatt und kalt wie ein Frosch. Du willst auch wohl nur mit mir armen Mädchen Spott treiben; denn wenn ich dir den Kopf abbisse, wärst du ja tot!"

„Was ich verlange, ist mein vollkommener Ernst," antwortete der Mullkönig und bot alles auf, um die Ungläubige zu überreden. Er sprach, er wolle ihr zeigen, was noch kein Mensch gesehen habe, goldene und silberne Kleider solle sie haben, besser als die reichste Prinzessin, und Geld und Gut für ihre Eltern soviel, daß sie ein ganzes Königreich dafür kaufen könnten.

„Adjö, Mullkönig!" sagte das Mädchen, als das Tier ausgeredet hatte, „nun sehe ich erst recht, daß du mich zum besten hast; denn wie willst du mir etwas zeigen oder etwas schenken können, wenn du keinen Kopf mehr hast?"

„Ach, der Glaube wird immer geringer in der Welt," sagte der Mullkönig und kroch betrübt wieder unter das Laub.

Dem Mädchen wurde es jetzt doch recht grausig, es nahm seinen Korb und wollte mit eiligen Schritten davongehen. „Halt, noch ein Wort!" rief der unsichtbare Mullkönig, „es könnte eine Zeit kommen, und die ist gewiß viel näher, als du

denkst, in der du meinen Worten mehr vertraust; dann komm
wieder auf diese Stelle und rufe in den Wald:

„Mull! Mull! Mull!
Min Harte is sau vull!“

Was das Tier sonst noch sagte, hörte das Mädchen
nicht mehr; denn es lief wie gejagt durch den Wald und
rastete erst, als es den Waldsaum erreicht hatte. Was ihm
aber das Tier gesagt hatte, konnte es nimmermehr vergessen;
denn auf dem ganzen Wege bis zur Stadt hin pfiffen alle Vögel,
quakten alle Frösche, brüllten alle Kühe und bellten alle Hunde:

„Mull! Mull! Mull!
Min Harte is sau vull!“

Als die Tochter nun endlich zu Hause angekommen war,
wurde ihr von alledem so wunderbar zu Mute, daß sie ganz
krank wurde und sich zu Bett legen mußte. Das fehlte nun
gerade noch! Im Hause war so schon große Not; denn
während die Tochter aufs Erdbeersuchen ausgegangen war,
hatte ein Unglück über das andere die Eltern getroffen. Die
Mutter war beim Wäscheaufhängen von einer giftigen Fliege
gestochen worden, so daß sie mit einem schlimmen Arme von
der Arbeit hatte zu Hause gehen müssen. Noch schlimmer
stand es um den Vater; der wußte vor Angst nicht, was er
anfangen sollte. Denn als er in seine Kammer kam, wo er
wichtige Kaufmannsbücher aufbewahrt hatte, die er für andere
Kaufleute nachsehen sollte, fand er statt der Bücher nur einen
Haufen Staub, in welchem große schwarze Würmer wimmelten.
Noch vor einer Stunde hatte er die Bücher heil in der Hand
gehabt, und nun waren sie von den Würmern rein zerfressen.

Überhaupt war es, als ob auf einmal alles Ungeziefer
sich gegen die armen Leute verschworen hätte: Mäuse und
Ratten kamen scharenweise ins Haus, fraßen das Brot aus
dem Schranke und die Erdbeeren, die die Tochter eben erst
aus dem Walde geholt hatte, benagten die Kleider und ließen
sich lieber totmachen als fortjagen.

Auch die Tochter konnte nicht im Bette bleiben, wenn
sie sich nicht von Mäusen und Ratten benagen, von Fliegen
und Mücken zerstechen laffen wollte. Da merkte die kluge
Jungfer nun wohl, daß der Mullfönig ihr und ihren armen
Eltern diesen Streich spielte, weil sie seinen Wunsch nicht hatte
erfüllen wollen. Sie bekam nun einen rechten Ärger auf das
garstige, rachfüchtige Tier und hätte ihm jetzt mit Vergnügen
den Kopf für seine Bosheit abbeißen können. Warte, dachte
sie, du schändliches Tier, du bist wert, daß ich dir deinen
Wunsch erfülle, weil du uns so plagst; wenn du erst keinen
Kopf mehr hast, sollst du es wohl laffen, deinem Ungeziefer

Befehl zu geben, uns zu peinigen. Mit diesem Gedanken lief das Mädchen aus dem Unglückshause fort und dem Walde zu. Hatten nun schon vorher alle Tiere laut geschrieen:

„Mull! Mull! Mull!

Min Harte is sau vull,"

so schrieen sie jetzt den Spruch so laut, daß der ganze Wald dröhnte, und da es Abend wurde, ließen auch die Nachteulen und Wölfe ihre schrecklichen Stimmen hören. Nun wurde es dem Mädchen doch wieder recht angst ums Herz, und schon wollte es umkehren, als auf einmal alles totenstill wurde und nur ein wunderschöner goldener Vogel vor dem Mädchen auf= flog und den Spruch so schön und lockend sang, daß das Mädchen ganz Ohr wurde und still stand. Schöner und schöner sang der goldene Vogel seinen Spruch, flatterte vor dem Mädchen her von Baum zu Baum, und das Mädchen mußte dem schönen Gesange folgen, es mochte wollen oder nicht. Als es nun der Vogel zu der Stelle hingelockt hatte, wo der Mullkönig erscheinen wollte, schwieg er still und flog auf einen hohen Baum. Sein Gefieder leuchtete von dem Baume herab wie eine große Sonne und erhellte den Abend, der schon dämmerig heraufzog.

„Mull! Mull! Mull!

Min Harte is sau vull,"

rief jetzt die schöne Kaufmannstochter, und kaum hatte sie den Spruch gesprochen, als der Mullkönig zu ihren Füßen aus dem Laube hervorkroch. „Ei, ei, schon wieder da, mein Kind," sagte er und lachte höhnisch, „hast du vielleicht doch noch Appetit nach meinem kalten, glatten Kopfe bekommen?" Da wurde das Mädchen erst recht bitter und böse über den falschen Spötter, packte das häßliche, glatte Tier herzhaft an, drückte die Augen fest zu, steckte den Kopf, an dem es den roten Kamm deutlich fühlte, in den Mund, und — krach! — war der Kopf abgebissen und auf die Erde gespieen.

Schaudernd machte die schöne Jungfer ihre Augen wieder

auf, aber was ſah ſie nun? Vor ihr kniete ein wunderſchöner
Jüngling mit langen, goldenen Locken, der hielt ihr eine goldene
Krone entgegen und ſprach:

„De Kopp was mine,
De Krone is dine!“

Der goldene Vogel flötete dieſelben Worte wie eine
Orgel von dem Baume herab, und von allen Seiten tönte es
mit Poſaunen und Waldhörnern aus dem Walde zurück:

„De Kopp was mine,
De Krone is dine!“

Da brachen lange Züge von goldgeſchmückten Jägern,
Rittern und Damen durch das Gebüſch und riefen: „Vivat
hoch! Es lebe unſer König und unſere Königin!“

Der Jüngling aber nahm das verwunderte Mädchen
recht feſt in ſeine Arme und ſprach: „Siehe, ich bin ein
mächtiger König, du haſt von mir und meinen Leuten dort,
die auch Tiere waren wie ich, den ſchrecklichen Zauber ge=
nommen. Dafür ſollſt du meine Frau werden und Königin
ſein; komm, küſſe mich!“ Ei, dachte das Mädchen, dem
hübſchen König einen Kuß geben iſt lange nicht ſo ſchlimm,
als einem Mullkönig den Kopf abbeißen, und gab dem vor=
nehmen Bräutigam einen herzhaften Kuß. —

Rumdibidum! Terrätätä! ging's jetzt mit Muſik und
Geſang der Stadt zu, wo die armen Eltern in einer goldenen
Kutſche abgeholt wurden, um auch mit auf das königliche
Schloß zu ziehen. Hier lebten ſie alle zuſammen noch viele,
viele Jahre in Glück und Eintracht.

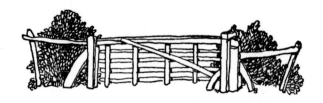

Großmütterchen Immergrün.

Es war einmal eine kranke Mutter, die hatte Herzweh nach Erdbeeren. Sie schickte deshalb ihre beiden Kinder ins Holz, daß sie ihr welche suchten. Als das Körbchen voll war, — keins aber hatte eine gegessen, so lieb hatten sie die Mutter, — da kam ein altes Mütterchen daher, das war ganz grün angezogen, und es sprach zu ihnen: „Ich bin hungrig und kann mich nicht mehr bücken, so alt bin ich. Schenkt mir ein paar Erdbeeren!" Und sie erbarmten sich der alten Frau und schüttelten ihr das Körbchen in den Schoß. Als sie hierauf forteilten, um andere zu pflücken, rief das Mütterchen sie zurück, nahm sie bei der Hand und sagte: „Nehmt die Erd= beeren nur wieder, ich finde doch schon welche. Und weil ihr ein so gutes Herz habt, schenke ich dir eine weiße und dir eine blaue Blume. Nehmt sie wohl in acht, bringt ihnen alle Morgen frisches Wasser, und zanket nicht miteinander!" Sie dankten und eilten nach Hause.

Als die Mutter die erste Erdbeere an die Lippen brachte, da war sie gesund. Das hatte Großmütterchen Immergrün getan. Und als die Kinder der Mutter die Geschichte erzählten, da dankte sie der holden Frau und freute sich der Kinder. So oft diese aber die Blumen ansahen, die immer frisch und lieblich waren, gedachten sie an das Wort: „Zanket nicht miteinander!"

Eines Abends jedoch entzweiten sie sich und gingen frieblos zu Bette. Und als sie am Morgen die Blumen tränken wollten, siehe, da waren sie kohlrabenschwarz. Da er= schraken die beiden Mädchen, nahmen sie traurig in die Hand und weinten viele, viele Tränen auf die Blumen. Und siehe, die weiße wurde wieder weiß und die blaue wieder blau. Seit dem Tage haben sie immer Frieden miteinander gehalten, und die Mutter hat sie gesegnet im Leben und im Tode. Und sind also die Blumen ein großer Schatz für sie geworden, und die Kinder haben Großmütterchen Immergrün lieb gehabt bis an ihren Tod.

Vom dicken fetten Pfannekuchen.

Es waren einmal drei alte Weiber, die wollten gern einen Pfannekuchen essen. Da gab die erste ein Ei dazu her, die zweite Milch und die dritte Fett und Mehl. Als der dicke fette Pfannekuchen fertig war, richtete er sich in der Pfanne in die Höhe und lief den drei alten Weibern weg und lief immerzu und lief kanntapper, kanntapper in den Wald hinein.

Da begegnete ihm ein Häschen und rief: „Dicke fette Pannekauken, blief[1]) stahn, eck will di fräten[2])!" Der Pfanne= kuchen antwortete: „Eck bin drei olen Wiebern entlopen un schölle[3]) di, Häschen Wippsteert[4]), nich entlopen?" und lief kanntapper, kanntapper in den Wald hinein.

Da kam ein Wolf herangelaufen und rief: „Dicke fette Pannekauken, blief stahn, eck will di fräten!" Der Pfanne= kuchen antwortete: „Eck bin drei olen Wiebern entlopen, Häschen Wippsteert — un schölle di, Wulf Dicksteert, nich entlopen?" und lief kanntapper, kanntapper in den Wald hinein.

Da kam eine Ziege herzugehüpft und rief: „Dicke fette Pannekauken, blief stahn, eck will di fräten!" Der Pfanne= kuchen antwortete: „Eck bin drei olen Wiebern entlopen, Häschen Wippsteert, Wulf Dicksteert — un schölle di, Zicke Langbart,

---

[1]) bleib. [2]) essen. [3]) sollte. [4]) Wippschwanz.

nich entlopen?" und lief kanntapper, kanntapper in den Wald hinein.

Da kam ein Pferd herbeigesprungen und rief: „Dicke fette Pannekauken, blief stahn, eck will di fräten!" Der Pfannekuchen antwortete: „Eck bin drei olen Wiebern entlopen, Häschen Wippsteert, Wulf Dicksteert, Zicke Langbart — un schölle di, Perd Plattfaut[1]), nich entlopen?" und lief kanntapper, kanntapper in den Wald hinein.

Da kam eine Sau dahergerannt und rief: „Dicke fette Pannekauken, blief stahn, eck will di fräten!" Der Pfannekuchen antwortete: „Eck bin drei olen Wiebern entlopen, Häschen Wippsteert, Wulf Dicksteert, Zicke Langbart, Perd Plattfaut — un schölle di, Su[2]) Haff, nich entlopen?" und lief kanntapper, kanntapper in den Wald hinein.

Da kamen drei Kinder daher, die hatten keinen Vater und keine Mutter mehr, und sprachen: „Lieber Pfannekuchen, bleib stehen! Wir haben noch nichts gegessen den ganzen Tag." Da sprang der dicke fette Pfannekuchen den Kindern in den Korb und ließ sich von ihnen essen.

---

[1]) Plattfuß.　[2]) Sau.

83

Buer Slukedal[1].

Üt was mal en Buer, dei könn gefährlich veel äten, un darum nennen öhn alle Lüe nich anders as „Buer Slukedal". Eines Dages härr hei Wasen[2]) na Brönswiek[3]) brocht un luere nu up'n Köper[4]). Lange woll keiner komen; tauleßt awer kamm en Bäcker un fraug, wat dat Feuer[5]) kosten schölle. Dei Buer was hungerig woren un sä: „Wenn ick mick mal satt äten kann, schall 'er mick nich up ankomen." — „Satt äten schüllt Ji Zick[6])", sä de Bäcker, „wu veel Geld schall awer dat Holt kosten?" — „Nist"[7]), sä dei Buer, „gewet mick man wat forrn Hunger!" Nu was dei Handel awwesloten, un dei Buer feuere dei Wasen na'n Bäcker sienen Huse. Un während der Tied, dat hei de Päre affchirre, draug dei Bäckerfrue ein

¹) Schlucks nieder. ²) Reisigholz. ³) Braunschweig. ⁴) Käufer. ⁵) Fuder. ⁶) Ihr Euch. ⁷) nichts.

half Swien¹) un drei grote Brode up'n Disch; denn Buer Slukedal sach wol ut, as wenn hei sien Futter mögde.

As de Bäcker butten²) anfung, ordentlich aftaufmieten, keik dei Buer ut'n Fenster un reip: „Schall ick denn süß³) nist hebb'n?" — „Ja," antwore dei Bäcker von butten, „wenn Ji dat uppe hebbet, schüllt Ji mehr hebben," un dabie lache hei. Buer Slukedal lache ook un sä: „Denn mott ick nu mehr hebben; denn düt bettjen⁴) hebb ick uppe." Dei Bäcker verwundere sick nich slecht, un siene Frue draug wedder up un ümmertau, bet kein Stümpel Wost⁵) un keine Kraume Brod mehr in'n Huse was, da höre sei up; awer satt was dei Buer noch lange nich.

Nu härr dei Bäcker einen Fiend, dat was sien Naber⁶), sienes Teikens ein Koopmann, den woll hei mal ordentlich einen rieten⁷), un hei sä tau Slukedal: „Komet Ji wol nich mal wedder in de Stadt? Mien Naber, dei Koopmann hat'n groten Fisch in'n Dieke⁸) sitten, dei wiggt in dei Dusende; schölln Ji den wol up einmal vertehren können?" Dei Buer lache un sä: „Dat will ick wol daun; lat't üt mick man wetten, wenn hei öhn fungen hat!" Damid de scher hei sick siener Wege.

Dei Bäcker awer make mit den Koopmann eine Wedde um dusend Daler, dat sienen groten Fisch, dei alle Brönswieker satt maken schölle, ein einziger Rübbüttelscher⁹) Buer vertehren könne. Glick naher fung dei Koopmann den groten Fisch, un nu ging dei Bäcker na Rübbüttel und fund Slukedal vorr'n Dörpe up sienen Plauge¹⁰) sitten un sä tau öhm: „Dei Koopmann hat den groten Fisch fungen; schöllen Ji den wol up'n mal betwingen können? Hei wiggt awer drüddehalfdusend¹¹) Pund!" — „Dat gaht gans lichtfeurig¹²)," sä Slukedal; „üt is ja doch man'n Fisch un kein Elefant!"

Nu gingen sei los, un as sei in Brönswiek ankeimen, stünnen vorr den Koopmann siener Dör veele dusend Lüe¹³) un

---

¹) Schwein. ²) draußen. ³) sonst. ⁴) bißchen. ⁵) Ende Wurst. ⁶) Nachbar. ⁷) Streich spielen. ⁸) Teiche. ⁹) aus Ribbesbüttel. ¹⁰) Pflug. ¹¹) drittehalbtausend, d. i. 2500 Pfund. ¹²) leicht. ¹³) Leute.

keken sick den Buern an. Düsse awer namm ein Brod, sneit
dat in luter lange Striepen[1]), lä[2]) twischen twei ümmer seben
Pund Botter un leit et hennunnergliſſeken[3]) un make dat mit
allen Broden un aller Botter gradesau. Dei Bäcker sä, hei
schölle dat unnerwegens laten; denn dei Fisch wörre tau grot, hei
krege öhn süß nich up. Dei Buer awer lache un sä: „Hebbet
keine Sorge; ick hebbe siet einer halwen Stunne nist getten[4])!"

Nu maken den Koopmann siene Mäkens alle Dören up,
un allerwärts wören Stuwen un Kamern, un in allen Stuwen
un Kamern stünnen Dische, un up allen Dischen stünnen
Schötteln[5]) un Näppe, un in allen Schötteln un Näppen leigen
grote Stücke von den groten Fische. Un dei Buer ging von
einen Dische tau'n andern, von einer Stuwe in de andere un
putze alle Schötteln un Näppe ut un luere up den groten Fisch
un sä: „Kummt hei denn noch nich balle?" — „Wat schöll
denn komen?" sä dei Koopmann. „J, vorr'n Hamer nich
nochmal, dei grote Fisch!" sä Slukedal. „Den hebbet Ji
herrunner, Füerdrake[6])!" fluche dei Koopmann. Slukedal awer
antwore: „Hebb ick denn all wat getten? Ick denke nich
Wunder, wat dat vorr'n groten Fisch is!" namm sienen
Knüppel un ging in korter Tied na Rübbüttel un eit sick
düchtig satt.

Un dei härr'n gröttern Magen as ick un du.

---

[1]) Streifen. [2]) legte. [3]) hinuntergleiten. [4]) gegessen. [5]) Schüsseln. [6]) Feuerdrache.

Vom Breikeffel.

Sieben Meilen hinter Eulenpfingsten lebten vor alter Zeit ein Mann und eine Frau, die aßen und tranken und waren allezeit guter Dinge. Der Mann aber war ein Müller; nun rate, was die Frau war. Und sie hatten eine einzige Tochter, wenn die im Sommer am Bache saß und ihre Füßchen spülte, kamen alle Fische herbei und sprangen vor Freuden aus dem Wasser, so schön war sie.

Einst wurde eine teure Zeit, und es kam nur wenig Korn zur Mühle; deshalb hatten sie nichts mehr zu essen. Da ging die Frau eines Tages hin, schüttelte alle Kisten und Kasten und klopfte alle Säcke aus, tat das letzte Salz daran, kochte einen Roggenbrei und sagte: „Dies wird die letzte Mahlzeit sein; wir können uns dann hinlegen und sterben."

Als der Brei bald fertig war, kam der Mann in die Küche, nahm den hölzernen Löffel und wollte einmal schmecken. Die Frau verwehrte es ihm, und als er Gewalt brauchen wollte, nahm sie den Kessel auf den Kopf und lief davon, daß ihr die Haare um den Nacken flogen. Der Mann mit dem Löffel in der Hand setzte hinter ihr her, und als die Tochter das sah, nahm sie ihre Schuhe in die Hand und lief hinter dem Vater her. Und sie kamen in einen Wald, da verlor das Mädchen den einen Schuh, und während sie den suchte, ohne ihn finden zu können, verschwanden Vater und Mutter hinter den Bäumen.

Da setzte sie sich hinter einen Busch und konnte nicht mehr, so müde war sie. Sie weinte und wimmerte, und als sie daran dachte, daß sie ihren einen Schuh verloren hatte, weinte sie noch viel mehr. Den Schuh aber hatte der Zaunkönig gefunden, und die Frau Zaunkönigin wiegte ihre Jungen darin.

Als sie nun da so saß und klagte, daß es einen Stein hätte erbarmen können, stand auf einmal eine steinalte Frau vor ihr, die sagte: „Was fehlt dir, mein Kind?" Das Mädchen antwortete: „Ja, die Mutter nahm das letzte Mehl und kochte einen Brei davon. Da wollte der Vater schmecken, aber die Mutter wollte es nicht haben. Nun ist sie davongelaufen mit dem Kessel auf dem Kopf, und der Vater läuft hinter ihr her mit dem Löffel in der Hand. Und als ich ihnen nachlief, verlor ich den einen Schuh, und während ich den suchte, verschwanden Vater und Mutter hinter den Bäumen. Was soll ich nun anfangen? Hätte ich nur den Schuh wieder!"

„Hier hast du einen andern," sagte die Frau, griff in die Tasche, holte einen funkelnagelneuen heraus und setzte hinzu: „Sei ruhig und tu, was ich dir sage, so wird alles gut! Geh noch ein wenig tiefer in den Wald, da kommst du an ein großes Haus, das ist ein Königsschloß. Da geh hinein. Und wenn sie dir dann viele Kleider vorlegen, seidene, baumwollene und leinene, und dir sagen, du solltest dir eins davon wählen, so such dir das schönste seidene aus. Und wenn sie dich fragen, warum du dir das wählst, so antworte: „Ich bin in Seide erzogen."

Das Mädchen bedankte sich und ging und kam bald an das schöne Schloß. Und als sie hineinkam und ihr die vielen Kleider vorgelegt wurden, seidene, baumwollene und leinene, suchte sie sich das schönste seidene aus. Da fragte sie der König: „Warum wählst du dir denn gleich ein seidenes?" Sie antwortete: „Ich bin in Seide erzogen." Eigentlich war sie aber in Linnen erzogen.

Nun hatte der König einen Prinzen, der war zwanzig Jahr alt und sollte heiraten. Als nun die Müllerstochter in dem seidenen Kleide hereinkam, lief es ihm heiß durchs Herz, und er sagte: „Lieber Vater, wenn ich doch nun einmal mit Gewalt heiraten soll, so gebt mir die. Eine andere nehme ich nun und nimmermehr!" Des waren alle froh, und die Hochzeit wurde angesetzt.

Eines Tages stand die Braut oben im Saale am Fenster und besah sich die Gegend. Und als sie eben noch hinuntersah, siehe, da lief da ihre Mutter vorbei mit dem Kessel auf dem Kopf, daß ihr die Haare um den Nacken flogen, und hinter ihr her lief der Vater mit dem großen hölzernen Löffel in der Hand. Da konnte sie es nicht lassen, sie mußte laut auflachen.

Das hörte der Prinz im Nebenzimmer, und er kam herein und sagte: „Schätzchen, was lachst du?" Sie wollte die Geschichte von ihren Eltern nicht gern erzählen und antwortete: „Ich lache darüber, daß wir in diesem kleinen Schlosse Hochzeit halten sollen; denn wo wollen hier die vielen Gäste unterkommen?" Da versetzte der Prinz: „Hast du denn ein größeres?" Sie antwortete: „Ja, viel größer." Sie hatte aber eigentlich gar kein Schloß. „Ei," sagte der Prinz, „so laß uns die Hochzeit noch acht Tage aufschieben! Wir bestellen dann alle auf dein Schloß, fahren dann gleichfalls dahin und feiern dort die Hochzeit." Damit ging er weg, um es dem Vater zu sagen.

Sie aber stieg in den Hof hinab und war traurig; denn wo sollte das große Schloß herkommen? Und als sie da saß und weinte, war auf einmal die alte Frau vor ihr und sagte: „Was fehlt dir?" Sie antwortete: „Ich stand gerade oben im Saale am Fenster und besah mir die Gegend. Und siehe, da liefen meine Eltern mit dem Breikessel unten vorbei, und da mußte ich laut auflachen. Das hörte mein Bräutigam im Nebenzimmer, und als er kam und sich erkundigte, warum ich gelacht habe, wandte ich vor, es sei wegen dieses kleinen Schlosses geschehen;

ich hätte ein viel größeres. Nun soll dort die Hochzeit gefeiert werden, und ich habe doch gar kein Schloß." — „Das
hast du doch," erwiderte die Alte, „sei nur ruhig und fahre
getrost mit hin! Und wenn ihr ein bißchen gefahren seid,
springt ein Pudel aus dem Gebüsch, den du allein sehen
kannst. Wo der hinläuft, laß hinfahren!" Damit verschwand
die alte Frau, und das Mädchen ging wieder in den Saal.

Als die acht Tage um waren und die Gäste zur Hochzeit
kamen, fuhren sie über die Brücke in den Wald, und bald
sprang ein weißer Pudel aus dem Gebüsch, den das Mädchen
allein sehen konnte, und wohin der lief, ließ sie ihren Wagen
fahren, und die anderen Wagen kamen alle hinterdrein. Als
sie eine Zeitlang unterwegs waren und den Gästen die Zeit
lange zu dauern anfing, fragten sie: „Sind wir noch nicht bald
hin?" Sie antwortete: „Sogleich." Und in demselben Augenblick stand der Pudel still und verschwand in dem Gebüsch, und
wo er verschwunden war, stand plötzlich ein großes Schloß mit
hohen Türmen und hellen Fenstern, und lustig drängte sich
der Rauch aus allen Schornsteinen. „Das ist mein Schloß,"
sagte die Braut, und alle stiegen aus und gingen hinein.
Und siehe, die Tische waren gedeckt, die Betten gemacht, und
die Bedienten liefen ein und aus. Da hielten sie ein halbes
Jahr Hochzeit.

Und am letzten Tage, als sie schon eingepackt hatten, um
wieder nach dem alten Schlosse zu fahren, und eben zum letzten
Mal beim Tische saßen, da plötzlich rannte etwas gegen die
Tür, daß sie krachend aufsprang. „Frau Königin! Frau
Königin!" rief eine Frau, die mit einem Kessel auf dem Kopfe
hereinstürzte, „Frau Königin, schützt mich! Mein Mann will
mich schlagen!" Und der Mann kam hereingestürmt mit einem
hölzernen Löffel und war ganz wütend und wollte die Frau
schlagen. Als er aber die hohen Gäste sah, ließ er es bleiben.

„Das sind meine lieben Eltern!" sagte die junge Königin,
und der junge König freute sich und der alte auch; denn sie

hatten die schöne Frau über die Maßen lieb. Und als diese nun ihre ganze Geschichte erzählt hatte, mußten die Bedienten den großen hölzernen Löffel nehmen und jedem der Gäste einen Löffel voll von dem Brei, dem alle ihr Glück verdankten, auf den Teller geben, und alle aßen davon und lobten ihn. Der Müller und die Müllerin aber bekamen soviel Wein und Braten, wie sie nur lassen konnten. Und das war sehr viel, denn sie hatten sich ungemein hungrig gelaufen.

Der verwunschene Frosch.

Es war einmal ein Kaufmann, der hatte drei Töchter; seine Frau aber war beim lieben Gott. Einst wollte er über das Weltmeer nach einem fremden Lande, um Gold und andere kostbare Sachen zu holen. Und er tröstete die weinenden Kinder und sagte: „Ich bringe euch auch was Schönes mit. Was wünscht ihr euch?" Die älteste sprach: „Ich wünsche mir ein seidenes Kleid, es muß aber von dreierlei Farbe sein." Die zweite sprach: „Ich wünsche mir einen Federhut, er muß aber dreierlei Federn haben." Die jüngste endlich sagte: „Mir bring eine Rose mit, lieber Vater, sie muß aber frisch und von dreierlei Farbe sein." Der Kaufmann versprach es, küßte die Töchter und reiste weg.

Nachdem er in dem fremden Lande angekommen war, bestellte er für seine älteste Tochter das Kleid von dreierlei Seide, für die zweite den Hut mit dreierlei Federn, und beides war bald fertig und von seltenster Pracht. Nun sandte er auch Boten aus durch dasselbige ganze Land, um für seine jüngste und liebste Tochter die dreifarbige Rose zu suchen. Doch alle kamen mit leerer Hand zurück, obgleich der Kauf= mann viel Gold ausgelobt hatte, und obgleich es dort mehr Rosen gab als bei uns Gänseblümchen.

Traurig fuhr der Kaufmann wieder heim und war die ganze Reise hindurch mißmutig. Da kam er diesseit des Welt= meers an einem großen Garten vorbei, in dem gab es nichts als Rosen und lauter Rosen. Er ging hinein und suchte. Und siehe, auf einem schlanken Strauche mitten im Garten saß die dreifarbige Rose. Voller Freude brach er sie und wollte wieder zurück. Da aber war er festgebannt, und eine Stimme hinter ihm rief: „Was willst du in meinem Garten?" Er sah hin, und ein großer Frosch saß dort am Ufer eines klaren Teiches, stierte ihn an mit seinen Glotzaugen und sagte: „Du hast meine liebe Rose gebrochen und bist dafür dem Tode verfallen, es wäre denn, daß du mir deine jüngste Tochter zur Frau gäbest." Der Kaufmann erschrak und bat und flehte; es war aber alles vergebens, und so mußte er sich endlich ent= schließen, seine liebste Tochter dem häßlichen Frosch zu verloben. Da waren seine Füße gelöst, und er wanderte frei aus dem Garten. Der Frosch aber rief ihm noch nach: „In sieben Tagen hole ich meine Gemahlin!"

Das war ein Herzeleid, als der Kaufmann der jüngsten Tochter die frische Rose gab und dabei den Vorfall erzählte!

92

Und als der schreckliche Tag kam, kroch sie unter ihr Bett; denn sie wollte und wollte nicht mit. Um die Mittagsstunde aber kam ein stattlicher Wagen vorgefahren, und der Frosch schickte seine Diener ins Haus, die gingen stracks in die Kammer, holten die schreiende Jungfrau unter dem Bett hervor und trugen sie in den Wagen. Die Rosse sprangen davon, und in kurzer Zeit waren sie in dem blühenden Rosengarten. Mitten im Garten dicht hinter dem klaren Teiche stand ein kleines Haus, dahin wurde die Braut gebracht und auf ein weiches Bett gelegt. Der Frosch aber sprang ins Wasser.

Als es dunkel wurde und die Jungfrau aus ihrer Ohnmacht erwachte, hörte sie, wie der Frosch draußen im Teiche wundersüße Weisen sang; und je näher die Mitternacht kam, desto lieblicher sang er, und immer näher und näher kam es heran. Um Mitternacht öffnete sich die Kammertür, und der Frosch hüpfte auf ihr Bett. Er hatte aber ihr Herz gerührt mit seinen süßen Weisen, und sie nahm ihn mit ins Bett und deckte ihn warm zu. Und am andern Morgen, als sie die Augen öffnete, siehe, da war der häßliche Frosch der schönste Königssohn von der Welt. Und er dankte ihr herzlich und sagte: „Du hast mich erlöst und bist nun meine Gemahlin!" Da haben sie lange glücklich miteinander gelebt.

Der arme Bauer.

Es war einmal ein Bauer, der hatte nicht viel Geld und
auch nicht viel zu essen. Eines Tages sagte er zu seiner Frau:
„Weißt du was? Ich gehe zum Schlachter und kaufe Schweineblasen. Davon machen wir Würste, und die verkaufe ich;
dann haben wir wieder Geld." Die Frau sprach: „Wovon
wollen wir denn Würste machen? Wir haben ja kein einziges
Schwein mehr im Stalle." Der Bauer lachte und sagte:

„Das wird sich schon finden!" Und so ging er zum Schlachter und kaufte drei große Schweineblasen. Dann nahm er Kartoffeln und Wurzeln und rote Rüben, die hackte er entzwei und steckte sie in die Schweineblasen. Als nun die Würste fertig waren, band er sie zusammen und hängte sie oben auf seinen Stock und ging damit zum Markte.

Er war noch nicht weit von seinem Hause, da begegneten ihm drei Burschen, die sprachen: „Na, alter Vater, wo willst du denn hin?" Der Bauer sagte: „Ich will nach dem Markte und Würste verkaufen." Da sprachen die Burschen: „Das sind ja schöne, dicke Würste. Was sollen sie denn kosten?" — „Das Stück 'en Taler," sagte der Bauer. Die Burschen dachten: „Das ist nicht zu viel," und sie kauften dem Bauer alle drei Würste ab und gaben ihm das Geld. Der Bauer aber dachte: „Die hab' ich schön angeführt!" Er ging wieder nach Hause und sagte zu seiner Frau: „Ich habe drei dumme Burschen gefunden, die haben mir für jede Wurst einen Taler gegeben." Die Frau dachte: „Wenn das nur gut abläuft!" Doch sie sagte weiter nichts.

Die drei Burschen waren mit der Wurst ihres Weges gegangen. Da sie nun Hunger verspürten, gingen sie in eine Wirtschaft und sagten zu dem Wirt: „Bring uns Brot und Bier und Messer und Gabeln, wir wollen hier frühstücken; Wurst haben wir selber." Der Wirt brachte ihnen Bier und Brot, Teller, Messer und Gabeln, und die Burschen wollten's sich gut schmecken lassen. Als sie nun die Wurst aufschnitten, merkten sie bald, daß der Bauer sie betrogen hatte. Da wurden sie zornig und riefen: „So ein Bauernlümmel! Gibt er uns das Geld nicht wieder, so soll er dran glauben!" Und sie standen schnell auf, bezahlten ihre Zeche und eilten nach dem Hofe des Bauern.

Der Bauer saß gerade vor dem Fenster und zählte das Geld nochmal über, da sah er die drei Burschen daherkommen und merkte gleich, daß sie ihm zu Leibe wollten. Da ging er in die Küche und sprach zu seiner Frau: „Die drei Burschen kommen daher, als wenn sie mich suchten. Weißt du was? Ich lege mich auf die Eimerbank und stelle mich tot. Und du deckst mir ein weißes Laken über und sagst, ich wäre vor einer halben Stunde gestorben." Die Frau half schnell mit, und als die drei Burschen zur Tür hereinkamen, ging sie ihnen mit weinenden Augen entgegen. Die Burschen fragten: „Wo ist der Bauer? Er hat uns betrogen." Da sprach die Frau: „Ach, mein Mann ist eben vor einer halben Stunde gestorben." Die Burschen sagten: „Gib uns das Geld heraus, sonst schlagen wir ihn kurz und klein!" Die Frau sagte: „Wir sind so arm und haben nicht soviel, daß wir einen Sarg kaufen können." Die Burschen sprachen: „Wo liegt er denn? Wir wollen ihn mal sehen."

Da gingen sie in die Küche, wo der Bauer ganz starr und steif auf der Eimerbank lag. Und als sie sahen, daß nichts mehr zu holen war, haute ihn der erste mit der Hand auf die Schulter. Der zweite gab ihm einen mit dem Spazierstocke. Der dritte aber nahm einen Besenstiel, der in der Ecke stand, und haute ihn damit ganz fest. Da sprang der Bauer auf einmal auf und schrie: „Wer hat mich wieder lebendig gemacht?" Die Burschen waren ganz erschrocken und sprangen zurück. Der Bauer aber sprach: „Gebt den Stock her, damit kann man ja die Toten auferwecken!" Als die Burschen sich von ihrem Schreck erholt hatten, sprachen sie: „Was willst du für den Stock haben?" Der Bauer forderte zehn Taler, und die Burschen meinten, das sei er reichlich wert. So gaben sie ihm das Geld und gingen fröhlich davon.

Als sie nun zur Tür hinaustraten, da läuteten alle Glocken. Da fragten sie die Leute: „Was hat denn das zu bedeuten?" Die Leute sprachen: „Wißt ihr denn noch nicht, daß die Königstochter gestorben ist?" Die Burschen aber dachten: „Das trifft sich ja gut; da können wir gleich die Prinzessin mit unserm Stocke wieder lebendig machen." Und

sie gingen zum Schlosse und sagten, sie könnten die Königstochter von den Toten auferwecken. Als das der König hörte,
freute er sich. Er ließ die drei Burschen hereinkommen und
versprach ihnen eine hohe Belohnung. Dann ließ er sie in
die Kammer führen, wo die tote Tochter schon im Sarge lag.
Die Burschen aber riegelten die Tür ab, damit keiner hereinkonnte. Dann nahmen sie den Stock und schlugen damit auf
den Sarg, erst leise, dann laut und immer lauter. Aber die
Prinzessin wollte doch nicht davon aufwachen. Die Diener
aber hatten den Lärm gehört und sagten es dem König. Da
ließ er die Tür aufbrechen, und weil die drei Burschen ihr
Wort nicht gehalten hatten, ließ er sie ins Gefängnis werfen.

Nach sechs Monaten kamen sie wieder frei. Da verab-
redeten sie sich, was sie mit dem Bauer machen wollten, der
sie nun schon zweimal angeführt hatte. Und sie kauften sich
einen großen Sack und gingen damit nach dem Hause des
Bauern. Der war sich nichts Arges vermuten und saß ganz
ruhig mit seiner Frau am Tische. Die drei Burschen aber
packten ihn, ohne ein Wort weiter zu sagen, und steckten ihn in den
Sack. Dann banden sie den Sack zu und nahmen ihn auf die
Schulter, um den Bauer im nächsten Wasser zu ersäufen.
Der Weg war aber weit, und die Sonne schien heiß. Da
wurde den Burschen die Last zu schwer. Und als sie an einer
Wirtschaft vorbeikamen, dachten sie: „Wir wollen erst ein
Glas Bier trinken." Sie stellten den Sack vor die Tür und
gingen hinein.

Da traf es sich, daß gerade des Königs Diener mit
seinem Pferde vorbeitrabte, um es zur Schwemme zu reiten.
Als der Bauer im Sacke das Hufgetrappel hörte, rief er ganz
laut: „Ich will's nicht werden! Ich will's nicht werden! Ich will
kein Bürgermeister werden!" Der Diener dachte: „Was ist
denn das? Ruft da nicht einer aus dem Sacke?" Er stieg
vom Pferde und band den Sack auf und fragte: „Wie kommst
du denn in den Sack?" Der Bauer erzählte, weil er nicht

Bürgermeister werden wollte, hätten die anderen ihn in den Sack gesteckt. Und er könnte doch nicht Bürgermeister werden, weil er nicht schreiben und lesen könne. Da sprach der Diener: „Was bist du aber dumm! Ich möchte wohl Bürgermeister werden. Willst du für mich das Pferd zur Schwemme reiten, so kann ich ja solange für dich in den Sack kriechen." Der Bauer ließ sich den Tausch gern gefallen. Er steckte den Diener in den Sack und band ihn wieder zu und ritt mit dem Pferde zum nächsten Flusse.

Bald kamen auch die drei Burschen wieder heraus, nahmen den Sack auf die Schulter und gingen weiter. Sie kamen an denselben Fluß, da warfen sie den schweren Sack hinein und sahen, wie er der Brücke zuschwamm. Als sie noch standen und ihm nachschauten, da kam auf einmal der Bauer auf einem weißen Pferde unter der Brücke weggeritten. Die Burschen verwunderten sich und fragten: „Wo kommst du denn schon wieder her?" Der Bauer aber lachte und sprach: „Da unten im Flusse schwimmen lauter Schimmel. Wenn ihr auch einen haben wollt, so springt nur hinein!" Die Burschen glaubten es auch richtig und sprangen in den Fluß. Und wenn sie nicht wieder herausgekommen sind, dann liegen sie heute noch darin.

Wurst wider Wurst.

Es war einmal eine Witwe, die hatte einen Sohn, der hieß Michel. Zu dem sagte sie eines Tages: „Michel, ich kann dich nicht mehr ernähren, du mußt aufs Dorf. Und wenn du aufs Dorf kommst, mußt du sagen: ‚Alle Tage hundert! Alle Tage hundert!‘" Michel sprach: „Das will ich auch."

Als Michel ins Dorf kam, begegnete ihm ein Leichenwagen. Da rief er: „Alle Tage hundert! Alle Tage hundert!" Da kamen die Träger und prügelten ihn ab. Michel ging nach Haus und sagte zu seiner Mutter: „Mutter, ich habe Schläge bekommen." Die Mutter fragte: „Warum denn?" Michel versetzte: „Als ich ins Dorf kam, begegnete mir ein Leichenwagen; da rief ich: ‚Alle Tage hundert! Alle Tage hundert!‘ Da kamen die Träger und prügelten mich ab." — „Hast es schlecht gemacht," erwiderte die Mutter, „hättest weinen müssen und die Hände ringen." — „Das kann ich noch tun," versetzte Michel.

Als er wieder ins Dorf kam, begegnete ihm ein Hochzeitswagen. Da setzte sich Michel hin und weinte und rang die Hände, und da kamen die Beiständer und prügelten ihn ab. Michel ging wieder nach Haus und sagte zu seiner Mutter: „Mutter, ich habe wieder Schläge bekommen." — „Warum denn nun wieder?" fragte die Mutter. „Ja," sagte Michel, „als ich ins Dorf kam, begegnete mir ein Hochzeitswagen; da setzte ich mich hin und rang die Hände. Da kamen die Beiständer und prügelten mich ab." — „Hast es schlecht gemacht," erwiderte die Mutter, „hättest tanzen müssen und rufen: ‚Hier ist Lust und Freude! Hier ist Lust und Freude!‘" — „Das kann ich noch tun," versetzte Michel.

Als er wieder ins Dorf kam, brannte gerade ein Haus. Da lief Michel hinzu und tanzte und rief: „Hier ist Lust und Freude! Hier ist Lust und Freude!" Da kamen die Männer und prügelten ihn ab. Michel ging wieder nach Haus und sagte zu seiner Mutter: „Mutter ich habe wieder Schläge bekommen." — „Warum denn nun schon wieder?" fragte die Mutter. Michel sagte: „Als ich ins Dorf kam, brannte ein Haus; da lief ich hinzu und tanzte und rief: ‚Hier ist Lust und Freude! Hier ist Lust und Freude!‘ Da kamen die Männer und prügelten mich ab." — „Hast es schlecht gemacht," erwiderte die Mutter, „hätteft einen Eimer Wasser nehmen und löschen müssen." — „Das kann ich noch tun," versetzte Michel.

Als er wieder ins Dorf kam, stand da ein Wagen voll Bienen. Da nahm er einen Eimer Wasser und goß ihn zwischen die Bienen, und da kam der Bienenvater und prügelte ihn ab. Michel ging wieder nach Haus und sagte zu seiner Mutter: „Mutter, ich habe wieder Schläge bekommen." — „J, warum denn nun wieder?" fragte die Mutter. Michel antwortete: „Als ich ins Dorf kam, stand da ein Wagen voll Bienen; da nahm ich einen Eimer Wasser und goß ihn zwischen die Bienen. Da kam der Bienenvater und prügelte mich ab." — „Hast es schlecht gemacht," erwiderte die Mutter, „hätteft sagen müssen: ‚Für meine Mutter auch 'n süßen Happen! Für meine Mutter auch 'n süßen Happen!‘" — „Das kann ich noch tun," versetzte Michel.

Als er wieder ins Dorf kam, wurde gerade Mist aufgeladen. Da ging Michel hin und sagte: „Für meine Mutter auch 'n süßen Happen! Für meine Mutter auch 'n süßen Happen!" — „Den sollst du haben," sprachen die Leute, „halt nur die Mütze auf!" Da gaben sie ihm die Mütze bis oben voll. Michel ging nach Haus und rief: „Mutter, Mutter, was hab' ich hier! Mutter, Mutter, was hab' ich hier!" Da nahm ihn die Mutter und prügelte ihn ab.

Dei verwünskede Isel.

Et was mâl en jungen Düügenit[1]), dei was aller
Duiwelerigge[2]) vull un hadde seïn Leawen nau nicks dâen, är
wat Goed un alle gude Lüüe verdraut[3]). Ant leste[4]) konn
hei't unner dean ehrliken Lüüen nit mehr iuthallen, weilen dat
eame ke Menske mehr truggede[5]) un mit eame woll te deoen[6])
hewwen. Då namm he sick vöer, unner de Spitsbiuwen
te gåhen.

Hei kamm in einen Wald, wo 'ne Reuwerbanne was,
un et duerde nit lange, då drap he de Reuwers an un sachte,
hei könn auk eare Professigeon[7]), un se söllen eane annihmen.
Sei sächten: Jå; öwwer hei möchte eïst seïn Preowestücke[8])
måken. Då kamm just en Bûer mit 'nem Isel döör dat Holt,
dei taug den Isel ächter[9]) sick her. Då sächten de Reuwers:
„Gåh henne un nimm deam Bûer den Isel weag, öwwer
dat hei der nicks van mearket!"

Då genk he sachte ächter dem Bûer her un strîpede deam
Isel den Halternstrank[10]) öewer den Kopp un däh ene sick
sölwer ümme, un den Isel leit hei int Holt laupen. — „Mearkede
dann de Bûer nicks?" — Ken Spierken[11]).

Är hei en Enne Weages ächterm Bûer hergåhen was,
bleïw he ståhen un sachte: „O meïn leiwe Hêr, giwet meï
de Freïheit!" Dei Bûer såh sick ümme un wôr seo verjåged,
dat he balle derdahl[12]) slågen wöör, wo hei såh, dat hei en
Mensken amme Taume hadde. „Marjeoseïp[13])! ick mênte,
diu wäörst en Isel," sachte hei, „wiu kümmet et, dat diu up
eimål en Menske bist?" — „O Hêr, meïne lääge[14]) Moime[15])
heat mick up seß Jåhr in en Isel verwünsked," sachte de
Gaudeif, „dårümme dat ick seo viel in Kärten spielet hewwe
un woll ear nit höören; giwet meï doach de Freïheit!" Då
sachte de Bûer: „Wat sall ick mit deï måken? Ick kann dick

---

¹) Taugenichts. ²) Teufeleien. ³) verdroß. ⁴) zuletzt. ⁵) traute. ⁶) tun.
⁷) Profession, Gewerbe. ⁸) Probestück. ⁹) hinter. ¹⁰) Halfterzaum. ¹¹) nicht das
Geringste. ¹²) darnieder. ¹³) Maria und Joseph. ¹⁴) schlimm. ¹⁵) Mutter.

boach nit för en Ïsel briuken un ok nit verkaupen," un leit en gåhen. Då genk hei henne un brachte den Ïsel den annern Spitsbiuwen.

Äöwwer se wåören nau nit tefreen; hei soll 'ne[1]) wier den Ïsel up dem Markede verkaupen. Då brachte hei 'ne henne un band 'ne mank[2]) de annern Ïsels un genk an de Seït ståhn, weil hei van feringes[3]) dem Ïsel seïnen Buer kumen såh. Dei woll sick en annern Ïsel wier kaupen. Asse äöwwer de Buer seïnen Ïsel wier såh, fenk hei an te smiuskern[4]) un dachte beï sick: „Då! då werd vandåge[5]) wier einer mie bedrögen." Hei weïs mit Fingern dårup: „Weï dean kennt, dei köft 'ne nit." Un hei gafte dem Ïsel einen öewer den Rüggestrank[6]) un reip eame int Ohr: „Seg, heast diu wier kartket[7]) ?"

[1]) ihnen. [2]) zwischen. [3]) von ferne. [4]) schmunzeln. [5]) heute. [6]) Rückgrat. [7]) Karten gespielt.

De Foß, de Fäuermann[1] un de Wulf.

De Foß fäh mål op der Landftråte äinen Fäuermann, dai harre op fuiner Kaar[2] viele Schinken. „Hal der Kuckuck!“ dachte de Foß, „en Schinken is en guet Vefperbräud[3]); iět mot maken, dat ik äinen dervan kreïge.“ Hai laip hännige[4]) vöeriuten un genk an den Wiäg liggen un ftalte fik an, ärre wenn hai däud wöäre.

Dai Fäuermann quam mangeften[5]) nöer un fäh den Foß då liggen. „Sui! foll de Racker flåpen?“ dach hai bui fik un nam de Swiappe[6]) un gaf iäm ennen; owwer de Foß riägere un wiägere[7]) fik nit. „Guet föer mui; de Foßfelle find duier opperftund[8]),“ fachte de Fäuermann un packede den Foß beïm Stärte[9]) un fmait ne verquants[10]) op de Kaar un op de Schinken. De Foß, nit te fiul, trock fachte äinen van den Schinken van der Kaar, åne dat et de Fäuermann mearkede, un foch fik imme Hoelwiäge en Steïeken[11]), bå hai fik den Schinken guet fmecken lait.

---

[1]) Fuhrmann, bei äu find die beiden Vokale getrennt zu fprechen, alfo Fä-uer-mann, Vefperbrä-ud rc., ebenfo in iě, ue, öe, üe, eï. [2]) Karren, zweirädriger Wagen. [3]) Vefperbrot, Abendbrot. [4]) behende, rafch. [5]) mittlerweile. [6]) Peitfche. [7]) regte und bewegte. [8]) zur Stunde, jetzt. [9]) Schwanz. [10]) quer. [11]) Stellchen, Plätzchen.

Då quam¹) van ungefähr de Wulf bui iämme hiär. „Präuſt²) de Måltuit!" ſachte de Wulf, „bå krigſt diu de Schinken hiär, Vedder? Jek häwwe äuk Smacht³) in den Ribben." — „Gåh", ſachte de Foß, „op der Landſtråte foüert en Mann met der ganßen Kaar vull; då kannſte billig äinen kreïgen." — „Jek häwwe keinen Penning Geld." — „Diu briukſt kein Geld, Oüme⁴), diu moſt et maken, äſſe iek et maket häwwe: diu loüpeſt vöeriut un gaiſt an den Wiäg liggen un doiſt, äſſe wenn de däud würſt. Dann niämt hai diän Snikſnak⁵) un giät bi ennen; dann moſt diu bi owwer nit wiägen. Dann päcket hai di beïm Stärte un ſmitt di op de Kaar beï de Schinken; dann kannſt diu bi ſelwer helpen."

Dat gefell dem Wulf, un nit lange, ſäu waſſ 'e all vöer dem Fäuermanne un lag föer däud amme Wiäge. Owwer de Fäuermann was ſindeaſſen⁶) beïm Wertshiuſe wiäſt un hadde den Foß aftrecken wollt; un då de Foß metſamt äime Schinken wiäg wiäſt was, was hai vernienig⁷) woren un hadde waane⁸) flauket. Äff 'e niu den Wulf då liggen ſäh, dacht 'e: „Holla, diu faſt mui nit anfoüren," un nam de Hacke un verſatt dem Wulf äinen an de Bläſſe⁹), dat et ſwuckede. De Wulf feng unweïſe¹⁰) an te jeulen¹¹) un laip, wat he läupen konn.

Hai quam wier nå dem Foſſe. „Hiäſte keinen, Oüme?" ſachte de Foß. „Jiä woal, hiäſte keinen!" raip de Wulf, „diu ſachteſt, hai näime den Snikſnak, owwer hai nam den Hikhak!"

---

¹) kam. ²) profit. ³) Hunger. ⁴) Oheim. ⁵) Peitſche. ⁶) indeſſen. ⁷) ärgerlich. ⁸) mächtig. ⁹) Stirn. ¹⁰) unklug. ¹¹) heulen.

DIE·DREI·FRAGEN·

Da war einmal ein Schneider, dem die Nadel in den Fingern brannte, wenn er von fremden Ländern erzählen hörte, also daß er sich zuletzt gelüften ließ, in die weite Welt zu gehen. Er wanderte lange durch vieler Herren Länder und geriet endlich in einen ungeheuern Wald, allwo er bald Weg und Steg verlor. Schon begann es zu dunkeln, als er, todmüde und von Hunger gequält, sich niedersetzte und die Reiselust verwünschte, die ihn in die Not geführt hatte.

Da traf sein Auge plötzlich ein heller Lichtschein, der sich durch die Zweige der Bäume stahl. Das weckte seine Hoffnung und mit ihr die ersterbenden Kräfte; so schleppte er sich weiter und dem Lichte zu. Nicht lange dauerte es, da stand er vor einem Gebäude, so groß, wie er noch nie eins gesehen hatte, und bemerkte durch das offene Tor, wie drinnen auf dem Herde ein gewaltiges Feuer loderte. Er trat hinein und fand ein riesenhaftes Weib, das beim Spinnrocken saß und spann. Das war des Teufels Großmutter. Wohl ward er durch diesen Anblick nicht wenig bestürzt, aber er faßte sich ein Herz und bat um Speise und Trank.

„Ich wollte dir's gewähren, armer Wurm," sprach die Alte, „aber mein Sohn ist ein grimmiger Menschenfresser; wenn der heimkehrt, und das kann jeden Augenblick geschehen, so bist du verloren." — „Das ist freilich bitter," antwortete der Schneider, aber es sei drum! Hier oder von den Wölfen des Waldes gefressen werden, gilt am Ende gleich. Stille nur meinen wütenden Hunger!" Die Alte gab ihm Speise und versteckte ihn darauf unter dem Bette.

Nicht lange nachher geschah ein fürchterliches Gepolter, also daß dem Schneider die Haut schauderte. Dann fuhr es durch den Schornstein herunter, und eine Riesengestalt wurde sichtbar. Das war der Teufel. Da wollte der Schneider vor Angst vergehen. Aber der Teufel begrüßte seine Großmutter und sagte schnaubend: „Was riecht das hier nach Menschen=fleisch!" Und mit dem schnoberte er umher in dem großen Gemache, bis er den Schneider fand und aus seinem Verstecke hervorzog.

Der Arme flehte so kläglich um Schonung, daß der Teufel am Ende lachend ausrief: „Nun denn, ich will dich verschonen;

106

aber unter einer Bedingung! Da du so weit in der Welt umhergezogen bist, wirst du wohl gelernt haben, auf drei Fragen, die ich dir vorlegen will, Antwort zu geben. Sieh da die Walfischrippe, sieh hier den großen Stein, sieh dort die Peitsche! Wozu dienen sie mir? Drei Tage hast du Bedenkzeit. Triffst du die Antworten, so sind diese Dinge dein und du gehst frei aus; triffst du sie nicht, so bist du mein!"

Da wandelte nun der Schneider drei trübselige Tage lang unter den Bäumen, welche das Schloß umgaben, und wollte sich schier den Kopf zerbrechen, um die Antwort zu finden. Am Abend des dritten Tages nahte sich ihm ein graues Männlein und fragte teilnehmend, warum er so niedergeschlagen wäre. „Ach, du kannst mir doch nicht helfen!" erwiderte der Schneider. „Wer weiß? Laß nur hören, was dich drückt!" versetzte das Männlein. Da erzählte jener, was ihm auferlegt war. Das Männlein aber offenbarte die Antworten und verschwand.

Als nun die Frist der drei Tage abgelaufen war, erschien der Teufel wiederum und rief: „Nun Schneiderlein, bist du mit den Antworten fertig? he!" Da sagte der Schneider, wie's ihm offenbart war: „Die Walfischrippe gebrauchst du als Eßgabel, den großen Stein als Schüssel, und mit der Peitsche schlägst du Geld, weshalb du auch so reich bist." Das kam dem Teufel unerwartet. Grimmig fuhr er in die Hölle und ließ einen entsetzlichen Gestank nach.

Dem Schneider aber gehörten nun die drei Dinge, deren Gebrauch er angegeben hatte. Gabel und Schüssel mochten für seine winzige Person ein wenig zu schwer sein; er ließ sie an ihrem Orte. Aber die Peitsche nahm er von Stund an zu sich und hatte nun Geldes vollauf all sein Leben lang.

Wie der Teufel das Geigenspiel lernte.

Ein Soldat, der nach zurückgelegter Dienstzeit von seinem Regiment entlassen war, kehrte auf seiner Heimreise spät abends ganz ermüdet in einem Wirtshause ein und bat um Herberge. Der Wirt entgegnete, daß er ihm diese Bitte auch beim besten Willen nicht gewähren könne, weil alle Zimmer dergestalt besetzt seien, daß er auch nicht eine einzige Person mehr unterzubringen imstande sei. Der Soldat überzeugte sich alsbald davon, daß der Wirt die Wahrheit gesprochen habe, sagte aber auch: „Weiter kann ich nun einmal heute nicht; ist denn gar kein Rat zu schaffen, Herr Wirt?" —

„Ja," sagte der Wirt, „wenn du den Mut hast, da unten in dem schönen Schlosse zu schlafen; Essen und Trinken kannst du bei mir soviel bekommen, wie du willst. Aber ich muß dir nur sagen, daß mehr als einer hinuntergegangen, jedoch keiner wiedergekommen ist. Das Schloß mit einem herrlichen Rittergute gehörte einem meiner Verwandten, der es aus Bosheit dem Teufel verschrieben hat. Dieser treibt nun da unten, hauptsächlich des Nachts zwischen 12 und 1 Uhr, sein Wesen, und weder ich noch andere, die es versucht haben, können sich dort aufhalten. Hast du aber Mut, da zu bleiben, und gelingt es dir, den Bösewicht zu vertreiben, so sollst du die Wahl unter meinen drei Töchtern haben und das Rittergut dazu." — „Will's versuchen," sagte der Soldat, aß und trank sich erst satt, nahm dann zwei gut geladene Pistolen, schnallte sich einen großen Säbel um und wanderte dann mit zwei Wachskerzen hinab ins Schloß.

Hier suchte er sich das beste Zimmer aus, in dem ein prächtiges Bett, Sofa, Tische und Stühle, vom feinsten Holze und blank poliert, standen, und ließ sich da nieder. Darauf sah er sich noch anderweitig im Schlosse um und fand auch eine vollständig eingerichtete Schreinerwerkstatt mit einer Hobelbank und allem dazu gehörigen Gerät; auch waren viele

Schlosserwerkzeuge darin, wie Feilen, Schraubstöcke und anderes der Art. Als er sich alles genügend angesehen hatte, kehrte er wieder auf sein Zimmer zurück, und da ihm die Zeit lang wurde, nahm er eine Geige, die neben der Wanduhr hing, vom Nagel und fing darauf an zu spielen, nachdem er den blanken Säbel und die geladenen Pistolen auf den Tisch neben die Wachskerzen gelegt hatte.

Kaum aber hatte die Glocke zwölf geschlagen, als über ihm auf dem Boden ein solches Getöse entstand, daß das ganze Schloß erbebte. Er horchte einen Augenblick auf, ließ sich aber weiter nicht stören und spielte wacker seine Violine. Das Getöse aber kam immer näher und näher, und mit einem Male ward die Tür sperrangelweit aufgerissen, und der Teufel mit Pferdefuß und Bockshörnern stand vor ihm und schnaubte ihn an, was er hier mache. „Ich logiere hier," sagte lachend der Soldat, „das siehst du ja wohl!" — „Aber das ist hier mein Eigentum," schnaubte der Böse weiter, „und ich werde dir den Hals brechen!" — „Nun, nun, so rasch ist das nicht getan," sagte der Soldat, „und wenn es dein Eigentum ist, so ist's mir auch einerlei; mein Schlafgeld bezahle ich dem Wirt, der hat mich hier hergewiesen, und willst du's dir von dem holen, so ist dir das unbenommen."

Diese Unerschrockenheit gefiel dem Teufel so sehr, daß sich sein Zorn nicht nur ganz legte, sondern daß er den Soldaten sogar bat, er möge doch noch einige seiner lustigen Stücklein spielen, die er vorher schon gehört habe. „Das kann wohl geschehen," sagte der Soldat; „hast du aber solch Vergnügen am Spiel, so gib genau acht, wie ich's mache, dann lernst du's auch und kannst dir nachher selber was vorspielen." Nachdem er ihm darauf eins seiner besten Stücke vorgespielt, gab er ihm die Geige in die Hand und sagte: „Nun mach's nach!"

Der Teufel nahm die Geige, war aber so ungeschickt, daß er bei jedem Griff eine Saite zerdrückte. Da rief der

Soldat: „Halt, so grausam darfst du nicht drücken, da lernst du's im Leben nicht!" Der Teufel aber sagte: „Ich drücke ja gar nicht, sieh doch nur her; ich fühle ja kaum etwas unter den Fingern." — „Das ist's eben," sagte der Soldat, „du hast Schwielen unter deinen Krallen, so dick wie ein Brett, damit sollst du wohl etwas fühlen! Doch weil ich sehe, daß du wirklich Lust hast, das Geigenspiel zu lernen, so will ich mir die Mühe nicht verdrießen lassen und dich tüchtig dazu vorbereiten. Komm mit in die Schreinerei, da sind Raspeln und Feilen, mit denen ich dir die Schwielen etwas von den Fingern nehmen kann; dann fühlst du die Saiten und sollst wohl noch ein tüchtiger Spielmann werden."

Darüber war der Teufel ungemein erfreut, und sogleich gingen sie in die Schreinerei, wo der Soldat eine kleine Feile nahm und an den Schwielen etwas zu feilen begann. Dann aber sagte er zum Teufel: „So geht's nicht, so haben die Finger keinen rechten Halt, und wenn ich mit der Feile darauf drücke, geben sie immer nach. Du mußt sie hier in den Schraubstock stecken, zunächst die beiden Zeigefinger, auf die kommt es beim Spiel am meisten an." Auch das tat der Teufel gern, und der Soldat schraubte nun zu. Und wie er erst merkte, daß sie fest saßen, da drehte er aus Leibeskräften, daß der Teufel laut aufbrüllte vor Schmerz und rief: „Schraub los, schraub los! Ich habe mir's anders besonnen; das Geigenspiel ist mir leid, will's gar nicht lernen." Aber je mehr er schrie, je fester schraubte der Soldat zu und sagte endlich: „Du Bösewicht, nun und nimmer sollst du hier wieder loskommen! Dies Schloß mit allem Zubehör besitzest du mit Unrecht, und ehe du es nicht gutwillig wieder hergibst, lasse ich dich nicht frei!"

Da schrie und heulte der Teufel ganz jämmerlich, versprach Besserung, schenkte dem Soldaten das Schloß samt Zubehör und versprach, sich in Zukunft so wenig als möglich auf der Erde sehen zu lassen und auch nur dann, wenn er gerufen werde. Da erbarmte sich der Soldat endlich seiner und schraubte los; fort war er und hat sich nie wieder im Schlosse sehen lassen. Der Soldat aber heiratete des Wirts jüngste Tochter, und sie lebten noch lange vergnügt in dem Schlosse.

De wilde Mann.

Et was emaol 'n wilden Mann, de was verwünsket un gont bi de Bueren in'n Gaoren[1]) un int Kaon[2]) un mok alles to Schande. Dao klagden se an ehren Guedshären, se können ehre Pacht nich mehr betahlen, und dao leit de Guedshär alle Jägers bineene kuemen un segg, well dat Dier fangen könne, de söll'n grauten Lauhn hebben.

Dao kümmp dao'n aollen Jäger an, de segg, he wull dat Dier wull fangen. Dao müett se em ne Pulle met Fuesel[3]) un ne Pulle met Wien un ne Pulle met Beer giewen, de settet he an dat Water, wao sick dat Dier alle Dage wässt. Un dao

---

[1]) Garten. [2]) Korn. [3]) Branntwein.

geiht he ächter 'n Baum ftaohn, dao kümmp dat Dier un
drinket ut de Pullen, dao leckt et all't Muel un kick herüm,
off dat auk wull well füht. Dao wäbb et drunken, un dao
geiht et liggen un flöpp; dao geiht de Jäger to un bind et an
Händen un Föten. Dao weckt he't wier up un fegg: „Du
wilde Mann, gaoh met, fowat faft du alle Dage drinken."
Dao nimmp he't met nao dat ablicke Schloß, dao fettet fe't
dao in'n Taon [1]), un de Här geiht to annere Naobers, de
föllt feihn, wat he füör'n Dier fangen hädd.

Dao fpielt eene van de jungen Härens met'n Ball un
lött'n in'n Taon fallen, un dat Kind fegg: „Wilde Mann,
fmiet mi'n Ball wier to!" Dao fegg de wilde Mann: „Den
Ball moft du fölwft wier halen." — „Jä," fegg dat Kind, „ick
hewwe kienen Slüettel [2])." — „Dann mak du, dat du bi dien
Moder ehre Tafken kümmft un ftiähl ehr den Slüettel!" —
Dao flütt dat Kind den Taon los, un de wilde Mann löpp
derut. Dao fänk dat Kind an te fchreïen: „O wilde Mann,
bliew doch hier, ick kriege füß Sliäge." Dao nimmp de wilde
Mann dat Kind up'n Nacken un löpp dermet in de Wildnis
herin; de wilde Mann was weg, dat Kind was verluoren.

De wilde Mann de treckt dat Kind'n flechten Kiel [3]) an
un fchickt et nao den Gäörner an Kaifers Hof, dao mott et
fraogen, off de kienen Gäörnersjungen van doen [4]) hädd? Dao
fegg de, he wäöre fo fmeerig antrocken, de annern wullen nich
bi em flaopen. Dao fegg he, he wull int Strauh liggen, un
geiht alltied muorns [5]) fröh in'n Gaoren. Dao kümmp em de wilde
Mann entgiegen, dao fegg he: „Nu wafke di un kämme di!"
un de wilde Mann mäk'n Gaoren fo fchön, dat de Gäörner
et fölwft nich fo gued konn.

Un de Prinzeffin füht alle Muorn den fchönen Jungen;
dao fegg fe to'n Gäörner, de kleine Lährjunge föll ehr'n Bufk
Blomen brengen. Un fe frögg dat Kind, van wat füör ne
Jäffe [6]) dat et wäöre; dao fegg et, jä, dat wüß et nich. Dao giff

---

[1]) Turm. [2]) Schlüffel. [3]) Kittel. [4]) nötig. [5]) morgens. [6]) Geschlecht.

se em'n braoden Hohn vull Dukaoten. Äs he in Huese kümmp, giff he dat Geld sienen Hären un segg: „Wat sall ick daomet doen, dat brukt ji men!" Un he mott ehr noch'n Busk Blomen brengen; dao giff se em en Ante[1]) vull Dukaoten, de giff he wier an sienen Hären. Un dao noch emaol, dao giff se em ne Gaus[2]) vull Dukaoten, de giff de Junge wier an sienen Hären. Dao mennt de Prinzessin, he hädb' nu Geld, un he hett nix, un dao hieraodet se em in'n Stillen. Un dao wäd ehre Öllern so beise[3]) un setten se in dat Brauhues, dao mott se sick met Spinnen helpen, un he geiht in de Küeke un helpt den Kock de Braoden dreien un stellt[4]) manksen[5]) 'n Stück Fleesk un brenk't an siene Frau.

Dao kümmp so'n gewaoltigen Krieg in Engelland, wao de Kaiser hen mott un alle de grauten Härens. Dao segg de junge Mann, he wull dao auk hen, off se nich noch'n Piärd in'n Stall hädden. Un se seggt, se hädden noch eent, dat göng up drei Beenen, dat wär em gued nog[6]). He settet sick up dat Piärd, dat geiht all: husepus! husepus! Dao kümmp em de wilde Mann in de Möte, dao döet sick so'n grauten Biärg up, dao sind wull dusend Regimenter Soldaoten un Offzeers in; dao döet he schöne Kleeder an un krigg so'n schön Piärd. Dao tüht he met all sien Volk in'n Krieg nao Engelland; de Kaiser nimmp em so fröndlick up un begehrd em, he mög em doch bistaohn. He gewinnt de Slacht un slött alles derdahl. Dao döet sick de Kaiser so bedanken vüör em un frögg, wat he füör'n Här wäöre. He segg: „Dat fraoget mi men nich, dat kann ick Ju nich seggen."

He ritt met sien Volk wier ut Engelland, dao kümmp em de wilde Mann wier entgiegen un döet alle dat Volk wier in'n Biärg, un he geiht wier up sien dreibeenige Piärd sitten. Dao segget de Lüede: „Dao kümmp usse Hunkepus wier an met dat dreibeenige Piärd," un se fraoget: „Wao häst du ächter de Hiege[7]) liägen un häst slaopen?" — „Jä,"

[1]) Ente. [2]) Gans. [3]) böse. [4]) stiehlt. [5]) manchmal. [6]) genug. [7]) Hecke.

fegg he, „wann ick der nich weft wäör, dann häbbe et in Engelland nich gued gaohn!" Se fegget: „Junge, fwieg ftille, füß giff di de Här wat up de Jack." —

Un fo gonk et noch tweemaol, un to'n diärden Maol ge= winnt he alles. Dao kreeg he'n Stiek[1]) in'n Arm, dao nimmp de Kaifer fien Dook[2]) un bind em de Wunden. Dao neidigt[3]) fe em, he mög dao bliewen, aower he fegg: „Nee, ick bliewe nich bi Ju, un wat ick fin, geiht Ju nix an." Dao kümmp em de wilde Mann wier entgiegen un dei alle dat Volk wier in'n Biärg, un he gonk wier up fien Piärd fitten und gonk wier nao Hues. Dao lachden de Lüed un fegget: „Dao kümmp uffe Hunkepus wier an! Wao häft du doch liägen un flaopen?" He fegg: „Ick heww füörwaohr nich flaopen; nu iff ganz Engelland wunnen, un et iff'n waohren Friäden."

Volle drup quamm au de Kaifer terügge un vertellde van den fchönen Ritter, de em biftaohn häbb. Dao fegg de junge Mann to'n Kaifer: „Wäöre ick nich bi Ju weft, et wäöre nich gued gaohn." Dao will de Kaifer em wat up'n Buckel giewen. „Jä," fegg he, „wann Ji dat nich gleiwen willt, will ick Ju mienen Arm wiefen." Un äs he'n Arm wieft, un äs de Kaifer de Wunde füht, da wädd he gans verwünnert un fegg: „Viellicht biß du Guod fölwft off'n[4]) Engel, den mi Guod tofchickt hett," un badde em üm Verzeihnüß, dat he fo gruow met em handelt häbbe, un fchenked em fien ganfe Kaifersgued.

Un dao was auk de wilde Mann erlöfed un ftund äs'n grauten Küenink vüör em un vertellde em de ganfe Sake, un de Biärg was'n graut Küeninksfchloß, un he trock[5]) met fiene Frau derup, un fe liäweden vergnögt bet an ehren Daud.

Inhalt.

* Die mit einem Stern bezeichneten Nummern sind Dialektstücke.

Quellenangabe

nebst Anmerkungen zu den Märchen des I. Teiles.

1. **Die drei Burschen und der Riese.** Aus A. Kuhn und
   W. Schwartz, Norddeutsche Sagen, Märchen u. Gebräuche (Leipzig,
   F. A. Brockhaus, 1848), Nr. 3, S. 324, mit der Bemerkung
   „Mündlich vom Hakel" (einem dem Harze vorgelagerten
   Höhenzuge).

2. **Das weiße Kätzchen.** Kuhn und Schwartz, Nr. 7, S. 331, mit
   der Bemerkung „Mündlich aus Hahnenklee bei Lautenthal". Ein
   in vielfachen Variationen erzähltes Märchen; vgl. Grimm, Nr. 63
   (Die drei Federn), Colshorn, Nr. 15 (Grindköpfchen), Ey, S. 100
   Die schöne Prinzessin), Schambach und Müller, Nr. 7 (Der
   dumme Hans) und Wisser I, S. 17 (Hans un de lütt Katt).

3. **Die Frä, dos Hippel un dos Hindel.** Kuhn und Schwartz,
   Nr. 16, S. 358, mit der Bemerkung „Mündlich aus Lautenthal".
   Das mit dem „Jockellied" (Böhme, Kinderlied, Nr. 1260) verwandte
   Märchen findet sich auch in Frankfurter Mundart bei Firmenich,
   Völkerstimmen II, S. 62.

4. **Der Zauberring.** Aus Aug. Ey, Harzmärchenbuch oder Sagen
   und Märchen aus dem Oberharze (Stade, Fr. Steudel, 1862),
   S. 38, stammt jedenfalls aus Zellerfeld.

5. **Der Schmied und die drei Teufel.** A. Ey, S. 118, vom
   Oberharz. Vgl. Bahlmann, Nr. 7 (Der Schmied von Bielefeld),
   Bechstein, S. 28 (Der Schmied von Jüterbog) und Colshorn, Nr. 89
   (Der Schmied und der Teufel).

6. **Der eiserne Mann.** A. Ey, S. 122, vom Oberharz. Vgl.
   Andersen, Das Feuerzeug, Grimm, Nr. 116 (Das blaue Licht)
   und Schambach und Müller, Nr. 15 (Die drei Hunde).

7. **Der schnelle Soldat.** A. Ey, S. 165, vom Oberharz.

8. **Die Zwergmännchen.** Aus Heinr. Pröhle, Märchen für die
   Jugend (Halle, Buchhandlung des Waisenhauses, 1854), Nr. 6,
   S. 21; stammt wahrscheinlich vom Harze (Gegend von Wernigerode),
   von Pröhle aus zwei nicht ursprünglich zusammengehörigen Märchen
   zusammengesetzt (siehe Anmerkung daselbst S. 224).

9. **Die gesottenen Eier.** H. Pröhle, Nr. 56, S. 197; desgl. aus
   der Harzgegend. Vgl. Wisser II, S. 85 (De Bur as Afkat).

118

10. Es ist schon gut. H. Pröhle, Nr. 54, S. 190; desgl. aus der Harzgegend.

11. Von'n Scheepe, dat aane Wind un Waater gung. Aus Joh. Matth. Firmenich, Germaniens Völkerstimmen (Berlin, Schlesinger, 1846) I, S. 182, mit der Bemerkung „Dieses Märchen stammt aus Dorste im Amte Osterode". Hochdeutsch in Schambach und Müller, Nr. 18. Vgl. Grimm, Nr. 64 (Die goldene Gans) und Nr. 71 (Sechse kommen durch die ganze Welt).

12. Das klingende und singende Blatt. Aus G. Schambach und W. Müller, Niedersächsische Sagen und Märchen (Göttingen, Vandenhoeck und Ruprecht, 1854), Nr. 5, S. 265, mit der Anmerkung „Aus Calefeld" (b. Osterode). Vgl. Grimm, Nr. 88 (Das singende springende Löweneckerchen), Colshorn, Nr. 20 (Vom klinkesklanken Lowesblatt), Müllenhoff, Nr. 2, S. 384 (Vom goldenen Klingelklangel) und Bechstein, S. 58 (Das Nußzweiglein).

13. Der Schatz des Riesen. Schambach und Müller, Nr. 21, S. 297, mit der Anmerkung „Aus Lauenberg" (im Solling). Vgl. Grimm, Nr. 20 (Das tapfere Schneiderlein), Müllenhoff, Nr. 17, S. 442 (Dummhans unn de grote Ryf') und Wisser I, S. 8 (Hans un de Ries').

14. Die Katzenkindtaufe. Von Heinr. Sohnrey mitgeteilt in der Landjugend, Jahrbuch zur Unterhaltung und Belehrung (Berlin SW. 11, Deutsche Landbuchhandlung), II. Jahrgang, S. 104, aus dem Solling. Vgl. Grimm, Nr. 73 (Der Wolf und der Fuchs).

15. Kio. Schambach und Müller, Nr. 19, S. 291, mit der Anmerkung „Aus Eimen" (b. Voldagsen). Vgl. Grimm, Nr. 76 (Die Nelke).

16. Die Prinzessin mit dem Horne. Schambach und Müller, Nr. 26, S. 310, mit der Anmerkung „Aus Eimen". Vgl. Ey, S. 48 (Die lange Nase) und Schwabs Volksbuch „Fortunat und seine Söhne".

17. Dat klääuke Greitjen. Nach der Erzählung meiner Mutter im heimischen Dialekt — Adenstedt b. Alfeld — aufgezeichnet von K. Henniger. Vgl. dasselbe Märchen bei Grimm, Nr. 34 (Die kluge Else) und in Simrocks Kinderbuch, Nr. 941.

18. Der Mullkönig. Aus K. Seifart, Sagen, Märchen, Schwänke und Gebräuche aus Stadt und Stift Hildesheim. 2. Auflage (A. Lax, Hildesheim, 1889), Nr. 1, S. 115.

19. Großmütterchen Immergrün. Aus Carl und Theod. Colshorn, Märchen und Sagen (Hannover, C. Rümpler, 1854), Nr. 4, S. 17, mit der Bemerkung „Mündlich in Hildesheim".

20. **Vom dicken fetten Pfannekuchen.** C. und Th. Colshorn, Nr. 57, S. 168, mit der Bemerkung „Mündlich in Salzdahlum". Vgl. Ad. Kuhn II, Nr. 10 (Der flüchtige Pfannkuchen).

21. **Buer Slukebal.** C. und Th. Colshorn, Nr. 10, S. 39, mit der Bemerkung „Mündlich in Ribbesbüttel" (bei Braunschweig).

22. **Vom Breikessel.** C. und Th. Colshorn, Nr. 3, S. 14, mit der Bemerkung „Mündlich in Springe".

23. **Der verwunschene Frosch.** C. und Th. Colshorn, Nr. 42, S. 139, mit der Bemerkung „Mündlich in Platendorf und in Hannover". Vgl. Ey, S. 91 (Die goldene Rose) und Schambach und Müller, Nr. 4 (Die Rose).

24. **Der arme Bauer.** Nach der Erzählung eines achtjährigen Volksschülers — Adolf Schüßeler in Hannover —, der sie von seinem Vater gehört, aufgezeichnet von K. Henniger. Vgl. Grimm, Nr. 61 (Das Bürle) und Andersen (Der kleine und der große Klaus).

25. **Wurst wider Wurst.** C. und Th. Colshorn, Nr. 19, S. 62, mit der Bemerkung „Mündlich in Bahrenwald" (bei Hannover). Vgl. Grimm, Nr. 143 (Up Reisen gohn).

26. **Dei verwünskede Isel.** Joh. Matth. Firmenich, Germaniens Völkerstimmen I, S. 303. Mundart von Büren i. W. Vgl. Der Student am Halfter in Pröhles Kinder- und Volksmärchen.

27. **De Foß, de Fäuermann un de Wulf.** Firmenich I, S. 352. Mundart von Arnsberg. Vgl. Bechstein, S. 93 (Der Hase und der Fuchs.)

28. **Die drei Fragen.** Aus Adalbert Kuhn, Sagen, Gebräuche und Märchen aus Westfalen (Leipzig, F. A. Brockhaus, 1859), II. Teil, Nr. 19, S. 256, mit der Bemerkung „Mesterscheidt".

29. **Wie der Teufel das Geigenspiel lernte.** Aus Ad. Kuhn II, Nr. 27, S. 276, mit der Bemerkung „Schriftlich vom Lehrer Kuhn in Hemschlar". Vgl. Den Schraubstock bei Pröhle, M. f. d. J. Nr. 28. Ähnliches bei Grimm, Nr. 8 (Der wunderliche Spielmann), wo dem Wolf, der das Geigenspiel lernen will, die Pfoten in einen Eichbaum geklemmt werden).

30. **De wilde Mann.** Aus Dr. P. Bahlmann, Münsterländische Märchen, Sagen, Lieder und Gebräuche (Münster i. W., J. Seiburg, 1898), S. 19. Vgl. Grimm, Nr. 136 (Der Eisenhans).

Niedersächsische Volksmärchen und Schwänke

II. Band.

Gesammelt und herausgegeben von
J. von Harten u. K. Henniger

·········· Mit Zeichnungen ··········
von Edm. Schaefer · Bremen

1908
Niedersachsen-Verlag Carl Schünemann · Bremen

Die kleine schwarze Frau.

Es waren einmal zwei Leute, die hatten nur wenig zu beißen und zu brechen. Sie hatten aber eine Tochter, die hieß Berta und war so schön, so schön. Eines Tages ging Berta in den Wald. Da trat eine kleine schwarze Frau zu ihr und sagte: „Liebe Tochter, geh mit mir; und wenn du alles tust, was ich dir sage, sollst du's gut bei mir haben, und deine Eltern sollen soviel zu essen und zu trinken haben, wie sie nur wollen, und die beste Kleidung dazu." Das Mädchen antwortete: „Wenn meine Eltern wollen, so bin ich's zufrieden." — „Übermorgen triffst du mich hier wieder," sprach die schwarze Frau, und damit verschwand sie hinter den Büschen.

Berta ging nach Haus und sagte zu den Eltern: „Soll ich übermorgen wieder dahin, wo ich heute gewesen bin?" —

„Das ist eine sonderbare Frage," meinten jene, „wo bist du denn heute gewesen?" Nun erzählte sie von der kleinen schwarzen Frau, und daß sie wohl Lust habe, bei ihr zu bleiben. Und als die Eltern erwiderten, man könne nicht wissen, ob die Frau nicht Bertas Verderben wolle, da sagte sie: „Die Frau hatte ein so ehrliches Gesicht und sah dabei so traurig aus, daß sie's gewiß gut meint." Hierauf willigten die Eltern ein, und am dritten Tage begab sich Berta in den Wald und an die verabredete Stelle.

Die kleine schwarze Frau war schon da, nahm sie mit in ihren Wagen und führte sie tief in den Wald hinein, wo sie zuletzt an ein kleines Haus kamen; da stiegen sie ab. Die kleine Frau führte Berta in die Stube, zeigte ihr alle Zimmer, übergab ihr alle Schlüssel und sprach: „Die Zimmer mußt du hübsch blank halten; vor allem aber, liebes Kind, bewahre die Schlüssel, gib sie nie von dir, sie mögen dir bei Tage oder bei Nacht abgefordert werden!" Berta versprach es, ging sofort an ihre Arbeit, und die Frau lobte sie, daß sie so flink und anstellig war, gab ihr die schönste Kleidung und das beste Essen und versorgte auch die Eltern aufs reichlichste.

Das dauerte so den Sommer durch und den Herbst, bis in den Winter; da wurde die Frau so unruhig und wandelte Tag und Nacht umher, und wenn sie von Berta angeredet wurde, erschrak sie und weinte auch wohl. Eines Abends, als Weihnachten nahe vor der Tür war, nahm sie Berta bei der Hand und sagte: „Liebes Kind, jetzt muß sich's entscheiden! Was dir diese Nacht auch begegne, laß die Schlüssel nicht von dir; hörst du?" Berta versprach es und legte sich zu Bett.

Als es zwölf schlug, klopfte es draußen, und es wurde laut an der Tür, als ob jemand einbrechen wolle, und durch die vielen Stimmen, die draußen murmelten, drang eine helle, die rief:

„Berta, was machst du?
Schläfst oder wachst du?" —

4

„Ich wache," war die Antwort. „Gib uns deine Schlüffel!" sagte die Stimme. „Ich darf nicht," war die Antwort. „Warum nicht?" hieß es weiter. „Ich weiß nicht," war die Antwort. So ging es immerzu, bis es eins schlug; da verschwanden die Stimmen in der Ferne, und die kleine Frau trat mit einem Licht vors Bett, sah sehr freundlich aus und war ein wenig heller und größer geworden.

Am folgenden Abend vor dem Zubettgehen bat die kleine Frau wieder, Berta solle die Schlüffel nicht fortgeben, es möge ihr widerfahren, was da wolle. Berta sagte es zu und ging zu Bett. Wieder kamen, als es zwölf schlug, viele vor Tür und Fenster und baten um die Schlüffel, gerade wie in der erften Nacht, drohten auch das Haus anzuzünden, wenn Berta sie nicht herausgäbe. Sie bekamen sie indes nicht, und als es eins schlug, war alles aus und vorbei. Die kleine Frau aber kam wieder mit einem Licht vors Bett, sah noch freundlicher aus und war auch noch heller und größer geworden.

„Nun," sprach sie am folgenden Abend, „nun noch eine Nacht; dies wird die schlimmfte von allen. Aber liefere die Schlüffel nicht aus, es möge kommen, was da will." Berta versprach es und ging zu Bett. Um Mitternacht ward draußen schrecklicher Lärm, und durch die Stimmen der übrigen drang eine, die klang gerade wie ihrer Mutter Stimme; und diese bat so kläglich um die Schlüffel, daß Berta aufftand und sie aus dem Fenster reichte. Da im Husch war draußen alles fort; die kleine Frau aber kam mit einer blutroten Fackel vors Bett und war wieder ganz schwarz und klein, faßte Berta bei den Haaren und warf sie zum Kammerfenster hinaus. Da fiel sie auf einen dicken Stein und blieb wie tot liegen.

Nun begab es sich, daß der König eben im Walde jagte und frühmorgens in diese Gegend kam. Die Hunde witterten das Blut, liefen dem Steine zu, auf welchem Berta lag, und schnupperten und bellten. Der König dachte: da gibt's ein Wild; aber wie erftaunte er, als er statt deffen eine schöne, schneeweiße Jungfrau fand! Er ging zu ihr, hob sie auf sein Roß, hing ihr seinen Mantel um und führte sie ins Schloß. Und weil ihr der königliche Mantel so schön stand, nahm er sie zur Gemahlin.

Nach einem Jahre gebar sie ein feines Knäblein, und der König freute sich und gewann sie noch lieber. Doch als er am folgenden Morgen sein Söhnchen zeigen wollte, da war es weg, und die Königin hatte Blut im Munde. Nun hieß es bald im ganzen Lande: „Unsere Königin ist eine Menschen= fresserin." Nur der König glaubte es nicht und die kleine schwarze Frau auch nicht; denn diese hatte den Prinzen ge= stohlen und der Königin den Mund mit Blut angestrichen. Der König aber hatte seine Gemahlin zu lieb, als daß er sie für eine Menschenfresserin hätte halten können.

Nach drei Jahren genas sie eines zweiten Söhnleins, das war ebenso schön wie sein Bruder; doch es ging gerade wie zum erstenmal: am andern Morgen war das Kind fort, und die Königin hatte einen blutigen Mund. Da sagten die Leute erst recht, sie sei eine Menschenfresserin. Der König indes wollte es noch immer nicht glauben und tat ihr nichts. Nach wieder drei Jahren bekam sie einen dritten Sohn. Als aber auch dieser am andern Morgen verschwunden und der Mund der Königin mit Blut befleckt war, da sagte der König zu ihr: „So lieb ich dich immer gehabt habe, jetzt kann ich dich nicht mehr schützen; bereite dich also zum Tode!"

Bald darauf kamen Soldaten und warfen sie ins Gefängnis; sie wurde zum Tode verurteilt und einige Tage nachher hinaus= geführt. Als ihr eben die Binde ums Haupt gelegt werden sollte, seufzte sie noch einmal nach ihren drei Kindern, und sie seufzte so tief auf, daß alle, auch die Henker, gerührt wurden. In demselben Augenblick kam ein prachtvoller Wagen heran= gerollt, in dem saß eine stattlich glänzende Frau mit drei Prinzen. Und die Frau stieg aus, führte der Königin die drei Knaben zu und sagte: „Ich bin die kleine schwarze Frau; hättest du damals die Schlüssel nicht von dir gegeben, so wäre dir und mir viel Leid erspart. Nun bin ich erst in der letzten Nacht erlöst worden, und das hat dein ältester Sohn getan." Hierauf nahm sie die Königin in den Wagen, fuhr sie alle in die Stadt, überzeugte den König, der sich viel um seine edle Gemahlin gehärmt hatte, mit wenigen Worten von deren Unschuld und verschwand für immer. In der Stadt aber und im ganzen Lande wurde großer Jubel, und die Leute sagten: „Die arme Königin!" und hatten sie sehr lieb.

Einige Tage nachher, als der älteste Königssohn sich ankleidete, sah die Mutter, daß er überall Flecke hatte. Als sie ihn fragte, woher das komme, sprach er: „Ich wollte dich erlösen; da ich aber deshalb die Schlüssel nicht herausgeben durfte, so haben sie mich in der Nacht gekniffen und gestoßen." Da weinte die Mutter und küßte und drückte ihn.

Hans Winter.

Ein Imker hatte seinen Honig in die Stadt gebracht und
viel Geld dafür gelöst. Als er nach Hause zurückkam, zählte er das
Geld auf den Tisch, legte das Silber für sich und das Gold
für sich und sprach zu seiner Frau: „Das weiße hier ist für
Hans Winter;" damit meinte er aber, für das Silber wollten
sie im Winter leben. Hierauf schloß die Frau das Geld in
den Koffer, das Silbergeld hingegen kam in einen Auszug
von der Kommode, und das alles sahen die drei Kinder.

Am andern Tage, als die Eltern über Feld waren, sagten
die Kinder untereinander: „Ob Hans Winter wohl schon da-
gewesen ist?" Als sie die Kommode öffneten, lag das Geld
noch alle drin. Sie stellten sich ans Stubenfenster, unter
welchem der Fußweg vorbeiging, und so oft jemand vorüberkam,
fragten sie: „Heißt Ihr Hans Winter? Das Geld ist noch da!"

Lange wollte erst keiner kommen, der Hans Winter hieß;
endlich jedoch ließ sich von ferne ein Schusterjunge sehen und
hören, der war aus der Stadt und trug ein Paar Stiefel
auf dem Rücken, mit welchen er pfeifend und singend nach
einem andern Dorfe ging. Als er unter das Fenster kam,
fragten die Kinder auch ihn: „Heißt Ihr Hans Winter? Das
Geld ist noch da!" Der Junge besann sich nicht lange und
antwortete: „Ich heiße Hans Winter; so gebt mir das Geld!"
Sie warfen ihm alle blanken Taler und Groschen durchs
Fenster in einen der Stiefel, und er ging singend und
pfeifend weiter. —

Gegen Mittag kehrten die Eltern heim, und als die
Mutter vor die Kommode ging, um die Eßlöffel herauszu-
nehmen, merkte sie den Verlust und fragte: „Wo ist das Geld
geblieben?" Die Kinder antworteten: „Hans Winter hat's
geholt." Die Mutter erschrak nicht schlecht und fragte genauer
nach, da erfuhr sie denn die ganze Geschichte und peitschte
die Kinder durch; hierauf rief sie den Vater herein, und da

8

bekamen sie noch eine tüchtige Portion. Damit indes war das Geld nicht wieder da, und als die Kinder Hans Winter genau beschrieben hatten, gingen sie mit dem Vater hinter ihm her.

Es dauerte nicht lange, so waren sie im Walde, und da sich der Weg hier teilte, mußten sie dem einen nachgehen, während der Vater den andern einschlug. Dieser suchte vergebens bis an den Abend, da kehrte er nach Hause zurück. Den Kindern sollte es anders ergehen. Als sie nämlich eine Weile gegangen waren, begegnete ihnen ein reisender Handwerksbursch, und auf ihre Frage nach Hans Winter und auf ihre Beschreibung desselben erfuhren sie, daß sie sich auf dem rechten Wege befänden. Noch mehrere Leute trafen sie an, und alle sagten dasselbe aus. Sie gingen und gingen, und alle Augenblicke riefen sie: „Hans Winter! Hans Winter!"

Einmal hatten sie wieder aus Leibeskräften geschrien. Da plötzlich knackte es im Gebüsch, und gleich darauf trat ein großer Fuß vor sie hin, der saß an einem baumdicken Beine; bald kam ein zweiter Fuß nach, und damit stand ein gefährlicher Riese vor ihnen. „Was soll ich?" brüllte Hans Winter; denn so hieß der Riese. Die Kinder konnten erst nicht sprechen, so sehr hatten sie sich erschrocken. Als sie ihm aber die Geschichte erzählt und den kleinen Hans Winter genau beschrieben hatten, lachte er unmäßig und sprach: „Wenn ihr den sucht, so müßt ihr euch an einen andern wenden; schreit hier aber nicht wieder so laut, sonst freß ich euch!" Mit den Worten ging er weg, und die Kinder machten gleichfalls, daß sie fortkamen.

Als sie noch eine Weile gegangen waren, kamen sie an ein Haus, und siehe, vor dem Hause saß der Schusterjunge auf einer Bank und schlief. Es war aber schon dämmerig geworden, und so schlichen sie sich leise hinzu, daß sie niemand bemerkte, nahmen den Stiefel samt dem Gelde und liefen zurück in den Wald.

Eine Stunde darauf weckte der Wirt den Schusterjungen, und als diesem nicht nur das Geld, sondern auch der eine

Stiefel fehlte, rannte er wie toll umher und tobte so heftig, daß der Wirt ihn aus dem Hause warf. Er lief heulend durch den Wald und schrie; da faßte eine große Hand zwischen den Bäumen durch, und indem der Riese sprach: „Stört ihr mich schon wieder, ihr Schreihälse?" schluckte er den armen Schusterjungen mit Haut und Haar hinunter. Das hatten die drei Kinder alles mit angehört, denn sie lagen dicht dabei hinter einem Busche. Und als der Riese wieder weg war, liefen sie, daß sie zu den Eltern kamen.

De grote Hans.

Dor weer mal en junge Witfroo[1]), de kreeg säwen Dag' nah ehren Mann finen Dod noch en lütten Jungen, de weer fo fpittelig[2]) as en Worm un fo rug[3]) as en Waterrott'[4]). Do güng fe in ehren Kummer nah en kloke Froo, de wahn in'n Holt wiet affied von'n Dörp, de schöll ehr raden, wat dorgegen to dohn weer. „Dor willt wi wol tookamen," fä de kloke Froo. „Hier heft du en Männken[5]), dat heww ick in de Johannisnacht an'n Galgenbarg ut de Eer grawt[6]), dat fettft du in din Brutlae[7]), un de Lae ftellft du in de Slap= kamer achter din Himmelbett, dat fe keenen to Ogen kummt. Un jeden Sünnawend awend dригft du dat Männken in'n

---

¹) Witwe. ²) dünn. ³) rauh. ⁴) Wafferratte. ⁵) Männlein. ⁶) gegraben.
⁷) Brautlade.

11

Düstern an'n Beek¹) un baest et dor in dat fleeten²) Water un treckst em dorbi jedesmal en neet Hembken an. Un Dag för Dag bringst du dem Männken wat to eten, dat beste, wat du in'n Hus hest. Un wenn säwen Johr un een Dag vergahn sünd, denn bringst du mi dat Männken wedder torügg. Din lütt Wörmken³) von Jungen awer leggst du di an de Bost un sögst un sögst et un giwst em nicks anners to eten un to drinken as de Muddermelk säwen Johr lang un eenen Dag, un seggst to keenen Minschen wat dorvon, wat wi mit= enanner afmakt hewwt. Un wenn de säwen Johr um sünd, denn schast du mal sehn, wat du denn för en schieren, glabben, groten, ranken, starken, stämmigen Jungen hest!"

De Witfroo däh allens, wat ehr de kloke Froo seggt harr, un fudder un bae dat Männken ün sög ehr Jüngsken⁴) säwen Johr lang un eenen Dag un sä keenen Minschen wat dorvon. Un as de Tied um weer un se dat Männken wedder torügg brocht harr nah de kloke Froo, do weer ehr lütt rug Jüngsken so glabb un schier worden, dat keen Hörken⁵) an sinen Liw to finnen weer, un so stark un stämmig, dat he Böm' ut de Eer rieten könn, un so grot un rank, dat he ümmer mit den Kopp an den Bähn⁶) stöt, wenn he in sin Mudder ehr' Dönz sick von'n Stohl upricht. He könn arbeiden för säwen anner', awer ook eeten för säwen, un de Mudder weer ümmer in Sorgen, wo se all dat Eeten för den Jungen hernehmen schöll. Un de Lüe in'n Dörp nömden em den groten Hans.

As he ut de School weer, vermee' he sick up dree Johr an den grötsten Burn in'n Dörp as Knecht. Gliek den ersten Dag kreeg em de Bur achter'n Plog un güng sülwen up't Feld henut, um to sehn, wat de nee Knecht leisten könn. Do seech he, dat Hans den Plog ümmer den Peern up de Scheenen⁷) un Hacken schöw. „Wofo deihst du dat?" fróg

---

¹) Bach. ²) fließend. ³) Würmchen. ⁴) kleiner Junge. ⁵) Härchen. ⁶) Decke.
⁷) Schienbeine.

12

em be Bur. „Jer," sä Hans, „de olen Kracken¹) sünd mi bi'n Plögen ümmer in'n Weg, de sliekt²) jo as de Sniggen³), dorbi kann een mit sin' Arbeit jo nicks beschicken." — „Wenn du dat meenst," sä de Bur, „denn kannst du jo de Peer von'n Plog afspannen." Hans däh dat un schöw sinen Plog alleen ümmer förfötsch⁴) vör sick her un kreeg sinen Acker dreemal so fröh umplögt as de annern Knechten. De Bur reew sick de Hännen vör Freuden un dach: „Wenn Hans dor so bi bliwt, denn kannst du een Spann von din Peer noch verköpen."

Middags, as Hans von sin Plögen to Hus köm, nödig' em de Burfroo an den Disch, wo de annern Knechten un Mägden all seeten un eeten. Hans awer sä: „Min Mudder het mi ümmer minen eegen Disch deckt." Do deck em de Burfroo sinen eegen Disch un drög up, wat de Disch holen woll: Wost un Speck un Schinken. Hans awer eet allens von den Disch herünner, wisch sick den Mund un sä: „Dat smeckt nah mehr!" Do drög em de Burfroo nochmal den Disch vull, un Hans eet em noch mal leddig un sä: „Nu noch en poor Bodderbröe, denn ward dat wol langen!" De Bur kratz sick achter de Ohren un dach: „Wenn Hans dor so bi bliwt, denn kannst du up't Johr en halw Dutzend Swin mehr inslachen."

So güng dat Dag för Dag: Hans arbei' nah Hartenslust un eet nah Hartenslust all wat he könn. Bald könn he dat keenen in'n Hus mehr recht maken: den Knechten arbei' he veel to veel, un den beiden Burslüen eet he veel to veel, un jeder tracht' dornah, em von'n Hof lebennig oder dod wegtoschaffen.

Eenen Dag sä de Bur to Hans: „Dat Water in usen Soot⁵) is gor nich mehr recht klor, de mut mal reinigt warden. Hest du Lust, Hans, so kannst du dat besorgen." Hans harr Lust, steeg in den Soot dahl ahn' en Strick oder Letter un füng an, de Mudd mit Emmern uttoschülpen. De Soot awer weer twölf Klafter deep un noch deeper. De Bur awer güng

---

¹) Gäule. ²) schleichen. ³) Schnecken. ⁴) vorwärts. ⁵) Brunnen.

nah de annern Knechten un sä: „Hans sitt ünnen in den
deepen Soot, nu is't Tied!" Do löpen alle Knechten nah den
Born hentoo, nöhmen Plastersteen' un smeeten se in den Soot
dahl nah Hans sinen Kopp. Nah en Wiel röp Hans von ünnen
herup: „Jagt doch dor baben de olen Höhner weg, de kleit
eenen jo den ganzen Born vull Sand un Dreck!" As de
Knechten dat hörten, kreegen se en gewaldigen Schreck un sleeken
sick sachen dorvon an ehre Arbeit.

Den annern Dag sä de Bur to Hans: „Hüt nahmiddag
willt wi us' Röw'*) von'n Feld halen un hier up'n Hof
inkuhlen. Hest du Lust, Hans, so kannst du vanmorg'n de
Röwkuhl utsmieten, acht Foot lang, veer Foot breet un so
deep, dat du nich mehr rutkieken kannst." Hans harr Lust,
nöhm sick de grötste Schüffel un smeet de Kuhl ut. De Bur

*) Rüben.

14

awer güng nah de annern Knechten un sä: „Hans sitt in de deepe Röwkuhl, nu is't Tied!" Do löpen alle Knechten nah de grote Schün, bärten de halwe Schündör ut de Angeln, drögen se stillswiegens un sachen an de Kuhl' ran, smeeten se Hansen äwer den Kopp un setten sick baben dorup, dat he sick dorünner sticken un dämpen schöll. Hans awer stemm sick gegen de Dör, weer mit eenen Satz ut de Kuhl un drög de Schündör un all de Knechten, de dorup seeten, äwer den Hof dör de grote Missendör¹) up de Husdeel' un sett se dor liesen dahl. „So'n Spaß," lach he, „heww ick lang nich hadd; ick heww gor nich wußt, Jungens, dat jü so'ne Spaßvagels sünd!" De Knechten awer kreegen en noch grötern Respekt vör den groten Hans un makden sick gau dorvon an ehre Arbeit.

De Bur awer kratz sick wedder achter de Ohren un dach: „Mit Gewalt kriegt wie den groten Hans nich von'n Hof weg; wi möt't dat mal in'n Goden un mit List versöken." Bi'n Awendbrot sä he: „För den Winter heww ick nich genog Arbeit mehr för all min' Knechten, denn mut een ut'n Deenst. Hest du Lust, Hans, in annern Deenst to gahn, denn will ick di geern dinen Lohn för den Winter ook noch mit-gewen." Dütmal harr Hans keen Lust, un he sä: „Ick heww mi up dree Johr bi di vermeet, un mi gefallt dat hier up'n Hof god. Du kannst jo de annern Knechten to'n Winter kündigen, ehr' Arbeit will ick wol mit äwernehmen." Do füngen all de annern an to schimpen un schandeern²) un säden, wat he könn, dat können se all lang'.

De Bur hör en lütte Wiel den Striet mit an, un denn sä he: „Morgen fröh föhrt en jede Knecht mit en Wagen un en Äx in't Holt un haut de Barkenstrük³) ut de Fuhrenwohrd⁴) herut as Fürholt⁵) för den Winter, un de denn tolest mit sinen Wagen vull Holt nah Hus torügg kummt, de geiht mi to Winter ut'n Deenst." — „Is good!" röpen alle Knechten. „Is good!" sä ook Hans, güng up sinen Bähn⁶) un lä sick in de Klapp'.

¹) Hoftür. ²) lärmen. ³) Birkensträucher. ⁴) Föhrenwiese. ⁵) Feuerholz. ⁶) Boden.

De annern Knechten lachen hinner em her, steeken de Köpp tosam' un tuscheln[1]): „Nu willt wi den Prahlhans awer mal anföhrn! Morgen in alle Herrgottsfröh staht wi up un föhrt in't Holt. De grote fule Hans kann morgens jo ümmer nich ut'n Bett finnen un steiht vör Klock acht nich up. Un wenn he denn mit sinen Wagen in't Holt kummt, denn könnt wi uf' vull Föder all nah Hus torügg föhrn."

Den annern Morgen Klock acht, as Hans ut'n Bett steeg, föll em wedder in, wat gistern awend twischen Bur un Knecht verafredt weer. Do sprüng he in dree groten Sätzen von sinen Bähn in den Peerstall, reet de Peer herut, spann se vör den Wagen un jög in vulle Karjeer[2]) nahn Holt henut. As he bi de Fuhrenwohrd anköm, harren de annern ehren Wagen all vulladt un wollen jüst afföhren. Nu woll he sick haftig an de Arbeit gewen un de Barkenböm mang de Fuhren ruthauen, do seech he to sinen Schreck, dat he in de Il[3]) vergeten har, en Äx mittonehmen. Awer he besünn sick nich lang, güng hen, reet mit de nakden Hänn' Bark um Bark ut de Eer herut, smeet se up den Wagen, un in'n Handumdrehn harr he sin Föder vull, veel breeder un höger as all de annern.

Nu föhr he torügg mit sinen vullen Wagen, awer he seech bald, dat de annern mit ehren Wagen em all wiet vörut weern. Do stell he sick achter den Wagen un schöw mit allen Kräften nah, so as he dat den ersten Dag bi'n Plögen makt harr. Awer de Peer güngen dorüm doch nich geswinner; wat he vöwards schöw, schöwen se wedder torügg. Do spann he de Peer von'n Wagen af, bünn jüm[4]) mit sin Leit alle veer Been' tosamen, smeet se baben up den Wagen rup, nöhm de Dißel[5]) ünner'n Arm un tög un jög mit sin vull Föder in'n Galopp achter de annern her. Dicht vör sinen Burnhof ratter[6]) he an de annern vörbi un köm as de erste an dat Hofdor. As he awer in den Hof föhrn woll, bleew de Wagen in'n Hofdor stecken, denn he harr sin Föder veel to breet ladt.

---

[1]) flüstern. [2]) Karriere, schnelle Fahrt. [3]) Elle. [4]) ihnen. [5]) Deichsel. [6]) fuhr.

Do reet he de beiden isern Dorpähl[1]) ut de Eer herut, smeet se an de Siet un köm so as de erste bi'n Hus an. Awer as he nu vör'n Hus höl, do bröck de Wagen mit en Krach tosamen: Hans harr den Wagen to vull ladt un unnerwegens to dull mit em herumbollwarkt.

Up dat mächtige Gekrach köm de Bur ut'n Hus in den Hof to lopen, un as he de Bescherung seech, sä he: „Hans, du bist wol as de erste an't Hus kamen, awer du hest dorbi Hofdor un Wagen in'n Dutten[2]) jagt, un de Peer dor baben up'n Wagen hewwt ook wol en Knacks dorbi wegkreegen. Ick seh, dat du as Knecht am meisten leisten kannst, awer mit din unvernünftig Bollwarken un mit dinen groten App'tit bringst du mi mehr Schaden as Vördel[3]). Ick will di dreeduwwelten[4]) Lohn in Vörut gewen, wenn du to'n Winter ut minen Deenst geihst."

„Ja," sä Hans, „ick seh dat in, dat jü mitenanner mi von'n Hof weghewwen willt. Ick gah, wenn du mi den dreeduwwelten Lohn för dree Johr utbetahlst un wenn ick di noch en eenzigen Slag versetten kann achtern vör de Böcksen[5]). Denn so ganz ohne Straf draffst du nich dorvonkamen, dat du mi din Wort brickst."

De Bur dach bi sick: „Een Slag kann di jo doch den Hals nich breken," un sä, he weer dormit inverstahn, güng mit Hansen in de Dönz, tell em sinen dreeduwwelten Lohn up'n Disch, un denn mak he sick krumm, dat em Hans den Slag versetten schöll. Hans awer sä: „Hier nich in de Dönz, buten up'n Hof will ick di eenen to'n Andenken versetten."

Un so güngen de beiden mitenanner wedder up den Hof henut. As se buten weern, stell Hans sinen Burn up den hogen Meßhupen[6]) vör'n Hus, bög em den Kopp to'r Eer dahl, reck sinen rechten Arm ut un tell: „Hal een! Hal twee! Hal dree!" Un bi dree! gew he em von unnen up mit de flacke Hand en so gewaldigen Klapps vör de strammen Böcksen,

---

[1]) Torpfeiler. [2]) Haufen. [3]) Vorteil. [4]) dreidoppelten. [5]) Hofe. [6]) Misthaufen.

dat de Bur as en Ball um un um küsel un höger un ümmer höger flög, hoch äwer dat Husdack weg. Baben in de Luft awer füng sick de Wind in sinen wieten Kittel, so datt he an de anner Siet von'n Hus ganz sachen un dusemang[1]) to'r Eer dalköm.

Hans awer bünn sick sine poor Backbeeren[2]) in sinen groten rotbunten Snuwdook[3]) un wanner ut, wiet in de Welt henut, in dat Land, wo de Riesen wahnt.

––––––––––

[1]) sanft. [2]) Sachen. [3]) Schnupftuch.

De Daglöhnerlüe un dat Kin=Jes's. [1]

Et weer up en Chriſtabend. Dau ſeet 'n ohl Daglöhner in ſien Dönz[2] bien Kachelabnd[3] un ſmökde[4] ut ſien korte Piep Toback. Sien Mudder puſſelde noch buten herüm in't Flett[5] un bröchte Tüffelken[6] tau Füer, de ſe den Abend noch äten wolln. As ſe de Tüffelken baben dat Füer hängt harr, da güng ſe ok rin in öhr Dönz un ſätte ſick tau öhren Vader bien Kachelabend, um ſick tau warmen, bet de Tüffelken gohr weeren. Dau ſä ſe tau öhren Vader, dewiel de Fruenslüe eenmal doch dat Snacken[7] nich laten könnt: „Et is hillgen[8] Abend. Da kriegt de rieken Lüe all ſau ſchöne Saken un ät't ſau ſchöne Spieſen. Awerſt wie Daglöhnerslüe möt een Abend un alle Abend mit Puhltüffelken[9] taufräden wäſen. Wenn't Kin=Jes's uns ok man mal wat bringen dä oder fragen dä, wat wi uns wünſchen däen!" „Je," griende öhr Keerl, „wenn't Kin=Jes's uns mal geben woll, wat wi uns wünſchen däen, denn wollen wi uns ok wat wünſchen, dat wi unſ' Läwtiet genaug harren!" „Awerſt," ſett' de Fru hentau, „ſau wat ſchüt[10] nich mehr in unſen Tieden."

Dau wörr et mit eenmal ganz lucht[11] in öhr Dönz, un vör jüm ſtünn dat Kin=Jes's in ſien lucht Himmelskleed un fräug, wat ſe denn ſick wünſchen däen. Et weer hilligen Abend, wo all Minſchen ſick freuen ſchöllen. Drüm weer he ok tau jüm kamen. Se ſchölln man blot ſeggen, wat ſe ſick wünſchen däen, ſau ſchölln ſe et glieks hebben.

Da kraulen ſick de beiden Olen achter de Ohren un ſäen: je, ſau glieks können ſe dat gar nich ſäggen; da möſſen ſe ſick mal erſt en bäten beſinnen. Da ſä dat Kin=Jes's: nu, denn ſchölln ſe ſick man erſt örndlich beſinnen. Dree Deel[12] können ſe ſick wünſchen, de ſchöllen gliek ſcheien, ſo as ſe ſick

---

[1] Kind Jeſus. [2] Stube. [3] Kachelofen. [4] rauchte. [5] Diele, Hausflur. [6] Kartoffeln. [7] Schwatzen. [8] heiligen. [9] Pellkartoffeln. [10] geſchieht. [11] hell. [12] Teile.

de wünschen däen. Un mit den Wore weer dat Kin-Jes's verswunnen ut öhr Dönz.

Dau sä de Keerl tau sien Fru: „Nu, Mudder, mick hungert. Hal flink de Puhltüffelken rin! De willt ja woll all gar wäsen. Denn könnt wi hier Mahltied besnacken, wat wi uns am besten wünschen willt." De Mudder sprüng hill[1]) henut as en jung Deern[2]) un keem ok glick wedder mit öhr Schöttel[3]) vull Puhltüffelken, de dampen däen as en Schosteen.[4]) Se schüdde öhr Tüffelken up den Disk[5]), un beide setten sick glick dabie, um se sick aftaupuhlen. Awerst keener sä en Wort, un jepper[6]) dach bi sick na, wat se sick woll am besten wünschen wollen.

Da sä de Fru mit eenmal: „Nu, Vader, woll ick, dat wi en schöne Bratwost harren tau uns' Puhltüffelken!" Un glick lagg mank jüm en schöne Bratwost baben up de Tüffelken. Da wör de Keerl dull, dat sien Wief för sick alleen un man en ole Bratwost jüm wünscht harr, und sä: „Un ick woll, dat dick vör dien leeg Mul[7]) de Bratwost an de Snut[8]) hängen dä!" Un glick wör de Bratwost von'n Disch verswunnen un bummel an de Fru öhr Näs. „Ach, Kin-Jes's!" krieschde da de Fru, „nimm mick doch glick wedder de Bratwost von de Näs! Denn wo woll dat laten un wat wollen de Lüe säggen, wenn ick morgen in de Kerk kamen dä mit saune grote Bratwost anne Snut!" Un glick weer de Bratwost wedder verswunnen von de Fru öhr Näs.

Sau harren se sick dree Deel von'n Kin-Jes's wünscht un ok krägen und harren doch naher nich mehr as vörher. — Dat bewiest, dat Minschen, wenn se ok alls kregen, wat se sick wünschen däen, et doch inne Welt nich bäter harren, as se et sau heft.[9])

---

[1]) schnell. [2]) Mädchen. [3]) Schüssel. [4]) Schornstein. [5]) Tisch. [6]) jeder. [7]) loser Mund, Plappermaul. [8]) Schnauze. [9]) haben.

Der reiche Graf und der arme Holzhacker.

Es war einmal ein reicher Graf, der ritt durch einen großen Wald. Da hörte er aus einer Dichtung heraus Art= schläge, unterbrochen von tiefen Seufzern und den Ausrufen: „Der alte Adam, der böse Adam! Der alte Adam, der böse Adam!" Neugierig stieg er ab, band sein Pferd an einen Baum und ging leise der Stelle zu, von welcher Artschläge, Seufzer und Ausrufe kamen. Da sah er einen alten Mann mit grauen Haaren und gebückter Gestalt, der mit großer Anstrengung seine Art hob, um mit schwachen Hieben ein vor ihm liegendes Stück Holz zu spalten. Nach jedem Schlage aber stieß er einen schweren Seufzer aus und sprach dabei: „Der alte Adam, der böse Adam!"

Da trat der Graf an ihn heran und fragte, warum er denn immer „der alte, böse Adam" riefe. Der Holzhacker antwortete: „Wenn Adam nicht von der verbotenen Frucht gegessen hätte, so wären wir Menschen noch im Paradiese. Dann brauchte ich armer, alter Mann, der ich mich kaum noch auf den Beinen halten kann, nicht so saure Arbeit zu tun. Und doch kann ich damit nicht einmal soviel verdienen, daß ich mit meiner alten und noch schwächeren Frau nur trockenes Brot genug habe. An unserm Elend ist allein Adam schuld; des= halb rufe ich: „Der alte Adam, der böse Adam!" Da sprach der Graf: „Bleib morgen bei deiner Frau zu Hause! Ich will euch auf mein Schloß holen lassen; da sollt ihr's ebenso= gut haben als Adam und Eva im Paradiese."

Am andern Tage hielt mittags vor dem Hause des alten Ehepaars eine prächtige Kutsche mit zwei schönen Schimmeln und Kutscher und Bedienten, beide im Treffenrock. Der Bediente sprang herab, eilte zu den alten Leuten ins Haus, bestellte einen schönen Gruß vom Grafen und sie möchten gleich einsteigen und zum Grafen aufs Schloß kommen. Die beiden Alten wollten noch ihr Zeug zusammensuchen und mitnehmen.

Aber der Bediente sagte, sie sollten nur alles da lassen, sie bekämen das alles auf dem Schlosse viel schöner, als sie es hätten. So stiegen sie ein und fuhren davon. Vor allen Türen standen die Leute und guckten mit langen Hälsen und großen Augen der blanken Kutsche nach, mit welcher die schnaubenden Schimmel davontrabten.

Gegen Abend kamen die beiden Alten vor des Grafen Schloß. Der Graf stand vor der Tür und hieß sie willkommen. Sie mußten statt ihrer alten, schlechten Kleidung eine neue, schöne anziehen. Dann führte der Graf sie selbst in eine Stube, so schön, wie sie sie noch nie gesehen hatten. Darin standen Tisch und Sofa und für jeden ein großer Lehnstuhl, so bequem, wie sie nur wünschen konnten. Gleich daneben war die Kammer mit so weichen, herrlichen Betten, wie sie nie geglaubt hatten, daß es solche Betten auf Erden geben könnte. Auf dem Tische in der Stube aber stand das schönste Essen, und der Graf sagte: „Nun laßt es euch gut schmecken, und dann schlaft aus von eurer langen Reise! Euer Essen und Trinken wird euch immer auf die Stube gebracht, daß ihr nach Herzenslust von allem nehmen könnt, wie Adam und Eva im Paradiese."

So bekamen sie morgens und nachmittags Kaffee mit Rahm und Zucker, dazu Semmel und Krengel, mittags schöne Suppe und Braten mit Wein und Kuchen und abends wieder alles, was sie nur haben wollten, und sie waren so glücklich, wie im Paradiese. Aber jeden Mittag kam eine dicht zugedeckte Schüssel mit auf den Tisch. „Davon," sprach der Bediente, „hat mein Herr gesagt, dürft ihr nichts nehmen; ihr dürft auch nicht hineinsehen, dürft sie nicht einmal anrühren. Welches Tages ihr das tut, müßt ihr gleich aus dem Schlosse wieder zurück in euer schlechtes Haus!" — „Nein," riefen beide, „wir haben soviel schöne Sachen; die Schüssel wollen wir nicht aufmachen und nicht anrühren."

So verstrichen einige Tage. Dann fing die Frau an: „Ach, lieber Mann, ich möchte doch gern wissen, was in der

22

23

verdeckten Schüssel ist!" Der Mann antwortete: „Aber, liebe Frau, das geht ja nicht. Das ist uns nun einmal verboten, deshalb dürfen wir sie auch nicht anrühren." Und die Schüssel blieb unangerührt. Am andern Tage fing die Frau wieder an: „Aber, lieber Mann, ich möchte gar zu gern wissen, was in der Schüssel steckt! Wir könnten ja mal so ein ganz klein bißchen nur den Deckel aufheben und hineinsehen; das kann doch kein Mensch merken!" Da fing der Mann an zu schelten: „Du bist so neugierig wie alle Weiber. Wir haben's hier so gut und können so glücklich und zufrieden sein. Und nun elendest du mich mit deiner Neugier und willst wissen, was in der Schüssel ist. Davon wird nichts!" Und die Schüssel wurde wieder unangerührt vom Tische getragen.

Am andern Morgen saß die Frau und weinte. Der Mann fragte, was ihr fehle; aber sie wollte es nicht sagen. Sie weinte den ganzen Tag, aß nicht und trank nicht. Und am nächsten Morgen fing sie wieder an, wie sie am Abend aufgehört hatte. Da drang der Mann mit Ernst darauf, daß sie sagen solle, warum sie immer weine. Und unter vielem Schluchzen sagte sie: „Du hast mich gar nicht lieb und willst mir nichts zu Gefallen tun und mich nicht mal eben ein bißchen in die Schüssel sehen lassen. Das kann doch niemand merken und kann uns auch weiter nicht schaden. Aber es soll nur immer nach deinem Kopfe gehen!" Der Mann tröstete sie, er ermahnte, er bat. Aber je mehr er tröstete, je mehr weinte sie. Endlich sagte er: „Nun, wenn du es denn gar nicht anders willst, so guck meinetwegen diesen Mittag mal in die Schüssel. Aber nur ein ganz bißchen!" Da strahlte ihr Gesicht aus den Tränen heraus, daß nun endlich ihre Neugierde befriedigt werden sollte.

Sie konnte gar den Mittag und die verdeckte Schüssel nicht abwarten. Kaum hatte der Bediente aufgetragen und sich entfernt, da machten sich die beiden Alten, so geschwind als sie konnten, über die Schüssel her. Die Frau zog sie vor sich hin, der Mann stellte sich hinter die Frau, ob er auch einen Blick mit in die Schüssel werfen könnte. Die Frau hob den Deckel ein bißchen in die Höhe, dann noch ein bißchen, und — schwupp! sprang aus der Schüssel heraus eine dicke, schwarze Maus der Frau gerade ins Gesicht, dann auf den Tisch und dann auf den Fußboden. Der Mann lief hinter der Maus her, ob er sie nicht wieder fangen und in die Schüssel setzen könnte. Aber im Nu war die Maus in einem Mauseloch verschwunden.

Der alte Mann in seiner Unbeholfenheit stieß auf der Mausejagd ein paar Stühle um, die mit großem Lärm niederfielen. Aber noch einen viel größeren Lärm hatte die Frau gemacht. Erschrocken über die ihr ins Gesicht springende Maus stieß sie einen lauten Schrei aus, fiel rücklings auf die Erde, riß ein paar Stühle mit zu Boden und das ganze Tischtuch mit allen darauf stehenden Tellern und Schüsseln dazu, daß ein Donnergepolter entstand, als wenn ein Gewitter eingeschlagen hätte.

Da hörte man schon eilige Schritte auf der Treppe, die gerade auf die Stube der beiden Alten loskamen. Hastig wurde die Tür geöffnet, und herein trat der Graf und hinter ihm zwei Bediente mit großen Peitschen. „Habt ihr," sprach der Graf, „auch die Schüssel nicht angerührt?" Die beiden Alten wollten um Vergebung bitten. Aber der Graf sprach: „Kein Wort! Wie Adam den verbotenen Baum, so habt ihr die verbotene Schüssel nicht unangerührt gelassen. Und im Paradiese hättet ihr gerade so gut wie Adam und Eva von der verbotenen Frucht gegessen. Darum hinaus mit euch aus meinem Schloß und wieder in euer altes Haus! Du Mann aber schilt nicht mehr bei deiner Arbeit auf Adam; du hättest es im Paradiese um nichts besser gemacht als er!" Damit entfernte sich der Graf. Die beiden Bedienten aber nötigten die alten Leute, wieder ihr schlechtes Zeug anzuziehen, und trieben sie dann mit Peitschenhieben aus dem Schlosse hinaus.

Nun mußten sie wieder in ihrem alten Hause ihr Leben in Hunger und Kummer zubringen. Und wenn sie nicht gestorben sind, so leben sie da noch.

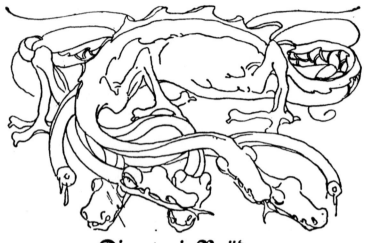

Die zwei Brüder.

Ein armer Mann hatte zwei Söhne, mit denen er sich vom Besenbinden kümmerlich nährte. Eines Tages brachten sie ihm aus dem Walde statt der Reiser einen Vogel mit, deſſen Flügel hatten goldene und die Bruſt ſilberne Farbe. Auch ſang er ſo ſchön, daß es eine Freude war, ihn zu hören, und daß der Alte bald nichts lieber hatte, als ſeinen Geſang.

Da ritt einſt ein Graf am Hauſe des Beſenbinders vorüber. Er hörte den Vogel ſingen und hielt ſein Roß an. Da ſah er, daß unter den Flügeln des Vogels zu leſen ſtand: „Wer mein Herz ißt, der wird einſt König werden." Da bot der Graf dem Alten viel Geld für den Vogel, und als der Alte nicht einwilligen wollte, verſprach ihm der Graf, ihn und ſeine Söhne auf ſein Schloß zu nehmen, wo ſie gute Tage haben ſollten. Aber der Graf hielt nicht Wort; der alte Mann mußte täglich Holz hacken, und ſeine Söhne mußten es in die Küche tragen, wobei ſie mehr Schläge als Brot bekamen. Den Vogel aber ließ der Graf rupfen und ſein Herz braten, damit er einſt König werde.

26

Wie nun der Koch gerade damit fertig war, kam der jüngere Sohn des Besenbinders in die Küche, und da ihn sehr hungerte, nahm er in einem Augenblick, wo der Koch beiseite gegangen war, das gebratene Herz vom Teller und verzehrte es. Der Koch war gewaltig erschrocken, denn der Graf hatte ihm höchste Sorgfalt anbefohlen. Er jagte den Jungen unter Drohungen vom Hofe, nahm das Herz einer Taube und setzte es dem Grafen gebraten vor.

Der Junge aber hatte seinem älteren Bruder sein Leid geklagt, und beide beschlossen, zu entfliehen. Sie wanderten immer weiter und weiter, bis sie in einen dunklen Wald kamen. Da legten sie sich ermüdet unter eine Eiche und schliefen ein. Als sie erwachten, stand vor ihnen ein Jäger, der sah sie scharf an und fragte, wer sie seien und woher sie gekommen. Die Knaben erzählten ihm alles. Da wurde der Jäger freundlicher und sagte, sie sollten mit ihm kommen, er wolle tüchtige Jäger aus ihnen machen. Den Knaben war es recht, und sie gingen mit ihm.

Als nun ihre Lehrzeit vorüber war, sagte der Jäger: „Ihr müßt nun in die Welt hinaus; vorher aber bittet euch drei Dinge von mir aus!" Da baten sie jeder um ein Pferd, einen Hirschfänger und um eine Büchse. So ausgerüstet, trabten sie von dannen, bis sie an einen Scheideweg kamen. Da sprach der ältere Bruder: „Hier wollen wir uns trennen und unsere Hirschfänger aufhängen. Wer von uns zuerst wieder hierher kommt und sieht des anderen Hirschfänger gerostet, der mag wissen, daß es ihm schlecht geht, oder daß er gar tot ist." Darauf trennten sie sich; der eine ritt rechts, der andere links.

Dem Jüngsten kam nicht lange darauf ein Löwe in den Weg. Er wollte seine Büchse anlegen; da erhob der Löwe seine Stimme, er solle ihn leben lassen, er wolle ihm auch in jeder Not und Gefahr beistehen. „Nun denn," sprach er, „so wende dich hinter mich!" Bald darauf kam ein Fuchs ge-laufen, mit dem ging es ebenso wie mit dem Löwen, und zu-letzt ein Hase.

Als nun der junge Jäger mit den drei Tieren weiter zog, kam er in eine Stadt, die mit schwarzem Flor umzogen war. Er fragte, was das zu bedeuten habe, und vernahm, daß ein Drache in der Gegend hause, der alljährlich eine Jungfrau verlange. In diesem Jahre sei die Reihe an des Königs Tochter, und darum traure alles. Der König habe sie aber demjenigen zur Frau versprochen, der den Drachen töte.

Da kaufte sich der Jäger ein Schwert und machte sich am andern Morgen auf nach dem Orte, wo der Drache hauste. Schon hielt dort der Wagen, in dem die Königstochter saß. Nicht lange, da kam auch der Drache dahergefahren; er hatte einen langen Schweif und sieben Köpfe. Da sprach der Jäger zu seinen Tieren: „Nun beißt allesamt und reißt, was ihr könnt!" Die Tiere packten den Drachen an, und der Jäger schlug wacker drauf los, daß der Drache bald tot dalag.

Todmüde ruhte der Jäger am Boden; da nahm der Kutscher der Prinzessin das Schwert und schlug dem Jäger den Kopf ab. Dann sagte er zu der Prinzessin: „Wenn du mir nicht schwörst, mich als den zu bezeichnen, der den Drachen getötet hat, so töte ich dich!" Da schwur ihm die Prinzessin, was er verlangte.

Die Tiere standen traurig bei ihrem toten Herrn. Da sprach der Fuchs zum Hasen: „Dort im Walde wohnt eine alte Frau, die hat eine Salbe; lauf so schnell wie möglich hin und bringe sie her!" Das tat der Hase und brachte die Salbe. Der Fuchs aber nahm des Jägers Kopf, setzte ihn auf den Rumpf, bestrich die Wunde mit der Salbe, und der Jäger war wieder lebendig.

Nach einem Jahre kam er wieder in die Stadt; jetzt war sie aber mit rotem Flor umgeben. Er erfuhr, daß die Prinzessin heute mit ihrem Befreier, dem Kutscher, Hochzeit halte. Da nahm der Jäger einen Korb, legte einen Brief hinein, in dem er alles erzählte, hing ihn dem Fuchse um den Hals und hieß ihn zum Schlosse laufen. Der Fuchs kam in des Königs Palast, wo die Prinzessin mit ihrem Bräutigam oben an der Tafel saß, und legte seinen Kopf samt dem Korbe in ihren Schoß. Die Prinzessin erschrak zuerst, dann nahm sie den Brief und las ihn. Drauf sprach sie zu dem König und seinen Räten: „Was hat der verdient, der so und so getan hat?" und sie erzählte die Geschichte. Da sprachen alle: „Er ist wert, in eine Tonne, mit Nägeln ausgeschlagen, gesteckt und vom Berge herunter ins Wasser gerollt zu werden." Da sprach die Prinzessin: „So muß das meinem Bräutigam geschehen!" Und so geschah es auch. Der Jäger aber machte mit der Prinzessin Hochzeit und wurde nun König.

Er konnte aber auch als König vom Jagen nicht lassen. Einst verfolgte er auf der Jagd eine Hirschkuh, die ganz weiß war. Immer tiefer kam er in den Wald, daß es dunkelte. Da gelangte er zu einer Hütte, vor der eine alte Frau mit einer Rute in der Hand stand. Die bat er um Herberge. „Ja," sagte sie, „die will ich dir wohl gewähren; aber mir graut vor deinen Tieren. Laß sie mich mit meiner Rute berühren!" Das erlaubte ihr der König; sie strich einmal mit der Rute über ihn und die Tiere, da wurden sie alle zu Stein.

Indes war der ältere Bruder nach mehrjähriger Wanderung wieder zu der Eiche gekommen, wo sie sich getrennt hatten. Da sah er seines Bruders Hirschfänger verrostet, und er machte sich auf, ihn zu suchen. Er kam zufällig in den Wald, in dem sein Bruder zu Stein verwandelt war, und kam auch zu der Hütte der alten Frau. Diese wollte ihn ebenfalls mit ihrer Rute berühren; da spannte er seine Büchse und drohte sie niederzuschießen, wenn sie ihm nicht sage, wo sein Bruder sei. Da bat die Frau um ihr Leben und versprach, alles zu tun, was er wünsche. Darauf führte sie ihn zu den Steinen, berührte sie mit der Rute, und der Bruder und seine Tiere wurden wieder lebendig. Sie zogen zusammen in des Königs Schloß und lebten fröhlich bis an ihr Ende.

Vagel Fenus.

Dor wir mal eins en König, de ne hübsche Dochter hadd. Dei verleiwt[1]) sick in einen Suldaten. De König wull sei em nich girn laten, wüßt œwer nich, woans hei dat anfangen süll, denn grad' tau[2]) nee seggen wull hei ok nich. Donn[3]) tauletzt kem hei up den Gedanken, em na Vagel Fenus tau schicken, üm em drei Feddern tau halen. Hei dacht dorbi œwer, hei würr woll nich wedder kamen; denn Vagel Fenus fret alle Minschen up, de hen na em kemen. Hei seggt also tau den Suldaten: „Ick will di mine Dochter geben, wenn du mi drei Feddern von Vagel Fenus halen deist." De Suldat seggt: „Ja woll, dat wick[4]) daun!"

De Suldat makt sick nu up den Weg. As hei in dat irste Königrik kümmt, dröpt hei den König ünnerwegens. De König frögt em, wo hei hen will. — Ja, hei wull na Vagel Fenus un von em drei Feddern halen; wenn hei dei bringen ded, denn wull sin König em sin Dochter geben. Ob hei nich wüßt, wo de Weg hen güng? — As dit de König hürt, seggt hei tau em, wenn hei denn doch einmal hen na Vagel Fenus wull, so süll hei em ok mal glik fragen, wo dat einmal taugahn ded: hei hadd dor drei grote Lindenböm vör sine Dör stan, de wiren sünst ümmer so schön gräun west, un nu mit einmal

---

[1]) verliebt. [2]) geradezu. [3]) da. [4]) will ick.

verbrögten sei em. Woans dat woll taugahn ded, dat sei nu nich mir as sünst waffen deden? Wenn hei dat daun ded, wull hei em ok vel Geld geben, so vel as hei man furtkrigen künn. — De Suldat seggt: „Ja woll, dat wick daun!" Un as de König em nu den Weg wieft[1]) hett, dor geiht hei wider.

Un as hei in dat tweite Königrik kümmt, dröpt hei den König ok ünnerwegens. De frögt em denn, wo hei hen will. Hei seggt, hei wull na Vagel Fenus un von em drei Feddern halen; wenn hei dei sinen König bringen deb, denn so wull dei em sin Dochter geben. Donn seggt de König, wenn hei denn doch einmal hen na Vagel Fenus wull, denn süll hei em ok mal fragen, wo dat einmal taugahn deb, dat hei nu ümmer mit Kriegen verlüst. Hei hadd ümmer vel kriegt un ok ümmer gewunnen, nu æwer verlür hei ümmer. Wenn hei dat daun deb, denn wull hei em ok grot dorför belohnen. Un hei wieft em den Weg bet an dat grote Water; dor würr hei einen Fährmann finn'n, dei sett de Minschen æwer, denn' süll hei man raupen[2]). De Suldat de seggt: „Ja woll, dat wick daun!" un geiht wider.

As hei nu an't Water kümmt, röpt hei den Fährmann: „Hal æwer[3]), Fährmann!" Dei kümmt nu ok un frögt em denn, wo hei hen will. — „O, ick will na Vagel Fenus hen." — „Wat wist du dor?" — „Ick will drei Feddern von em halen; wenn ick dei minen König bringen dau, denn will hei mi sin Dochter geben." Donn seggt de Fährmann: „Denn frag em ok mal, wo lang' ick noch æwerfüren sall, un ob ick nich bald aflöst ward; ick hev nu all so lang fürt." — „Ja woll, dat wick daun!" seggt de Suldat.

Un as hei nu up Vagel Fenus Insel ankümmt, dröpt hei dor ein oll Dam, dat wir Vagel Fenus sin Hushöllersch[4]), de backt grad' Pannkauken. As de em süht, donn verfiert[5]) sei sick un seggt tau em: „Mein Gott, wo kümmst du her?" Hei seggt: „Ick wull drei Feddern von Vagel Fenus halen;

---

[1]) gezeigt. [2]) rufen. [3]) Hol über. [4]) Haushälterin. [5]) erschrickt.

wenn ick dei minen König bringen dau, denn will hei mi sin Dochter tau Fru geben. Un denn wir dor ein König, dei hett drei grote Lindenböm vör de Dör stahn, de sünd sünst ümmer so schön gräun west, un nu mit einmal verdrögen sei em; wo dat woll einmal taugahn deit, sück[1]) fragen. Un denn wir dor ein anner König, de hadd sünst ümmer so vel Glück int Kriegen hadd, un nu mit einmal verlüft hei ümmer; wo dat woll taugahn mag? Un de Fährmann, de wull weeten, wo lang hei noch füren müßt, bet hei aflöst würr; hei hadd nu all so lang œwerfürt." Donn seggt sei tau em: „Ja, œwers wenn Vagel Fenus nu tau Hus kümmt un dröpt di hier, denn vertehrt hei di." — „O, dat ward hei woll nich daun," seggt hei, „du heſt dor œwer sonn' schöne Pannkauken, un ick bün so hungerig; giff mi'n por af!" Dat deit sei denn nu ok. Un as hei naug eten hett, donn seggt sei tau em: „Vagel Fenus kann nu jeden Ogenblick tau Hus kamen. Ick will di wat seggen: krup ünner't Bedd, denn ward hei di woll nich marken. Ick slap œwer Nacht bi em. Un wenn ick em denn fragen dau, denn kannst du't jo hüren, wat hei seggen deit."

Dat deit hei denn nu ok. As hei eben ünner is, donn kümmt Vagel Fenus ok all angebruſt. Un hei rükt ok glik, dat dor Minschen sünd. „Hier sünd woll Minschen?" frögt hei. „Ne, dat kümmt di man so vör, dat dau ick woll man." Un so vertüſcht[2]) sei em dat. Hei ett nu noch irſt en beten, un donn geiht hei tau Bedd. Un sei leggt sick ok glik dorup bi em hen.

As hei nu en beten inſlapen is, donn ritt sei em ne Fedder ut. Vagel Fenus dei fohrt up un seggt: „Wat ritſt du mi?" Sei seggt: „O, mi hadd drömt von einen König, de hadd drei grote Lindenböm vör sine Dör stahn, de sünd sünst ümmer so schön gräun west, un nu mit einmal ver= drögen sei em; wo dat woll taugahn mag?" — „Ja," seggt hei, „dor sünd Minschen ünner vergraben worden; de ehr Knaken[3])

---

[1]) sollte ich. [2]) verheimlicht. [3]) Knochen.

fall de König man webber ruter graben, denn warden fin
Böm ok woll webber gräun warden."

De Suldat nu, dei liggt ünnern Bedd un hürt't mit an,
un Bagel Fenus flöpt nu webber in. As hei nu en beten flapen
hett, do ritt fei em de tweite Fedder ut. Bagel Fenus fohrt
nu webber up un frögt ganz murrſch: „Wat ritſt du mi?"
— „Ja, mi habb drömt," feggt fei, „bun einen König, de
habb ümmer bel kriegt un ok bel Glück mit Kriegen habb, un
nu mit einmal berlüſt hei ümmer; wo dat woll taugahn mag?"
— „Ja, dor fünd fin Generals an ſchuld, de fünd em untru
worden. Hei füll fin erſten General man henrichten laten,
denn würr't woll anners warden."

De Suldat nu, de liggt ünnern Bedd un hürt't mit an,
un Bagel Fenus flöpt nu webber in. As hei eben inflapen
is, ritt fei em de drübb' Fedder ut. Bagel Fenus œwer
ward nu dull un bös un wir ehr binah tau Kopp ſtegen un
frögt ehr: „Wat ritſt du mi?" Sei feggt: „Mi habb drömt
von den Fährmann hier. De habb nu all fo lang' fürt un
wir noch ümmer nich aflöſt; wo lang de woll noch fürn müſt?"
— „Wat wuſt du dorvan weeten," feggt Bagel Fenus un
will't ehr tauirſt ok gor nich feggen. Tauletzt œwer feggt hei:
„Wenn hei einen webber œwerfüren deit, denn fall hei denn'
man finen Reimen*) œwerhengen, denn is hei erlöſt, un dei
möt denn fo lang' fürn, bet hei einen annern ok den Reimen
œwerhengt." Un de Suldat, de liggt nu ünnern Bedd un
hürt't mit an, un Bagel Fenus flöpt nu webber in.

As Bagel Fenus nu an'n annern Morgen upwaken deit,
donn kümmt em't webber fo vör, as wenn dor woll Minſchen
fünd, un bruft lang' innen Huſ' herüm. Un dorup ett hei en
beten, un as't nu vull Morgen ward, donn bruft hei webber
af. Un de Suldat dei kümmt nu ünner't Bedd herut, un de
Hushöllerſch gift em de drei gollen Feddern un Pannkauken
ok tau eten. Un as hei nu naug eten hett, donn feggt fei tau

*) Riemen.

em: „Nu mak du, dat du wegkamen deist, un holl di jo nich lang' mir up! Vagel Fenus de künn wedder kamen, un wenn hei di hier drapen deit, denn künn dat leger[1] warden." Un de Suldat bedankt sick un geiht.

Un as hei wedder bi'n Fährmann is, donn frögt de em: „Na, wat hett Vagel Fenus seggt?" De Suldat de seggt: „O, hei hett nicks seggt; sülben süst du mal eins hen na em gahn un em sülben mal fragen, denn ward hei di't woll seggen." Un as hei nu an'n Lann' is un'n Enn' von den Fährmann af, donn röpt hei em un seggt: „Vagel Fenus de hett seggt: Wenn du einen dinen Reimen œwersmiten deist, denn büst du erlöst, un de anner de möt denn so lang' wedder fürn, bet hei einen annern den Reimen œwersmiten deit." Donn seggt de Fährmann: „Täuf[2], dat sück irer wüst hebben, denn wuck di den Reimen œwerhengt hebben!"

As de Suldat nu bi den letzten König kümmt, donn seggt hei em, woans dat mit sin Kriegen stünn, dat sin Generals dor an schuld wiren, dat hei ümmer verleisen ded; sin irst General, dei wir em untru worden, den süll hei man bestrafen. Do ward de König denn so dull un bös un lett 'ne Tunn[3] utslahn un sinen General gefangen nehmen, un stickt em dor in un krigt vier Ossen dorvör, un de möten em so lang' in de Tunn' rüm fürn, bet hei dod is. Un nu gewinnt de König ok wedder. Un den Suldaten gift hei 'ne Kutsch un vier Pierd un Kutscher un Bedeinten, dat hei nich mihr tau gahn brukt.

Un as hei nu bi'n irsten König kümmt, so seggt hei em, woans dat mit sin Linden stünn, dat dor Minschen ünner vergraben sünd, un dei ehr Knaken süll hei man wedder ünner rut graben; denn würrn sin Böm woll wedder gräun warden. Dat deit hei denn ok, un as hei de Knaken ünner rut purrt hett, donn warden de Böm ok wedder gräun. Donn freut

---

[1] schlimmer. [2] warte. [3] Tonne.

sick denn de König nu gor un gor tau vel un gift em so vel
Geld, as hei furt krigen kann.

Un as de Suldat as en groten Herr bi sinen König an-
kamen deit un em de drei gollen Feddern von Vagel Fenus
gift, donn hett de König nicks mihr intowennen un gift em sin
Dochter tau Fru.

Katt un Kater.

Katt un Kater güngen mal na'n Nœtplücken. De Kater
habb 'n groten Büdel[1] up'n Nacken, œwer de Katt plückt
nich mihr, as se upeet[2]. As se nooch[3] hebben un na Huus
gahn willen, hett de Kater sick enen Nœtkarrn[4] inn'n Hals
slaken[5] un hett sick donn so dägern[6] in den Haffelbusch
vertübert[7], dat he nich trüch[8] oder vorwarts kann. Dor
röppt he: „Fru, help!" De Katt versteiht: „Fru, Melk!" un
löppt na de Koh:

„Koh, du mi Melk gäben,
Melk ick Kater gäben,
Kater woll Nœt langen
Un bleef in'n Haffelbusch behangen."

Dor secht de Koh: „Gah ihrst hen na'n Döscher[9]) un
haal mi Stroh!" Dor löppt de Katt na'n Döscher:

„Döscher, du mi Stroh gäben,
Stroh ick Koh gäben,
Koh mi Melk gäben,
Melk ick Kater gäben,
Kater woll Nœt langen
Un bleef in'n Haffelbusch behangen."

Dor secht de Döscher: „Gah ihrst hen na'n Bruger[10]
un haal mi Bier!" Dor löppt de Katt na'n Bruger:

„Bruger, du mi Bier gäben,
Bier ick Döscher gäben,
Döscher mi Stroh gäben,
Stroh ick Koh gäben,
Koh mi Melk gäben,
Melk ick Kater gäben,
Kater woll Nœt langen
Un bleef in'n Haffelbusch behangen."

---

[1] Beutel. [2] aufaß. [3] genug. [4] Nußkern. [5] geschluckt. [6] tüchtig. [7] verwickelt.
[8] zurück. [9] Drescher. [10] Brauer.

36

Dor ſecht de Bruger: „Gah ihrſt hen na'n Soot[1]) un haal mi Water!" Dor löppt de Katt na'n Soot:

„Soot, du mi Water gäben,
Water ick Bruger gäben,
Bruger mi Bier gäben,
Bier ick Döſcher gäben,
Döſcher mi Stroh gäben,
Stroh ick Koh gäben,
Koh mi Melk gäben,
Melk ick Kater gäben,
Kater woll Nœt langen
Un bleef in'n Haſſelbuſch behangen."

Dor ſecht de Soot: „Gah hen na'n Smidt un haal mi 'ne Käd'!"[2]) De Katt löppt hen na'n Smidt:

„Smidt, du mi Käd' gäben,
Käd' ick Soot gäben,
Soot mi Water gäben,
Water ick Bruger gäben,
Bruger mi Bier gäben,
Bier ick Döſcher gäben,
Döſcher mi Stroh gäben,
Stroh ick Koh gäben,
Koh mi Melk gäben,
Melk ick Kater gäben,
Kater woll Nœt langen
Un bleef in'n Haſſelbuſch behangen."

De Smidt gifft ehr 'ne Käd', de bringt ſe na'n Soot; dee gifft ehr Water, dat bringt ſe na'n Bruger; dee gifft ehr Bier, dat bringt ſe na'n Döſcher; dee gifft ehr Stroh, dat bringt ſe na de Koh; dee gifft ehr Melk, dat bringt ſe na'n Kater. As ſe œwer henkümmt na'n Nœtbuſch, is de Kater doot. Dor nimmt de Katt em up'n Nacken un drecht em na Huus, lecht em in ehr Kamer uppe Bräd'[3]) un geiht ſitten un rohrt.[4]

___

¹) Brunnen. ²) Kette. ³) Bretter. ⁴) weint.

Annern Morgen kümmt 'n jungen Has' bi ehr Kammer=
jungfer an, de sitt vör de Huusdöör un ett Frühstück.
„Goden Dag, Kammerkättschen, wat maakst du hier?" —
„Ick stipp mien Broot un ät't so giern; is den jungen Herrn
ok'n bäten gefällig?" — „Nee, ick dank; wat maakt denn de
Fru?"

> „De sitt in de Kammer
> Un beweent ehren Jammer;
> Oh Jammer un Noot,
> Ehr Katermann is doot!"

„Na, denn gah hen un frag ehr, ob se mi nich hebben will."
— „Fru, hier is äben 'n jungen Herr kamen, de fröcht, ob
Se em nich friggen willen?" — „Nee, sech em man, ick habb
hier eenen liggen vör mi uppe Bräd', den'n vergeet ick all mien
Dag nich." — Annern Morgen kümmt 'n Rehbuck, de kricht
dat sülwig Order.

Den drübben Dag kümmt 'n jungen Katermann an.
De Diern geiht rin: „Fru, hier is äben 'n jungen Herr an=
kamen, hett äben so'n Ogen as uns' selig Herr, hett äben so'n
Boort as uns' selig Herr, hett äben so'n Swanz as uns' selig
Herr; ob Se den'n nich hebben willen?" — „Diern, sett de
Bruutstöhl trecht, sech den jungen Herrn, he sall rinner kamen,
un denn smiet den stinken Kater œwer'n Tuun!"

As de Diern den ollen Kater œwer'n Tuun smitt, flücht
de Nœt ut sinen Hals, he läwt wedder up, geiht rin na de
Stuw' un bitt den jungen Kater so väl, dat de wechlopen
mööt. Dann läwt he mit sien Katzmannsch*) glücklich un
tofräden wider, un wenn se gistern nich storben sünd, läben se
hüüt noch.

---

*) Frau Katze.

Hans, dei nich frien[1] will.

Ein Bur harr fin Fru begraben un seggt tau finen Söhn: „Hans, ick will nich werrer[2] frien; du müßt uns nu 'ne Fru int Hus schaffen." Hans äwest[3] wull nich frien, un dei Oll[4] schüll[5]): „Du dumme Jung, wat steihst du da, as wir di dei Peiterfill[6]) verhagelt? Heff ick nich ok friet, un is mi dat nich ganz gaut bekamen?" — „Ja," seggt Hans, „Ji harr't ok dei selig Maurer[7]), äwest ick müßt jo mit ein willfrömbdes Frunsminsch leben."

Genaug, dei Oll müßt werrer frien, dat fei man 'ne Fru int Hus kregen. Dei Steifmaurer verledt[8]) äwest Hansen bald dat Hus. Wat hett Hans tau daun? Hei halt sick 'ne Wust ut den Wiemen[9]) un geiht dunn mit'n witten Stock Welt in.

Des Abens in ein grot Holt kem ein lütt gris Männken tau em un fär: „Ick bün hungrig; giff mi wat tau äten!" Da gew em Hans dei Wust, dei hei sick von Hus mitnahmen harr, un dat Männken gew em 'ne lütt Fläut[10]) un fär: „Wenn du in Not büst, so pip darup," un weg wir hei.

Da kem Hans in ein grot Stadt, in dei ein König wahnt, den sin Dochter in dei vergang'n Nacht von einen groten Riefen stahlen wir. Hans güng den Riefen na un fünn' em ünner 'ne grot Eik, da leg hei un schlep, un dei Prinzessin müßt em in dei Haar kleien[11]). Als Hans em dei Prinzessin wegret, wakt dei Ries' up un woll em dod schla'n. Da pipt Hans up sin Fläut, un da kemen vele grote Hunn' un terreten[12]) den Riefen.

Nu bröcht Hans dei Königsdochter tau ehren Varer, un diss' fär: „Wist du sei hebben?" — „Ja", fär Hans, „ick will sei nehmen; sei süht ut as min Maurer, blot jünger un stolter." Un sei frieten sick un lewten herrlich un in Freuden. Un wenn sei nich dod bleben fünd, so leben sei diffen Dag noch.

---

[1]) heiraten. [2]) wieder. [3]) aber. [4]) Alte. [5]) schalt. [6]) Peterfilie. [7]) Mutter. [8]) verleidete. [9]) Rauchfang. [10]) Flöte. [11]) kratzen. [12]) zerriffen.

Siebenſchön.

In einem Dorfe wohnten ein paar arme Leute in einem kleinen Häuschen, die hatten eine einzige Tochter. Das Mädchen beſorgte ihnen den Hausſtand, ſie wuſch, fegte, kochte und ſchaffte alles, was zu tun war. Das Gärtchen vor dem Hauſe war immer wohl beſtellt, im Hauſe aber war alles ſo blank und reinlich, daß es eine Luſt anzuſehen war. Es gab auch kein Mädchen in der ganzen Gegend, das geſchickter im Nähen und Sticken geweſen wäre, und damit verdiente ſie ihren armen Eltern das Brot; denn feine Arbeit wird immer gut bezahlt. Weil das Mädchen aber ſchöner war, als ſieben andere zuſammen, ſo nannten die Leute ſie Siebenſchön.

Sie war aber ſo ſittſam, daß, wenn ſie Sonntags zur Kirche ging, ſie immer einen Schleier vor dem Geſichte trug, damit die Leute sie nicht angaffen sollten. Da sah sie nun einmal des Königs Sohn, und sie war so schlank wie eine Esche. Da verliebte er sich in sie und hätte herzlich gern auch einmal ihr Gesicht gesehen, aber das konnte er nicht vor dem Schleier. Er sprach zu seinen Dienern: „Warum trägt Siebenschön immer einen Schleier, daß man ihr Gesicht nicht sehen kann?" Die Diener antworteten: „Das tut sie, weil sie so sittsam ist."

Da sandte der Königssohn einen Diener mit einem goldenen Fingerreif zu Siebenschön und ließ sie so sehr bitten, heute abend bei der großen Eiche zu sein, er hätte was mit ihr zu sprechen. Siebenschön ging hin; denn sie dachte, gewiß will der Prinz bei dir ein Stück feine Arbeit bestellen. Als aber der Prinz sie nun sah, da verliebte er sich noch viel mehr und verlangte sie zur Frau. Aber Siebenschön sprach: „Du bist so reich und ich nur so arm; dein Vater wird sehr böse werden, wenn er hört, daß du mich zur Frau genommen." Aber der Prinz bat so viel und sagte, wie lieb er sie hätte; da sagte Siebenschön endlich: „Wenn du noch ein paar Tage warten willst, so will ich mich darauf bedenken."

Am andern Tage schickte der Königssohn seinen Diener zu Siebenschön, der brachte ihr ein paar silberne Schuhe und bat sie, sich heute abend wieder bei der Eiche einzufinden, denn der Prinz wollte mit ihr sprechen. Siebenschön ging hin, und als der Prinz sie sah, so fragte er, ob sie sich nun besonnen hätte. Da antwortete Siebenschön: „Ich habe mich noch nicht bedenken können, denn meine Tauben und Hühner wollten ge= füttert, der Kohl mußte geschnitten und die Hemden sollten genäht werden; aber was ich dir sagte, ich bin so arm und du so reich, und dein Vater wird böse werden, darum kann ich nicht deine Frau werden." Da bat sie aber der Prinz wieder so viel, daß sie endlich sagen mußte, daß sie sich ganz gewiß bedenken und mit ihren Eltern sprechen wolle.

Am nächsten Tage schickte er ihr durch einen Diener ein prächtiges goldenes Kleid und ließ sie bitten, heute abend

wieder zu der Eiche zu kommen. Siebenschön ging abends auch
wieder hin, und der Prinz fragte, wie sie sich denn nun besonnen
hätte. „Ach,“ sagte Siebenschön, „ich habe mich nicht bedenken
können, und meine Eltern habe ich auch noch nicht gefragt, es
gab den ganzen Tag wieder so viel zu schaffen in und außer
dem Hause, daß ich nicht dazu kommen konnte; aber was ich
immer gesagt habe, dabei muß es doch bleiben, ich bin viel zu
arm und du zu reich, und dein Vater wird sehr böse werden.“
Nun ließ der Prinz aber gar nicht mit Bitten nach und stellte
ihr vor, daß sie endlich Königin werden sollte; er würde ihr
auch ganz gewiß treu bleiben und keine andere heiraten, was

da auch kommen möchte. Da Siebenschön nun sah, wie lieb er sie hatte, so sagte sie endlich ja.

Von nun an trafen sie sich jeden Abend bei der Eiche und waren ganz glücklich, denn sie liebten sich wirklich so sehr; doch der König sollte es nicht wissen. Aber da war da eine alte garstige Dirne, die sagte es ihm endlich doch, daß sein Sohn immer mit Siebenschön jeden Abend spät zusammenkäme. Da ward der König ganz grimmig und schickte seine Leute hin, Siebenschöns Haus in Brand zu stecken, damit sie darin verbrenne. Siebenschön saß am Fenster und stickte; als sie aber merkte, daß das Haus brenne, sprang sie geschwind hinaus und gerade in einen leeren Brunnen hinein, ihre armen Eltern aber verbrannten beide mit dem Hause.

Es war ihr erst nun gewaltig gram und so traurig ums Herz, daß sie tagelang im Brunnen saß und weinte. Nachdem sie aber ausgeweint, arbeitete sie sich allmählich hinauf und grub sich dann mit ihren feinen Händen etwas Geld aus dem Schutt ihres verbrannten Hauses. Dafür kaufte sie sich Mannskleider. Dann ging sie zum König an den Hof und bat, er möge sie doch als Bedienter annehmen, denn sie heiße Unglück. Dem Könige gefiel der hübsche junge Mensch, und er nahm ihn zum Bedienten an. Sie war nun immer treu und fleißig, und bald mochte der alte König Unglück von allen seinen Bedienten am liebsten leiden und ließ sich von keinem andern bedienen.

Der Königssohn aber, als er hörte, Siebenschöns Haus sei niedergebrannt, trauerte sehr; denn er meinte nicht anders, als daß Siebenschön auch mit verbrannt sei. Nachher aber wollte sein Vater, daß er sich eine Frau nehmen sollte; der alte König wollte seinem Sohn das Reich übergeben, aber dann mußte dieser auch eine Königin haben. Also freite der Prinz zu eines andern Königs Tochter und ward mit ihr verlobt.

Als nun die Hochzeit sein sollte, ward das ganze Land dazu eingeladen, und als der König mit seinem Sohn hinreiste, die Braut zu holen, mußten alle Bedienten mit. Das war eine traurige Reise für Unglück, und es lag ihm so hart auf dem Herzen wie ein Stein. Er hielt sich immer hinten im Zuge, damit die Leute nicht seine Traurigkeit sähen. Als sie aber in die Nähe des Schlosses der Braut kamen, hub er an zu singen mit klarer Stimme:

„Siebenschön bin ich genannt,
Unglück ist mir wohl bekannt."

Da sagte der Prinz zu seinem Vater, neben dem er vorne an im Zuge ritt: „Wer singt doch da so schön?" — „Wer sollte es wohl anders sein," antwortete der Alte, „als Unglück, mein Bedienter?"

Darauf sang er zum zweiten Male:

„Siebenschön bin ich genannt,
Unglück ist mir wohl bekannt."

Da fragte der Königssohn wieder: „Wer singt doch einmal da? Sollte es wirklich Unglück, dein Bedienter, sein, lieber Vater?" — „Ja gewiß," sagte der alte König, „wer anders sollte wohl so schön singen, als Unglück, mein Bedienter?"

Nun waren sie ganz nahe vor das Tor des Schlosses der Braut gekommen, da sang Unglück zum dritten Male:

„Siebenschön bin ich genannt,
Unglück ist mir wohl bekannt."

Als der Prinz das nun wieder hörte, wandte er schnell sein Pferd und ritt hinten hin zu Unglück und sah ihm einmal stark ins Gesicht. Da erkannte er Siebenschön und nickte ihr ganz freundlich zu, dann aber ritt er wieder weg.

Als sie nun alle beisammen waren auf dem Schlosse der Braut und war eine große Gesellschaft da, so sagte der König, der Vater der Braut: „Wir wollen Rätsel spielen, und der Bräutigam soll anfangen." Da fing der Königssohn an: „Ich habe einen Schrank, und vor einiger Zeit verlor ich den Schlüssel dazu; da ging ich gleich hin und kaufte mir einen neuen. Als ich aber nach Hause kam, fand ich meinen alten

44

wieder. Nun frage ich dich, Herr König, welchen Schlüssel soll ich zuerst gebrauchen, den alten oder den neuen?" Der König antwortete sogleich: „Natürlich den alten!" Da hatte er sich selber das Urteil gesprochen, und der Königssohn sagte: „So behalte du nur deine Tochter, hier ist mein alter Schlüssel." Da griff er Siebenschön bei der Hand und führte sie mitten unter sie. Der alte König aber, sein Vater, rief: „Nein, das ist ja Unglück, mein Diener!" Doch der Königssohn antwortete: „Lieber Vater, es ist Siebenschön, meine Frau!" Da gingen allen die Augen auf, und sie sahen nun, wie schön sie war.

Vom Zauberer, der kein Herz im Leibe hatte.

Es war einmal ein König, der hatte sieben Söhne. Als er alt wurde und seine Söhne erwachsen waren, wollte er die Regierung abgeben. Da sein Königreich aber nur klein war, so konnte er es nicht gut in sieben Teile teilen, sondern es nur einem überlassen. Seine Söhne waren ihm aber alle gleich lieb, so daß er nicht wußte, welchem von den sieben er sein Königreich geben sollte. Da beschloß er, seine Söhne in die Fremde zu schicken, und derjenige, der die schönste Braut heimbringen würde, der sollte König werden. So rief er denn eines Tages seine Söhne zusammen und teilte ihnen seinen Ent= schluß mit. Aber den jüngsten von ihnen wollte er zu Hause behalten; seine sechs Brüder sollten für ihn eine Braut mit= bringen. Die sechs Prinzen wurden nun mit kostbaren Pferden, Wagen und Kleidern ausgerüstet, und so zogen sie in die Fremde.

Da kamen sie an den Hof eines großen Königs, der hatte gerade sechs Töchter und einen Sohn. Die sechs Prinzen gefielen dem König, und er gab einem jeden eine seiner Töchter als Braut mit. Als sie nun heimzogen, fehlte ihnen noch eine Braut für ihren jüngsten Bruder. Da erzählte ihnen unterwegs eine uralte Frau, es sei eine Höhle im Walde, darin wohne ein böser Zauberer, der eine gefangene Prinzessin bei sich hätte. Da beschlossen sie, die Prinzessin aus den Händen des Zauberers zu befreien und für ihren Bruder mit= zubringen. So zogen sie vor die Höhle des Zauberers und

46

forderten ihn auf, die Prinzessin herauszugeben. Aber der Zauberer reckte seinen Zauberstab aus und verwandelte die sechs Prinzen und ihre sechs Bräute in Steine.

Der alte König und sein jüngster Sohn warteten nun vergebens auf die Rückkehr der sechs Prinzen. Da sagte der Jüngste eines Tages zu seinem Vater: „Vater, laß mich hinausziehen und meine Brüder aufsuchen!" Sein Vater wollte ihn aber nicht ziehen lassen, denn er meinte: „Wenn du auch nicht wiederkommst, so habe ich ja gar keinen Sohn mehr." Aber der Prinz bat so lange, bis sein Vater einwilligte. „Ich kann dich aber nicht so ausrüsten wie deine Brüder," sagte der König; aber der Prinz war auch mit weniger zufrieden. So erhielt er denn ein altes Pferd und etwas Lebensmittel und zog in die Fremde, um seine Brüder aufzusuchen.

Auf seiner Reise kam der Königssohn an einen See. Da war bei einer Überschwemmung ein großer Fisch aufs Trockene geraten, der lag und zappelte und konnte nicht wieder ins Wasser zurück gelangen. Das jammerte den Prinzen, und er half dem Fisch in den See zurück. Da sagte der Fisch: „Für diese deine Hilfe will ich dir auch beistehen, wenn du einmal in großer Bedrängnis bist." — „Ach, was kannst du mir wohl helfen!" meinte der Prinz und zog weiter.

Da traf er am Wege einen Raben, der war fast verhungert und dem Tode nahe; der bat den Königssohn um Speise. Da gab er ihm sein letztes Brot, und der Rabe fraß es gierig auf. Als er gesättigt war, sagte er zu dem Prinzen: „Für deine Hilfe will ich dir auch beistehen, wenn du in großer Bedrängnis bist." Wieder meinte der Prinz: „Ach, was wirst du mir viel helfen können!"

Er zog nun weiter und traf einen Wolf, der konnte vor Hunger nicht mehr gehen und bat den Königssohn um Speise. Der Prinz sagte: „Ich habe nichts weiter als mein altes Pferd; aber nimm es nur, ich kann auch zu Fuß gehen." Der Wolf fraß nun aus Hunger das ganze Pferd auf. Als er satt war, sagte er: „So, jetzt bin ich wieder stark; setze dich auf meinen Rücken, so will ich dich tragen, wohin du willst.“ Da erzählte der Prinz, daß er seine Brüder suche. Der Wolf sagte: „Ich weiß, wo sie sind. Ich habe aus einem Gebüsch gesehen, wie ein böser Zauberer sie in Steine verwandelt hat. Ich weiß auch, wo die Höhle des Zauberers ist.“

Da setzte der Prinz sich auf den Rücken des Wolfes, und der trug ihn hin zur Höhle des Zauberers, zeigte ihm auch die Steine, die seine Brüder und ihre Bräute waren. Der Wolf, der mit der Lebensweise des Zauberers sehr vertraut war, erzählte nun dem Prinzen, daß der Zauberer, wenn er verreise, nie sein Herz mitnähme, sondern es irgendwo sorgfältig verwahre; wenn der Prinz nur das Herz des Zauberers in Besitz bekommen könne, so hätte er auch den Zauberer in seiner Gewalt. Er warnte den Prinzen auch, sich ja nicht der Höhle zu nähern, wenn der Zauberer zu Hause sei.

Der Wolf legte sich nun mit dem Prinzen in einen Hinterhalt, wo er ihn so mit seinem Pelze bedeckte, daß von dem Prinzen nichts zu sehen war. Da kam der Zauberer auch schon aus seiner Höhle und schnob und roch nach der Stelle hin, wo der Königssohn und der Wolf lagen. Als er den Wolf sah, sprach er: „Ach, du bist es nur; ich meinte schon, ich röche Menschenfleisch!“ denn er konnte den Prinzen ja nicht sehen. Damit ging er weiter.

Als der Zauberer weg war, ging der Prinz in die Höhle und traf da die schönste Prinzessin, die er je gesehen; die mußte dem Zauberer den Haushalt führen. Die Prinzessin freute sich sehr, wieder einmal einen Christenmenschen zu sehen. Der Prinz wollte mit ihr fliehen, aber sie sagte: „Der böse Zauberer wird uns nur bald einholen und in Steine verwandeln, gleichwie er es mit deinen Brüdern gemacht hat.“ Da sagte der Prinz zu ihr: „Wenn ich nur erfahren könnte, wo der Zauberer sein Herz verwahrt; wenn ich das nur habe, ist er in meiner Gewalt!“ Da beschlossen sie, daß der Prinz sich

48

unter das Bett verstecken sollte; wenn der Zauberer zurückkäme, so wollte die Prinzessin ihn ausfragen.

Als der Zauberer zurückkam, sagte er: „Mir deucht, es
riecht nach Menschenfleisch." — „Ach, das bin nur ich," sprach
die Prinzessin, „das macht, du bist in dem frischen Wald gewesen." Damit beruhigte sich denn der Zauberer. Dann trug
die Prinzessin ihm die köstlichsten Speisen auf, die sie bereitet
hatte, um ihn in gute Laune zu versetzen. Als der Zauberer
gegessen hatte und vergnügt da saß, fragte die Prinzessin:
„Ist es wahr, was die Leute sagen, daß du kein Herz hast?"
Der Zauberer sprach: „Ich habe wohl ein Herz, doch habe ich
es so wohl verwahrt, daß niemand es finden wird." — „Wo ist
es denn? Mir kannst du es doch gern sagen, damit ich es hüten
kann, wenn du fort bist," meinte sie. Da zeigte der Zauberer
auf einen Schrank. „In dem Schranke da liegt es, und den
Schlüssel habe ich unter meinem Kopfkissen verwahrt," sagte er.

Als der Zauberer am andern Tage verreiste, untersuchten
der Prinz und die Prinzessin den Schrank, aber das Herz
war nicht darin. Da bekränzten sie den Schrank mit den
schönsten Blumen, und der Prinz kroch wieder unter das Bett.
Als der Zauberer zurückkam und die Blumen sah, fragte er,
was das zu bedeuten hätte. Da sagte die Prinzessin: „Ich
habe den Schrank so geschmückt, weil das Herz meines Herrn
darin verwahrt ist." — „Ach, du Närrin," sagte der Zauberer,
„meinst du, ich hätte mein Herz nicht besser verwahrt? Das
liegt wohlverwahrt in einem eisernen Kasten unter der Türschwelle."

Als der Zauberer am andern Tage wieder verreist war,
untersuchten der Prinz und die Prinzessin den Platz unter
der Türschwelle, aber sie fanden das Herz auch da nicht. Da
bekränzten sie die Tür mit Girlanden und Blumen, und
der Prinz versteckte sich wieder. Als der Zauberer zurückkam,
fragte er wieder, was das zu bedeuten habe, und die Prinzessin
antwortete, sie hätte das getan, weil das Herz ihres Herrn

da verwahrt sei. „Ach, du Närrin," sagte der Zauberer, „meinst du, ich hätte mein Herz nicht besser verwahrt? Wo das ist, da kannst weder du noch ein anderer Mensch hin= kommen." — „Was ist das denn für ein seltsamer Ort?" fragte die Prinzessin. „Ach, du kleine Neugier, ich sehe schon, du läßt doch keine Ruhe, ehe du weißt, wo es ist," sagte der Zauberer. „Mein Herz ist auf einer Insel weit von hier. Auf der Insel steht ein Schloß, mitten im Schloß ist ein Brunnen voll Wasser, auf dem Wasser da schwimmt eine Ente, die Ente hat ein Ei, und in dem Ei da ist mein Herz ver= wahrt. So, nun ist deine Neugier doch befriedigt."

Nachdem der Zauberer am andern Tage wieder verreist war, nahm der Prinz auch Abschied von der Prinzessin und begab sich auf den Weg, um das Herz des Zauberers zu holen, damit er die Prinzessin und seine Brüder befreien könne. Er ging hin zum Wolf und bat ihn, ob er ihn nach der einsamen Insel bringen könne. Der Wolf sagte: „Setz dich nur auf meinen Rücken, so will ich mit dir hinüberschwimmen." Der Prinz setzte sich auf den Rücken des Wolfes, und dieser schwamm mit ihm nach der Insel, wo das einsame Schloß stand.

Als der Prinz aber an die Pforte kam, war sie ver= schlossen, und ein Schlüssel war nirgends zu finden. Endlich gewahrte er den Schlüssel, der an der höchsten Spitze des Turmes hing, wo er ihn nicht erreichen konnte. Da gedachte er des Raben, der ihm helfen wollte in der größten Bedräng= nis. Er rief den Raben, und der kam auch gleich und holte ihm den Schlüssel herunter.

Nun ging er ins Schloß und fand da auch den Brunnen und die Ente. Er lockte die Ente zu sich heran und wollte sie ergreifen. Da ließ die Ente das Ei fallen, und das Ei ver= sank in den Brunnen. Da gedachte der Prinz an den Fisch, der ja auch versprochen hatte, ihm zu helfen. Er rief den Fisch, und dieser kam auch gleich und holte ihm das Ei.

50

Als der Prinz nun das Herz des Zauberers hatte, nahm er es zwischen die Finger und kniff es ziemlich hart. Da kam der Zauberer mit großem Geschrei herbei und bat ihn, er solle das doch lassen; er wolle auch alles tun, was er nur wünsche. Der Prinz sagte, er solle ihn nach der Höhle zurückbringen. Kaum hatte er das gesagt, so standen sie schon vor der Höhle. „Jetzt gib mir mein Herz," bat der Zauberer. „Nein, erst sollst du mir die gefangene Prinzessin als Braut geben!" sprach der Prinz. Das tat der Zauberer auch gleich. „Jetzt gib mir mein Herz," bat er abermals. „Nein, erst sollst du meine Brüder und ihre Bräute, die du in Stein verwandelt hast, wieder zu Menschen machen!" sprach der Prinz. Im nächsten Augenblick standen seine Brüder mit ihren Bräuten bei ihm und dankten ihm für ihre Erlösung. „Jetzt gib mir mein Herz," bat der Zauberer zum dritten Male. „Nein, du könntest noch weiteres Unheil anrichten," sagte der Prinz und drückte das Ei entzwei. Da fiel der böse Zauberer um und war tot.

Nun reisten die sieben Brüder mit ihren Bräuten zu ihrem Vater, dem alten König, und stellten ihm ihre Bräute vor. Aber des Jüngsten Braut war die allerschönste, und er bekam das Königreich.

Hans un de Könisdochter.

Dar is mal ins[1] 'n Köni weß[2], de hett 'n Dochter hatt, de hett so wit spring'n kunnt. Un do lett de Köni utgahn[3], de vör Frukkoß[4] so wit meih'n[5] kann as sin Dochter spring'n, de schall ehr to'n Fru hebb'n.

Nu is dar 'n Bur'n weß, de hett dre Söhns hatt, de kriegt dat uk je to hörn. Do secht de öll's: „Du, Vadder," secht he, „ik kann je so schön meih'n; ik will hen un will mal sehn, wat ik de Könisdochter ne kriegen kann." — „Ja, min Jung," secht de Ol, „dat dô man!"

He geiht hen un lett sik anmell'n, un dat Meih'n geiht je los. Un he ritt[6] un deit je, dat he 'n ontli'n Placken[7] afkricht.

As dat Frukkoßtit is, do kümmt de Könisdochter un bringt em Frukkoß. „Na," secht se, „ers eten[8] oder ers meten[9]?" — „Ers meten," secht he. Do halt se 'n Tôlop[10] un springt tô un springt dar baben öwer hen. Do mutt he je so wa'[11] to Hus.

Do secht de twet Söhn, he kann uk je so schön meih'n; denn will he dar mal up af.

Den' geiht 't, kort to vertell'n, grad' ebenso. As se mit de Frukkoß kümmt un se fröcht em: „Na, ers eten oder ers meten?" do secht he uk: „Ers meten!" Un do halt se 'n Tôlop un springt dar wa' baben öwer hen. Un he mutt uk je so wa' aftrecken.

Do secht de jüng's Söhn, de hett Hans heten — den' hebbt de annern ümmer so'n beten dummeri hol'n — de secht do, denn will he dar mal hen. „Och, Jung," secht de Ol, „wat wullt du dar? Din beiden Bröder sünd dar nifs bi word'n; du warrs dar je gar nifs bi." — „Ja, Vadder,"

---

[1] einst. [2] gewesen. [3] bekannt machen. [4] Frühstück. [5] mähen. [6] reißt. [7] Fleck, Stück. [8] essen. [9] messen. [10] Anlauf. [11] wieder.

secht he, „dat kann 'n mennimal¹) ne weten²). If will't doch
mal verſöken.“ — „Na, denn gah los,“ ſecht de Ol.

Hans nimmt ſin Lê³) öwer'n Nacken, un denn nimmt he
ſik ſo'n lütt Köppen⁴) vull grön Sêp⁵) mit, un do geiht he
je hen.

Als hê in de Wiſch kümmt, do meiht he ſo'n beten bi
ſik rüm un meiht ſo'n lütten Placken af, wo he gôt up ligg'n
kann, mêhr ne. Un as he dat hett, do lecht he ſik hen to'n
Slapen. Un ſlöppt ſo lang', bet de Könisdochter mit de
Frukkoß kümmt. Do wakt he up.

„Na, Hans,“ ſecht ſe un lacht, „mêhr heß ne af?“ —
„Ja, Dêrn,“ ſecht he, „dar ſprings du noch gar ne röwer.“ —
„Dat lütt Flach⁶)?“ ſecht ſe, „dar ſchall if noch to ſpring'n?“ —
„Ja,“ ſecht Hans, „ſpring'n ſchaß du!“ — „Na, wullt denn
êrs eten,“ ſecht ſe, „oder wüllt wi êrs meten?“ — „Ne, êrs
eten,“ ſecht Hans. Do ſett ſe ſik bi em in't Gras, un Hans
vertehrt je ſin Frukkoß.

Als he bi to eten is, do ward ſe dat Köppen wahr mit
de grön Sêp. „Wat heß dar in, Hans?“ fröcht ſe. „Ja,“
ſecht Hans, „dat is Sprungſalw. Wenn'n ſik dar wat vun
ünner de Fôt ſmert, denn kann 'n noch vel wider ſpring'n,
ahn 'n Tôlop.“ — „O, Hans,“ ſecht ſe, „dat will 't doch
mal verſöken.“ Hans mutt ehr wat ünner de Fôt ſmern, un
do ſchall't Meten je los gahn.

„Sieh ſo, Hans,“ ſecht ſe, „nu paß up!“ Un darmit
ſpringt ſe tô — 'n Tôlop halt ſe gar ne êrs — un rutſch!
glitſcht ſe ut un licht up'e Nes'⁷).

Nu hett ſe je ne ſo wit ſprung'n, as Hans meiht hett,
un do hett Hans je wunn'n. Un do geiht he mit ehr hen
na'n Köni un will ehr je to'n Fru hebb'n.

De Köni will dar awer niks vun weten. So'n ol'n
dumm'n Hans hett ſin Dochter je ne hebb'n ſchullt. Un do
ſecht he to Hans: „Ne, dat kann ne gell'n; hê hett ſin Dochter

¹) manchmal. ²) wiſſen. ³) Senſe. ⁴) Obertaſſe. ⁵) Seife. ⁶) Fläche. ⁷) Naſe.

bedragen, tô'n Fru kricht he ehr ne." Un do mutt Hans uk je so wa' aftrecken.

As dat 'n Titlang her is, do ward de Könisdochter krank. Un de Dokters seggt, se kann anners ne wa' beter ward'n, se mutt drê frisch Figen¹) to eten hebb'n. Do lett de Köni utgahn, de em drê frisch Figen bring'n kann, wo sin Dochter wa' beter vun ward, de schall ehr to'n Fru hebb'n.

Do secht de öll's Söhn: „Du, Vadder," secht he, „weß wat? Wi hebbt hier je so'n schön'n Figenbôm in'n Gard'n. Dar will ik mi drê Figen vun afplücken un will dê henbring'n." — „Ja, min Jung," secht de Ol, „dat dô man." Hê kricht sin Figen in so'n lütten Büdel un geiht dor je mit los.

Ünnerwegens begêgent em 'n ol'n Mann — dat is uns' Herrgott weß —, de frôcht em, wat he dar in sin'n Büdel hett. „Pêrfigen²)!" secht he. „Denn lat't Pêrfigen bliben!" secht de ol Mann.

As he dar nu kümmt up'n Sloß, do lett he sik je anmell'n, dat he frisch Figen bringt vör de krank Könisdochter. „Na," secht de Köni, „denn lat din Figen mal sêhn!" Hê makt sin'n Büdel je apen un langt dar rin, un do kricht he dar drê rech so'n gel Pêrfigen rut. „Dumm' Bengel!" secht de Köni, „wullt du ên'n hier noch vernarr'n³) hebb'n!" Hê röppt de Wach, un do jackelt se em todegen⁴) af un smit em rut. Un hê kümmt je so wa' an to Hus.

Do secht de twêt Söhn, denn will hê mal hen mit Figen. Den' geiht't, kort to vertell'n, grad' ebenso. As de ol Mann em frôcht, wat he in sin'n Büdel hett, do secht he uk: „Pêrfigen!" Un as he bi'n Köni kümmt naher, do sünd dat Pêrfigen. Un do kricht he sin Jackvull un kümmt uk je so to Hus wedder an.

Do secht Hans, denn will hê mal hen. „Och, Jung," secht de Ol, „wat wullt du dar? Din beiden Bröder ehr Figen hebbt niks holpen; wat schull'n din denn wull helpen?" —

___
¹) Feigen. ²) Roßäpfel. ³) zum besten haben. ⁴) gehörig.

„Ja, Vadder," secht he, „dat lat; dat kann'n mennimal ne weten. Ik will't doch mal versöken." He plückt sik drê Figen af un geiht dar mit los.

Do kümmt de ol Mann dar wedder her. „Na, Hans," secht he, „wat heß dar in, in din'n Büdel?" — „Frisch Figen," secht Hans, „de schall de krank Könisdochter hebb'n." — „Denn lat't frisch Figen bliben!" secht de ol Mann.

As Hans vör'n Sloß kümmt, do will de Poß'n em ers gar ne rup laten. He denkt, Hans will den Köni uk vernarr'n hebb'n. Do lett Hans em in den Büdel kiken, un do süht he je, de Poß'n, dat dat Figen sünd. Un do lett he em dör.

As Hans bi den Köni kümmt, secht de Köni: „Na, du büß uk wull so'n Driwert¹) as din beiden Bröder! Mak din'n Büdel man ers mal apen." Hans makt sin'n Büdel je apen, un do kricht he dar drê rech so'n schön frisch Figen herut. Se leggt de Figen up'n goll'n Töller, un do kricht de Könis= dochter ehr to eten. Un as se ehr up hett, is se wa' beter.

Nu hett Hans dat uk je kunnt. De Köni will dat awer noch ne gell'n laten. He hett hunnert Hasen, secht he, in sin'n Sloßgard'n. Wenn Hans de ên'n Dag öwer höden kann un kann ehr abens all' hunnert wa' mit to Hus bring'n, denn schall he sin Dochter hebb'n. Hans denkt: „Dat kanns je doch ne." He lett 'n Kopp häng'n un schüfft af.

Ünnerwegens begêgent de ol Mann em wedder. „Na, Hans," secht he, „wat fehlt di? Du sühß je rein so benau't²) ut." — „Ja," secht Hans, „ik schall den Köni sin hunnert Hasen höden. Wenn ik dat kann, denn schall ik de Könis= dochter hebb'n. Awer dat kann'k je ne." — „Ja, Hans," secht de ol Mann, „dat kanns du." — „Ja, wo schall ik dat maken?" secht Hans. — „Dat will ik di segg'n, Hans," secht de ol Mann, „hier heß du 'n Fleit³). Wenn du dar up fleiten deis, denn kamt de Hasen all' wedder up'n Dutt⁴). Awer wenn de Könisdochter bi di kümmt un will di 'n Hasen afköpen, denn

¹) Schlingel. ²) niedergeschlagen. ³) Flöte. ⁴) Haufen.

muß du di hart hol'n un muß ehr kēn'n kriegen laten." —
„Ne," secht Hans, dat will he denn uk ne.

Annern Morgen geiht Hans wa' hen na'n Köni un
secht, hē will de hunnert Hasen höden. Se lat de Hasen ut,
un so as se rut fünd, löppt de ēn hier hen un de anner dar
hen. Hans kricht sin Fleit ut de Tasch un fleit. Un do kamt
se all' wa' trüch. So geiht dat nu den ganzen Dag. De
Hasen fünd ümmer öwer all' de Bargen; un wenn Hans fleit,
denn kamt se ümmer all' wa' up'n Dutt.

Namdags*) kümmt de Könisdochter bi em an: hē schall
ehr doch 'n Hasen verköpen. „Ne, Dērn," secht Hans, „dat
kann't je ne. Denn heff it vunabend min hunnert Hasen je
ne." Se bidd't un prell't awer je so lang', bet he ehr toletz
doch ēn'n kriegen lett. Se kricht ehr'n Hasen in'n Korf un
geiht darmit los. „Den heß schön anföhrt!" denkt se, „nu
hett he sin hunnert Hasen je ne vunabend." Awer as se al
dich bi'n Sloß is, do kricht Hans sin Fleit her un fleit, un
wutsch! springt de Haf' ehr rut ut'n Korf un dat weg un
kümmt bi Hans wedder an.

Abens hött Hans hen to Hus mit fin Hasen. Se ward
wa' inlaten in'n Gard'n, un de Köni tellt ehr: do fünd se dar
all' hunnert wedder. De Köni will dat awer noch ne gell'n
laten. Hans schall em ērs 'n Sack vull Wahrheit bring'n.
Wenn he dat uk noch kann, denn schall he de Könisdochter
hebb'n. Hans lett 'n Kopp je wa' häng'n un treckt af. Un
will je wa' hen to Hus.

Do kümmt de ol Mann wa' gēgen em an. „Na, Hans,"
secht he, „wat fehlt di? Du büß je wedder so arm'n Sinns." —
„Ja," secht Hans, „de Köni will dat noch ne gell'n laten.
It schall em ērs 'n Sack vull Wahrheit bring'n. Wenn it
dat kann, denn schall it de Könisdochter hebb'n. Awer dat
kann't je ne." — „Ja, Hans," secht de ol Mann, „dat kanns
du." — „Ja," secht Hans, „wo schall it dar bi kam'n? It

_____
*) nachmittags.

wêt je gar ne, wo de Wahrheit is." — „Ja, dat will'k di
segg'n," secht de ol Mann, „du nimms 'n Sack un 'n Sacksband,
un denn geihs du hen na'n Köni un maks dat so un so." Un
darmit secht de ol Mann em Bescheed, wodenni[1]) as he dat
maken schall.

Annern Dag, do geiht Hans je wa' hen na'n Köni.
„Na, Hans," secht de Köni, „brings du mi 'n Sack vull
Wahrheit?" — „Ja, Herr Köni," secht Hans. — „Ja," secht
de Köni, „du heß dar je ne niks in, in din'n Sack." — „Ne,"
secht Hans, „noch is dar niks in. Awer dat schall ne lang'
dur'n, denn is he vull." — „Na, dat schall mi doch mal ver-
lang'n!" secht de Köni.

„Ja," secht Hans, „Herr Köni hett je doch utgahn laten
toêrs, de wider meih'n kunn as sin Dochter spring'n, de schull
ehr to'n Fru hebb'n. Un do heff ik je doch wider meiht. Is
dat wul ne wahr, Herr Köni?" — „Ja, Hans," secht de
Köni, „dat heß du. Dat is de Wahrheit." — „Herin na
min'n Sack," secht Hans, „dat min Sack vull ward!" Un
darmit krît he den Sacksband her un binn't em nebb'n[2]) üm,
üm den Sack.

„Ja, un naher," secht Hans, „do hett Herr Köni je doch
utgahn laten, de em drê frisch Figen bring'n kunn, wo de
Königsdochter wa' beter vun wörr, de schull ehr to'n Fru
hebb'n. Un do heff ik je doch drê frisch Figen bröcht un heff
ehr wa' gesund makt. Is dat wul ne wahr, Herr Köni?" —
„Ja, Hans," secht de Köni, „dat heß du. Dat is de Wahrheit." — „Herin na min'n Sack," secht Hans, „dat min Sack
vull ward!" Un darmit knütt he den Band nebb'n los un
binn't em in de Midd' üm.

„Ja, un toletz," secht Hans, „do hett Herr Köni mi je
doch verspraken, wenn ik sin hunnert Hasen ên'n Dag öwer
hööden kunn, denn schull ik de Königsdochter hebb'n. Un do
heff ik ehr je doch hött un heff ehr abens all' hunnert wa'

---
¹) wie. ²) unten.

mit to Hus bröcht. Is dat wul ne wahr, Herr Köni?" —
„Ja, Hans," secht de Köni, „dat heß du. Dat is de Wahrheit." — „Herin na min'n Sack, dat min Sack vull ward!"
secht Hans. Un darmit knütt he den Band in de Midd' los
un binn't em baben üm.

„Sieh so, Herr Köni," secht Hans, „nu is min Sack
vull. Un 'n Sack vull Wahrheit schull it je bring'n; denn
schull it de Könisdochter je hebb'n."

Nu kann de Köni dar je nits mehr gegen segg'n. Un
do hett Hans de Könisdochter to'n Fru kregen. Un as de
Köni dot bleben is, do is Hans Köni word'n. —

e Eddelmann un de Bur.

ar is mal'n Eddelmann weß, de
hett twê Schimmels hatt, un'n
Bur'n is dar weß, de hett uk
twê Schimmels hatt.

Nu hett de Eddelmann so
gêrn all' vêr hebb'n wullt, un
de Bur hett uk so gêrn all' vêr hebb'n wullt.

Do makt se sik af, se wüllt sik wat vertell'n, un de
denn toêrs secht: „Dat's Lögen," de hett verspelt.

Nu geiht't Vertell'n je los.

Toêrs fangt de Eddelmann an. Hê hett Röben hatt op
sin'n Kamp[1]), secht he, un dar is ên so'n grot Röw mank
weß, de hebbt söben Mann to Wag' börn[2]) müßt.

„Oha," secht de Bur, „dat wêr awer 'n Röw!"

Nu hebbt se ehr to Hus föhrt, secht de Eddelmann, un
hebbt ehr aflad't. Un nu hebbt se 'n ol Sög'[3]) hatt, de hett
dar ümmer vun freten. Mal ins hebbt se de Sög' verlarn
hatt und hebbt dar ümmerlos na söcht. Do hebbt se ehr tolezt
in de Röw funn'n, dar hett se sik so wit rin freten hatt un
hett dar mit söben Farken[4]) in seten.

„Oha," secht de Bur, „dat wêr awer 'n Röw!" —

Darup fangt de Bur je an to vertell'n. Em hett drömt,
secht he, hê wêr dot bleben un wêr in'n Himmel kam'n. Do
hadd' dar linker Hand den Eddelmann sin Mudder seten un
hadd' Gôs'[5]) hött, un rechter Hand hadd' den Eddelmann sin
Vadder seten un hadd' Swin hött.

„Dat's Lögen!" secht de Eddelmann.

„Ja," secht de Bur, „Lögen schüllt't uk sin; all' vêr
Schimmels sünd min!" —

---

[1]) Feld. [2]) heben. [3]) Sau. [4]) Ferkeln. [5]) Gänse.

Nu is de Eddelmann je so falsch weß op den Bur'n, dat dē all' vēr Schimmels kregen hett, un hē lur't dar op, wo he em dat mal wa' trüch betahl'n kann.

Nu geiht he mal in't Holt op'e Jagd, de Eddelmann. Do springt dar'n Hasen vör em op, un de Eddelmann schütt achter den Hasen her. De Haf' löppt na de Koppel[1]) rop, wo de Bur grad' bi to harken is, un lik[2]) op den Bur'n to.

Do nimmt de Bur sin'n Harkenstöl un lecht so op den Hasen an, as wenn he em dar mit dot schēten will. Un bôz! fall't de Haf' vör em hen un is dot.

Do mēnt de Bur, hē hett em dot schaten. Un hē besücht sin'n Harkenstöl un secht: „Dat habb' 'k ne dacht, dat dat dar rut gahn habb'!"

Nu ward de Eddelmann je bös' un secht to den Bur'n, dar mutt he Straf vör hebb'n, datt hē em den Hasen dot schaten hett. Un hē schall hen na'n Sloß kam'n un schall Prügels hebb'n.

As de Bur nu rin geiht na'n Sloß, da kümmt he dör so'n Gang hendör, wo Speckfiden[3]) un Wüß[4]) hängt. Do kümmt he gau bi un kricht sik'n Sid' Speck heraf un stickt sik dē op'n Puckel ünner'n Rock, un do geiht he dar hen, wo he sin Prügels hebb'n schall.

As he nu wa' rut kümmt, do lur't de Eddelmann al op em un frei't sik. Un do sücht he, dat de Bur so'n dicken Puckel hett. Do mēnt he, dat de Puckel em swull'n[5]) is vun de Prügels. Un do secht he: „Na, heß nu 'nog?"

„Ja," secht de Bur, „so vel heff ik, dat ik un min Fru un Kinner dar'n vēr Weken vun leben künnt." —

De Eddelmann hett de Prügels mēnt, un de Bur hett dat Speck mēnt.

---

[1]) Acker. [2]) gerade. [3]) Speckseiten. [4]) Würste. [5]) geschwollen.

De kloof Bur'ndochter.

Dar is mal 'n Bur'n weß op 'n graffchaffli Gôt.

Nu hett dar 'n Stück Land an fin Feldmark ftött, dat hett wôß¹) legen. Do geiht he hen na 'n Grafen, de Bur, un bidd't em, wat he dat Stück Land man hebb'n fchall; denn will he dat ôrbar maken. „Ja," fecht de Graf, „dat kann he kriegen." — „Ja," fecht de Bur, „awer fo lang', as he op 'e Steb' is, will he dar kên Pach vör betahl'n." — „Ne, dat fchall he denn uk ne," fecht de Graf.

As dat Land nu awer ôrbar is, do hett de Infpekter em dar doch Pach vör anfett. Do fecht he to den Infpekter, de Graf hett em dat je doch tôfecht, dat he dar kên Pach vör geben fchull. „Dat geiht mi niks an," fecht de Infpekter. „Dat Land is drachbar, un du muß darvör betahl'n."

Do geiht he hen na 'n Grafen, de Bur, un fecht, fe hebbt je doch afmakt, dat he vör dat Land kên Pach betahl'n fchull, un nu hett de Infpekter em dar doch wat vör anfett. „Ja," fecht de Graf, „wat min Infpekter anfett, mutt gell'n." — „Ja," fecht de Bur, „dat hett em je doch fo vel Gefchirrgeld koft; denn hett he dar je gar niks bi." — „Ja, dat 's ênerlei," fecht de Graf. Awer he will em drê Rätfeln upgeben. Wenn he dê raden kann, denn fchall he kên Pach betahl'n. He fchall em fegg'n, wat fetter is as fett, wat heller is as hell, un wat am dullß'n²) klingt un fchall't öwer de ganze Welt.

As he to Hus kümmt, de Bur, do fecht fin Dochter: „Vadder, wat fchad't³) di? Du füchs je fo vertörnt⁴) ut." — „Ja," fecht he, „dat mags wul fegg'n. De Graf hett mi drê Rätfeln opgeben. Wenn ik dê raden kann, denn fchall ik kên Pach betahl'n. Awer dat kann 'k je ne."

„Wat fünd dat denn vör Rätfeln?" fröcht fe. „Ja," fecht he, „to 'n êrß'n fchall ik raden, wat fetter is as fett. Dat is je wul, wenn 'n fik 'n Bodderbrot fmert mit Wuß op

---

¹) wüft. ²) am lauteften. ³) was fehlt dir? ⁴) erzürnt.

un denn noch 'n Stück Speck tô oplecht." — „Och Vadder,"
secht se, „fetter as fett, dat is je de Eerdboden."

„Ja, un to 'n twêten," secht he, „schall if raden, wat
heller is as hell. Dat is je wul, wenn de Sünn' schin't un
de Man, un wenn 'n denn noch 'n Lamp tô anstickt." — „Och,
Vadder," secht se, „heller as hell, dat sünd je de Diamanten."

„Ja," secht he, „un to 'n drübb'n schall if raden, wat
am dullß'n klingt un schall't öwer de ganze Welt. Dat is je
wul, wenn bi de Musik trummelt ward un denn noch Kanôn'n
tô gaht." — „Och, Vadder," secht se, „wat am dullß'n klingt
un schallt öwer de ganze Welt, dat is je dat Gottswôrt."

Annern Morgen, do geiht de Bur je wa' hen na den
Grafen. „Na," secht de Graf, „heß de Rätseln rad't?" —
„Ja," segt de Bur.

„Wat is denn fetter as fett?" secht de Graf.

„Fetter as fett," secht de Bur, „dat is de Eerdboden."

„Wat is denn heller as hell?"

„Heller as hell, dat sünd de Diamanten."

„Nu awer to 'n drübb'n!" secht de Graf. „Wat is
dat, wat am dullß'n klingt un schall't öwer de ganze Welt?"

„Dat is dat Gottswôrt," secht de Bur.

Do secht de Graf: „Dat heß du ne ut di sülb'n." —
„Ja," secht de Bur êrs. „Ne," secht de Graf, dat hett he
doch ne. Hê schall em man segg'n, wo he dat her hett. —
„Ja," secht de Bur dunn, sin Dochter hett em dat angeben.

Do secht de Graf, wenn hê so 'n klôk Dochter hett,
denn schall se mal tô em kam'n. Awer se schall ne gahn un
ne föhrn un ne riden, se schall ne kleed't wesen un ne nak, un
schall ne in'n Weg kam'n un ne ut'n Weg.

As de Bur nu wa' to Hus kümmt, do secht sin Dochter:
„Na, Vadder, wat schad't di? Du süchs je wedder so vertôrnt
ut." — „Ja," secht he, „du heß 'n gôden Snack*) fat. Du
schaß na 'n Grafen kam'n. Awer du schaß ne gahn un ne

*) Spruch.

föhrn un ne riden, du schaß ne kleed't wesen un ne nak, un schaß ne in'n Weg kam'n un ne ut'n Weg. Wo wullt du dat wul angahn?" — „O, Vadder," secht se, „dat wüllt wi lich kriegen. Hal mi man dat Fischernett, un denn spann' mi man den Esel vör de Slöp¹)."

Do bewinn't se sik in dat Fischernett: do is se ne kleed't un ne nak. Un do sett se sik op de Slöp: do kümmt se ne angahn, ne anföhrn un ne anriden. Un do slöpt se in de Wagentraw²) lank: do kümmt se ne in'n Weg un ne ut'n Weg.

As se up 'n Hoff kümmt, do lett se sik bi den Grafen mell'n. Nu is se je ne kleed't weß un ne nak, hett je ne gahn, ne föhrt un ne reden, un is je ne in'n Weg kam'n un ne ut'n Weg.

Do secht de Graf, wenn se so klök is, denn schall se sin Fru ward'n. Wat se dat will? — „Ja," secht se. — „Ja," secht de Graf, „se schall sik awer nich mank sin'n Kram steken. Wenn se sik mank sin'n Kram steken deit, denn sünd se scheed't³). — Ne, dat will se uk ne, secht se. Awer se will sik uk wat utbescheden. Wenn dat doch so wid kam'n schull un se wörr'n scheed't, denn will se sik drê Dêl wünschen." — „Ja," secht de Graf, „dat schall se denn uk." Un do nimmt de Graf ehr to 'n Fru. —

Na verlopener Tit möt de Bur'n vun 'n Dörp dar mal plögen an 'n Hoff. Un de Pêr bliwt 's Nachs dar, in'n Stall'. Un den ên'n Bur'n sin Töt⁴), de schall fahl'n, un fahlt de Nach. Un de ol Fahl verbistert⁵) un kümmt na'n annern Stall' rin, wo 'n annern Bur'n sin Wallack steiht. Do secht de Bur, den' de Wallack töhört, dat is sin'n Fahl'n. Un den' de Töt töhört, de secht, dat is sin'n. Do krie't se sik dat Striden, un dat kümmt vör 'n Grafen.

Nu is de ol Fahl je noch so dummeri weß un is ümmer achter den Wallack anlopen. Do secht de Graf, dat Kind

¹) Schleife. ²) Wagenspur. ³) geschieden. ⁴) Stute. ⁵) verirrt.

folgt de Mudder. Un wenn de Fahl bi den Wallack funn'n is un löppt uk ümmer achter den Wallack an, denn is dat den' Bur'n sin'n Fahl'n, den' de Wallack töhört.

Nu kann he dar je niks bi maken, de Bur. Do rad't de Lüd' em, he schall mal na de Gräfin gahn.

Na, he geiht je hen un vertell't ehr dat. So un so. Wat he darbi maken schall?

Do secht de Gräfin, se will em dartö verhelpen, dat he sin'n Fahl'n wedder kricht. Awer he schall ehr nich verraden. „Ne," secht he, dat will he denn uk ne.

„Ja," secht se, denn schall he man 'n Ketscher¹) nehmen un darmit na de Sandkul gahn, wo den Grafen sin Ritstig verbi geiht. Un wenn de Graf anriden kümmt, denn schall he dar in rümketschern, in 'n Sand, as wenn he fischen deit. Denn ward de Graf em wul fragen, wat he dar makt. Denn schall he segg'n, sin Fru is so slech krank un is so mit Luß'n na 'n Fisch. Denn ward de Graf wul segg'n, wat he ne rech klök is. Ut den drögen Sand, dar kann he je doch kên Fisch rut kriegen. Denn schall he segg'n, so wahr as he ut den drögen Sand kên Fisch rut kriegen kann, so wahr kann 'n Wallack uk kên'n Fahl'n kriegen. Denn ward de Graf wul segg'n: Dat heß du ne ut di sülb'n. „Awer denn verrad' mi ne," secht se.

Na, den annern Morgen, do nimmt he je 'n Ketscher, geiht darmit na de Sandkul un fangt in den Sand an to ketschern.

Do kümmt de Graf anriden. „Wat maks du hier?" fröcht de Graf. „Ja," secht de Bur, „min Fru is so slech krank un is so hungeri na 'n Fisch. Un nu wull ik mal sehn, wat ik mi hier ne 'n paar Fisch rut ketschern kunn." — „Du büß je wul rein dwatsch²)," secht de Graf, „hier ut den drögen Sand, dar wullt du Fisch rut kriegen?" — „Ja," secht de Bur dunn, „so wahr as ik hier kên Fisch rut krieg', so wahr kann 'n Wallack uk kên'n Fahl'n kriegen."

¹) Angel. ²) verrückt.

Do secht de Graf: „Dat heß du ne ut di fülb'n." —
„Ja," secht de Bur êrs, dat hett he doch. „Ne," secht de
Graf, dat nimmt he em ne af. Hê schall man segg'n, wokên
as em dat angeben hett. Wenn hê dat secht, denn schall sin
Fahl em wedder ward'n, un wenn hê em ok fülb'n betahl'n
schall. Do secht de Bur, de Gräfin hett em dat angeben.

Do ritt de Graf hen to Hus un secht to sin Fru: „So,
wi fünd schêd't." — „Worüm dat?" fröcht de Gräfin. „Ja,
du heß di mank min'n Kram steken."

Do secht de Gräfin, se hebbt je afmakt, wenn se schêd't
wêr'n, dat se sik denn noch drê Dêl wünschen kunn. „Ja," secht
de Graf, dat kann se denn uk. „Ja," secht se, „denn will ik
noch ênmal mit di Kaffi drinken un noch ênmal mit di utföhrn
un denn dat beß mitnehmen, wat hier vör mi an 'n Hoff is."

Nu drinkt se êrs tosam'n Kaffi. Un darbi gütt se em 'n
Slapdrunk in sin'n Kaffi.

As se Kaffi drunken hebbt, stigt se to Wag' un föhrt
tosam'n los. Ünnerwegens slöppt de Graf tô. Do föhrt se mit
em na ehr'n Vadder sin Hus hen, lett em dar na 'n Kaffstall*)
rin dregen un sett sik bi em hen.

's Nachs wakt he op, de Graf. „Wo bün ik?" fröcht
he. „In min'n Vadder sin'n Kaffstall'," secht se.

„Wo bün ik hier herkam'n?" — „Ja," secht se, „du
weß je doch, dat ik mi dat beß mitnehmen schull, wat vör min
Ogen an 'n Hoff wêr. Un dat wêrs du je. Do heff ik di mitnam'n."

Do secht de Graf: „Denn wüllt wi wa' hen to Hus föhrn
un wüllt uns all' min Dag' ne wedder schêden."—

---

*) Futterstall.

Von der Königstochter, die nicht lachen konnte.

Einst lebte ein König, der hatte eine Tochter, die nicht lachen konnte. Da ließ der König in seinem ganzen Reiche bekannt machen, wer seine Tochter zum Lachen brächte, der solle sie zur Frau haben.

Nun war in demselben Lande auch ein Schäfer, der hatte Schafe mit goldener Wolle. Kamen zu ihm einst zwei Mädchen, die fragten ihn, ob sie nicht eine Handvoll Wolle von den Schafen nehmen dürften. Sprach der Schäfer: „Ja, nehmt nur eine Handvoll!" Kaum aber hatten sie nur eben die Schafe berührt, so sprach der Schäfer: „Himpamp, hol faß!" Und sofort saßen die Mädchen an den Schafen fest und konnten nicht wieder loskommen, so sehr sie sich auch abmühten.

Der Schäfer aber zieht mit seinen Schafen fort. Kommt er da zu einem Wirt, und als der die Mädchen losreißen will, ruft der Schäfer: „Himpamp, hol faß!" Und auch der Wirt sitzt fest und kann nicht loskommen.

Der Wirt ruft nun seinen Knecht, und dieser kommt mit der Düngergabel und will seinen Wirt befreien. Der Schäfer ruft abermals: „Himpamp, hol faß!" Und auch der Knecht sitzt am Wirte fest und kann nicht loskommen.

Der Schäfer aber zieht mit dem „Himpamp" weiter. Kommt da von ungefähr ein Pastor in seinem Talar daher, und als er den wunderlichen Aufzug sieht, spricht er: „Was hat das zu bedeuten?" Sprechen alle: „Wir können nicht loskommen." Da will der Pastor den „Himpamp" auseinander reißen. Kaum aber hat er auch nur einen berührt, so spricht der Schäfer: „Himpamp, hol faß!" Und auch der Pastor sitzt fest und kann nicht wieder loskommen.

Der Pastor ruft seinen Küster, und als der nun kommt und seinen Herrn befreien will, ruft der Schäfer abermals: „Himpamp, hol faß!" Und auch der Küster sitzt fest.

So kommt der Schäfer denn endlich nach dem Königs=
schlosse, und als die Königstochter den wunderlichen Aufzug
sieht, lacht sie laut auf. Da bekam der Schäfer die Königs=
tochter zur Frau.

HIMPHAMP · HOL · FASS ·

Wat man warrn¹) kann, wenn man blot de Vageln richti verstan deit.

Dar weer ok mal en Mann, un de Mann harr en lütten
Jung; de Mann wahn int Holt un fung Vageln, und de Jung
muß em hölpen. Dat much he wul. In'n Harst²) fungn se
Krammsvageln un Droßeln, de weern all dot un hungn inne

²) werden. ²) Herbst.

Snęrn[1]) kopplangs anne Been, ganz truri[2]). In Winter fungn
se Steilitschen[3]) in en Slaggbur, de weern all lebenni un harrn
en bunten Kopp. De spęln int Bur un lehrn Water rop
trecken in en Fingerhot un Kanarjensaat[4]) in en lütten Wagen.
Awer int Fröhjahr denn söchen se Lurkennester[5]) un Iritschen[6]).
De Lurken buden[7]) int Gras, dat weer grön un quetsch een
ünner de Föt; denn keem der 'n drögen Rüschenpull[8]), un dar
weer dat warme Neß ünner mit graubunte Eier. De Iritschen
buden inne Heiloh[9]), de weer brun, ok mank de Porst[10]), un
wenn man dar rumsteeg, bet anne Kneen, so rük dat krüderi[11]),
un de Nessen weern vull glatte swatte Pęrhaar un hungn
nübli mank de Twigen. Awer dat schönste weer int Holt,
wenn de Primeln[12]) keemn mit de Knuppens[13]) ut dat dröge
Sprock[14]), wo de Sünndrang[15]) leeg un de Mireems[16]) kropen
as Soldaten. Dar weern de Nachdigalen un warn fungn in
en Nett[17]). Dar seet de Jung to lurn, bit der een in keem.
He hör na de Im[18]) un de Waterbęk[19]) un harr de Föt inne
Sünn. Ok harr he sin egen Gedanken. Awer in Winter seet
he inne Stuv un rich de Steilitschen af, un de Snee leeg
buten op de Böm.

Dar harr he weni bi to don, aber vęl bi to denken, un
he war jummer gröter un klöker. Denn hör he wul na de
annern Vageln int Bur; de Lüd sän, se sungn, awer he mark
dat bald, dat leet man so, dat weer niz as snacken[20]) un
vertelln. He kunn der man eerst gar ni achter kam[21]), as wenn
man dänsch[22]) hört oder de Aanten[23]), awer dennös[24]) lehr he
dat. Do hör he, wa se sik lange Geschichten vertelln vun de
Spitzbov de Rav, un de Hœv[25]), de grote Röwerhauptmann.
Denn snacken se vun dat wunnerschöne Holt un de Kaneel-
blöm[26]), un de reif't harrn, sproken vun Italien. Mennimal

---

1) Schlinge. 2) traurig. 3) Stieglitze. 4) Futter für Kanarienvögel. 5) Lerchennester.
6) Hänflinge. 7) bauten. 8) Binsenbusch. 9) Heideland. 10) wilder Rosmarin. 11) würzig.
12) Schlüsselblumen. 13) Knospen. 14) Reisig. 15) Blindschleiche. 16) Ameisen. 17) Netz.
18) Bienen. 19) Bach. 20) sprechen. 21) hinterkommen. 22) dänisch. 23) Enten. 24) nachher.
25) Habicht. 26) Syringen.

fungn se all an to ween', awer Tran'[1]) harrn se nich, un sin
Vader sä: nu sungn se mal nübli!

Malins[2]) gung he vœr Dœr, as de Snee weg dau.
De Höhner seeten jüs ünnern Tun un sünn' sik. Se harrn
jeder en Lock int Sand kratzt, dar leegen se in un puken mitten
Snawel. De Hahn harr dat grötste. — He keem man eben
ut Hus, so flogen se all op, as wenn de Hœv keem, un he
hör de Hahn:

> „Küken neiht ut, Küken neiht ut,
> Dat is keen Gu . . . . den!"

un alle versteken sik achtern Tun.

Do gung he langs den Hof, wo de Huslünk[3]) jümmer
Börgervereen harr. Awer nu weernt annere Tiden, un Spatz
flog in'n Busch; se keken listi achter de Twigen ut, un se
reepen all mit enanner:

> „Dat's en Spijon, dat's en Spijon!"

Awer am häßlichsten weert, wat de Gelmöschen[4]) sä. De
seet baben op en soren Twig ganz inne Spitz, de trock de
Feddern ganz kuri[5]) tosam, de seeg em so barmharti an un
sä truri:

> „Junk, junk, junk verdorr . . . . bn!"

Un sin Fru op de anner Spitz antwor' ut de Feern:

> „Junk, junk, junk versoo . . . . rt[6])!"

Dat kunn he gar ni utholn. He dach, wo schaft du eenmal
hen, un lep rin int Holt. Dar seet do en Klunkrav[7]) baben
oppen Boom un reep:

> „Du Narr . . . . r! du Narr . . . . r!"

Do war de Jung dull un smeet em mit en Steen. Dat hölp
man nix. De Swarte flog vœr em ut un reep, un he leep
achter em an to smiten. So keem he jümmer wider int Holt
rin. Toletz seeg he en Barg un en groten Steen baben op.
Dar flog de Vagel hin un sett sik, un de Jung klatter[8])

---

[1]) Tränen. [2]) Einmal. [3]) Sperling. [4]) Goldammer. [5]) bedrückt. [6]) versauert.
[7]) Kolkrabe. [8]) kletterte.

ropper un weer noch ganz dull. As he awer achter de Steen keek, seeg he en Nest, un in dat Nest weern allerhand blanke Dinger. Un wat em am meisten gefull, dat weer en Rink mit en Steen in, de blitz as de Abendsteern. Den steek he an sin Finger un keem webber inne Höch. — Do kunn he mal wit sehn! All dat Holt ünner de Föt, un en Weg leep der langs, so wit de Ogen man recken[1]). Wo much de hin gan? Dat muß he doch weten, un so gung he em achterna[2]).

He gung un gung, toletz war he ganz möd un hungeri. Do drop he en lütt Hus. De geben em wat to eten un sän, de Weg gung na de Stadt, wo de König wahn. As he nu satt weer un utslapen harr, do gung he webber los, un toletz keem he na de Stadt. He frag glik, wo de Goldsmid wahn, un wis' em sin Rink un frag em, wat he weert weer. De Goldsmid sä, he schull sik man dal setten, un leep gau na den König un sä, nu wuß he, wonem sin Rink weer, un de Deef[3]) weer in sin Hus.

Do gev de König em Soldaten mit, de keemn un neemn em sin Rink af un smeten em in en Torn[4]), wo ni Sünn oder Maan rinschin, dar muß he liggn. He weer ganz truri un dach an dat Holt un de Waterbek un de Vageln int Bur. Dat dur de Tornwächter, un he frag em, ob he em ni wat bringn kunn, dat he ni so truri weer. Do sä de Jung: „En Vagel." Do broch he em een, dat weer en Kanarjenvagel[5]). De muß em wat vertelln vun de Insel, wo he her weer, wit ut Water, wo de Weg na Amerika verbi geit, mit en groten Barg op, de Füer spigen[6]) kann, un en olen groten Bom. Denn ween'n se beid mit enanner. Awer de Tornwächter meen, de Kanarjenvagel sung un de Jung duer darœwer, un gung hin un vertell dat den König.

De König harr en Dochder, de weer heel smuck[7]), awer faken[8]) weer se truri. De Lüd wussen gar ni, wa dat vun

---

[1]) reichten. [2]) nach. [3]) Dieb. [4]) Turm. [5]) Kanarienvogel. [6]) Feuer speien. [7]) sehr schön. [8]) oft.

keem, un fän, se weer melancholsch. Awer de König wuß dat
wul, he kunn ẹr man gar ni hölpen.

As he dat hör vun de Jung, do leet he em haln un
frag em de ganze Geschichte, un de Jung vertell em, wa de
Lünken[1] em utscholln harrn un de Krei harr em narrt, un
nu muß he jammern as de Vageln int Bur; denn he ver=
stunn all, wat se fän. Do leet de König em in de Stuv, wo sin
Dochder weer, un wis' em en Bur, dar weer en lütten grauen
Vagel in, de sung ganz wunnerschön, awer so truri; un jedes=
mal, wenn he sung, so wuß de Prinzessin ni, wo ẹr to Mot
war, un ok de König meen, se kunn noch mal melancholsch
warrn. De Jung hör de Vogel un sä, he wuß wul, wat he
singen dẹ, awer he döß[2] dat man ni seggn, denn de König
war dull warrn. Do sä de König, he schull dat man seggn,
un wenn dat noch so wat Slimmes weer, so schull em nix
darvœr dan warrn. Do sä de Jung: „Denn will ick dat
seggn," un sä, dat de Vagel sung:
>„Kronen von Gold sind eitel Schein,
>Krone des Lebens ist Liebe allein."

As dat de Dochder hör, do fung se an to ween'; awer de
König sä, dat weer rech, nu schull de Vagel flegn un de
Jung schull sin Dochder hebbn, un so war de Jung Minister.
As al malins een Kaiser warrn is, de fröher ok Vageln greep
int Lauenborger Holt. Awer de harr ok rech tohört un kunn
mehr as Brot ẹten. De verstunn de Ackermann[3] un de
Plogsteert[4] un de Huslünk ünnern Oken[5]. Awer de Vageln,
de der sungn, de lẹ he ni int Bur, un vun alle Blœder klingt
dat noch:
>„Heinrich de Gude".

---

[1] Spatzen. [2] dürfte. [3] weiße Bachstelze. [4] gelbe Bachstelze. [5] der äußerste
Winkel auf dem Boden unter den schräg ablaufenden Dachsparren.

Dat Wettloopen twischen den Swinegel[1] un den Haasen up de lütje[2] Heide bi Buxtehude.

Disse Geschicht is lögenhaft to vertellen[3]), Jungens, awer wahr is se doch! Denn mien Grootvader, van den ick se hew, pleggte jümmer, wenn he se mi vertellde, dabi to seggen: „Wahr mutt se doch sien, mien Söhn, anners kunn man se jo nich vertellen!" De Geschicht hett sick awer so todragen.

Et wöör an eenen schönen Sünndagmorgen to'r Harvst= tiet[4]), jüst as de Bookweeten bloihde. De Sünn wöör hellig upgaen am Hewen,[5]) de Morgenwind güng warm öwer de Stoppeln, de Larken[6]) süngen inn'r Lucht,[7]) de Immen sumsten in den Bookweeten, un de Lühde güngen in ehren Sünndags= staht nah'r Karken, un alle Kreatur wöör vergnögt un de Swinegel ook.

De Swinegel awer stünd vör siener Döhr, harr de Arm ünnerslagen, keek dabi in den Morgenwind hinut un quinke= leer'de[8]) en lütjet Leedken vör sick hin, so good un so schlecht, as nu eben am leewen Sünndagmorgen en Swinegel to singen pleggt. Indem he nu noch so half liese vör sick hin sung, füll em op eenmal in, he künn ook wol, mittlerwiel siene Fro de Kinner wüsch un antröcke,[9]) en beeten in't Feld spazeeren un

---

[1]) Igel. [2]) auf der kleinen. [3]) erzählen. [4]) Herbstzeit. [5]) Himmel. [6]) Lerchen. [7]) Luft. [8]) trillerte. [9]) anzöge.

mal tosehn, wie siene Stähkrömen¹) stünden. De Stähkrömen wöören awer de nöchsten bi sienen Huuse, un he pleggte mit siener Familie davon to eten, darüm sahg he se as de sienigen an.

Gesagt, gedahn. De Swinegel maakde de Huusdöhr achter²) sick to un slög den Weg nah'n Felde in. He wöör noch nich gans wiet von Huuse un wull jüst üm den Stühbusch³), de da vör'n Felde liggt, nah den Stähkrömenacker hinupdreihn, as em de Haas' bemött⁴), de in ähnlichen Geschäften uutgahn wöör, nämlich um sienen Kohl to besehn.

As de Swinegel den Haasen ansichtig wöör, so böhd he em en fründlichen „Go'n Morgen!“ De Haas' awer, de up siene Wies' en vörnehmer Herr was un grausam hochfahrtig dabi, antwoorde nicks up den Swinegel sienen Gruhß, sondern seggte to'm Swinegel, wobi he en gewaltig höhnische Miene annöhm: „Wie kummt et denn, datt du hier all⁵) bi so fröhem Morgen im Felde rumlöppst?“ — „Ick gah spazeeren,“ seggt' de Swinegel. „Spazeeren?“ lachde de Haas', „mi dücht, du kunnst de Been' ook wol to betern Dingen gebruuken!“

Disse Antwoord verdrööt den Swinegel ungeheuer; denn alles kunn' he verdreegen, awer up siene Been' leet he nicks komen, eben, weil se von Natur scheef wöören. „Du bildst di wol in,“ seggt' nu de Swinegel to'm Haasen, „as wenn du mit diene Been' mehr utrichten kannst?“ — „Dat denk ick,“ seggt de Haas'. „Dat kummt up'n Versöök an,“ meent' de Swinegel, „ick pareer⁶), wenn wi in de Wett' loopt, ick loop di vörbi!“ — „Dat is tum Lachen, du mit diene scheefen Been',“ seggt de Haas', „awer mienetwegen mag't sien, wenn du so öwergroote Lust hest! Wat gilt de Wett?“ — „En gold'ne Lujedor⁷) un'n Buddel⁸) Brannwien!“ seggt' de Swinegel. „Angenahmen!“ spröök de Haas', „sla in, un denn kann't gliek losgahn!“ — „Nä, so groote Ihl⁹) hett et nich,“ meent' de Swinegel, „ick bün noch gans nüchdern; eerst will

¹) Steckrüben. ²) hinter. ³) Dornbusch. ⁴) begegnete. ⁵) schon. ⁶) pariere, behaupte. ⁷) Louisd'or, Goldmünze. ⁸) Flasche. ⁹) Eile.

ick to Huus gahn un en beten fröhstücken. In'ner halwen Stünd'
bün ick wedder hier up'n Platz." Damit güng de Swinegel;
denn de Haas' wöör et tofreden.

Ünnerwegs dachde de Swinegel bi sick: „De Haas' ver=
lett sick up siene langen Been', awer ick will em woll kriegen;
he is zwar en vörnehm Herr, awer doch man 'n dummen Keerl,
un betahlen sall he doch!"

As nu de Swinegel to Huuse anköm, spröök he to sien
Fro: „Fro, treck¹) di gau²) an, du must mit mi nah'n Felde
hinut!" — „Wat givt et denn?" seggt sien Fro. „Ick hew
mit'n Haasen wett't üm 'n gold'ne Lujedor un'n Buddel Brann=
wien; ick will mit em inne Wett' loopen, un da sallst du mit
dabi sien!" — „O, mien Gott, Mann!" füng nu den
Swinegel sien Fro an to schreen, „büst du nich kloof, hest du
denn ganz den Verstand verlaarn? Wie kannst du mit den
Haasen in de Wett' loopen wollen!" — „Holt dat Muul,
Wief!" seggt' de Swinegel, „dat is mien Saak! Resonehr nich
in Männergeschäfte. Marsch, treck di an, un denn kumm
mit!" Wat sull den Swinegel sien Fro maken? Se mußt'
wol folgen, se mugg nu wollen oder nich! —

As se nu mit enander ünnerwegs wöören, spröök de
Swienegel to sien Fro: „Nu paß up, wat ick seggen will!
Sühst du, up den langen Acker dar wüll wi unsen Wettloop
maken. De Haas' löpt nämlich in der eenen Föhr³) un ick
in'ner andern, un von baben⁴) fang' wi an to loopen. Nu
hest du wieder nicks to dohn, as du stellst di hier ünnen in de
Föhr, un wenn de Haas up de ander Siet ankummt, so röpst
du em entgegen: „Ick bün all⁵) hier!"

Damit wöör'n se bi den Acker anlangt. De Swinegel
wiesde siener Fro ehren Platz an un güng nu den Acker hinup.
As he baben anköm, wöör de Haas' all da. „Kann et los=
gahn?" seggt' de Haas'. „Ja wol!" seggt de Swinegel.
„Denn man to!" un damit stellde jeder sick in siene Föhr; de

---

¹) zieh. ²) schnell. ³) Furche längs des Ackers. ⁴) oben. ⁵) schon.

76

Haaf' tellde¹): „Hahl een! hahl twee! hahl dree!" — un los
güng he, wie en Stormwind, den Acker hindahl²). De Swin=
egel awer lööp ungefähr man dree Schritt, dann duhkde he sick
dahl in de Föhr un bleev ruhig sitten.

As nu de Haaf' in vullem Loopen ünnen am Acker
anlööm, rööp em den Swinegel sien Fro entgegen: „Ick bün
all hier!" De Haaf' stutzd' un verwunderde sick nich wenig, he
meende nich anders, as et wöör de Swinegel sülvst, de em dat
torööp; denn bekanntlich süht den Swinegel sien Fro jüst so uut
wie ehr Mann.

De Haaf' awer meende: „Dat geiht nich to mit rechten
Dingen! Noch mal geloopen! Wedder üm!" Un fort güng he
wedder wie en Stormwind, datt em de Ohren am Koppe flögen.
Den Swinegel sien Fro awer bleev ruhig up ehrem Platze.
As nu de Haaf' baben anlööm, rööp em de Swinegel ent=
gegen: „Ick bün all hier!"

De Haaf' awer, ganz uuter sick vör Ihwer³), schreede:
„Noch mal geloopen! Wedder üm!" — „Mi nich to slimm,"
antwoorde de Swinegel, „mienetwegen noch so oft, as du Lust
heft!"

So lööp de Haaf' noch dreeunsöbentig mal, un de
Swinegel höhl⁴) et ümmer mit em ut. Jedesmal, wenn de
Haaf' ünnen oder baben anlööm, seggten de Swinegel oder sien
Fro: „Ick bün all hier!" Tum veerunsöbentigsten Mal awer
lööm de Haaf' nich mehr to Ende. Midden am Acker stört
he to'r Eerde, dat Blohd flög em uut'n Halse, un he bleev
dohd up'n Platze.

De Swinegel awer nöhm siene gewunnene Lujedor un den
Buddel Brannwien, rööp siene Fro uut der Föhr aff, un beide
güngen vergnögt mit enanner nah Huus. Un wenn se nich
storben sünd, lewt se noch.

So begew et sick, datt up de Buxtehuder Heide de
Swinegel den Haasen dohd loopen hett, un sied jener Tied

---

¹) zählte. ²) hinunter. ³) Eifer. ⁴) hielt.

hett et sick keen Haas' webber infallen laten, mit 'n Buxtehuder Swinegel in de Wett' to loopen.

De Lehre awer uut disser Geschicht' is: Erstens, datt keener, un wenn he sick ook noch so förnöhm dücht, sick sall bikomen laten, över'n geringen Mann sick lustig to maken, un wöör't ook man 'n Swinegel; un tweetens, datt et gerahden is, wenn eener freet[1]), datt he sick 'ne Fro uut sienen Stande nimmt un de jüst so uutsüht, as he sülvst. Wer also en Swinegel is, de mutt tosehn, datt siene Fro ook en Swinegel is; un so wieder[2])! —

Von den lüttjen Smäjung.

Dor is mal so'n lüttjen Jung wesen, de hett gern Smid warr'n wullt. Do seggt sine Steefmudder to em: Och, he is jo man so swack un fin, he kann jo gor keenen Hamer börn. De lüttje Jung geiht aber doch weg upp Reisen.

Do begegn't em so'n ohle Mudder, de fragt em, wo he denn hen will. Do seggt he: He will upp Reisen, he will Smid warr'n, un he is man so swack; dat harr woll Last nog, dat he 'n Hamer börn kann. Na, seggt de ohle Mudder, denn schall he mit ehr gahn, denn will se em darto verhelpen. Un de lüttje Jung geiht mit. Do gifft se em so'n lüttjen Hamer un 'n Stangen Isen. So, seggt se, nu schall he man losgahn un smä'en; wenn he 'n paar Mal upp de Stangen Isen kloppt, denn kann he maken nah Belieben, wat he will.

---

1) heiratet. 2) weiter.

Nu geiht de lüttje Jung denn nah'n Meister hen un fragt em, ob he 'n Gesell'n bruken kann. Ja, seggt de Meister, aber he is jo man so swack un fin; he hett woll Last, dat he 'n Hamer börn deiht. Och, seggt he, he hett sin Geschirr glieks bi sick, wat he brukt. Nu, seggt de Meister, denn schall he Howisen¹) maken. Do fragt de lüttje Jung gliek, woveel Dutz dat he in 'n Stünn maken schall. Ja, seggt de Meister, dat kann he em ook nich vörschriewen; he hett dor mehr Gesell'n, wenn he dor mitkamen kann nah sin Posetur, denn will't woll gahn.

Na, do schüllt se denn jo 's Morgens uppstahn. Do roppt de öllste Gesell ook den lüttjen, he schall hochkamen, se möt't dat Für in'n Gang maken. Ja, seggt de Lüttje, he hett keen Für nödig. Un as he denn uppkamen deiht, do sünd de annern all wiß an Smä'en. Do bringt he sin Stangen Isen un 'n lüttjen Hamer mit un kloppt dor 'n paar Mal upp, do fallt dor'n Howisen weg. Dat dücht de annern denn nich recht to wesen; do tribelleert se em denn ook. Do seggt he, wo he is'n Swert maken schall, dat he'rn Ambolt²) mit dörhaut. Un do kloppt he denn 'n paar Mal wedder upp sine Stangen, do hett he 'n Swert. Dor hau he mit upp'n Ambolt; do flüggt de Ambolt in'e Mitt dör, un dat Swert is heel.

Do kummt de Meister denn un fragt, wokeen dat dahn hett. Do möt't se'r jo mit rut. Do seggt de Meister to den Lüttjen, ja, wenn he dat kann, denn kann he ook jo 'n Swert maken, wo he all's mit hau'n kann. Ja, seggt he, dat kann he. —

Nu lett de König in dat Land bekannt maken, wer 'n Swert maken kann, wo he Isen un Stahl mit hau'n kann, den woll he gern hebb'n. Na, do lett de Meister nah'n König hensegg'n, dat he dor so'n Gesell'n hett, de dat kann.

Nu durt dat nich lang, do kamt se denn mit 'n Kutsche anföhrn; dor wüllt se den lüttjen Gesell'n denn in hahl'n. Un

---

¹) Hufeisen. ²) Amboß.

de andern Gesell'n, de sünd nu denn affgünstig wesen. As se de Kutsche sehn doht, do seggt se to den Lüttjen: „So, dor kummst du good weg! Nu kamt se un wüllt di in't Hunnlock*) kriegen!"

He kickt denn ook noch gau in's rut: ja, do süht he, dat se all mit'n Kutsche anföhrn kamt. Nu hett he dor ook wieder nix von wüßt, wat de Meister to'n König seggt hett, un nu is he bange. Do geiht he achtern ut 'r Smä; dor liggt 'n Blasbalg, dor krüppt he 'nin.

Un do kamt se denn jo mit de Kutsche; ja, do is he aber jo verswunnen! Un de annern Gesell'n de seggt: He is weg; se weet nich, wo he bleben is. Do föhrt se mit de Kutsche wedder weg.

As se 'n beten weg sünd, do kummt de Lüttje wedder. Do ropt se jem mit de Kutsche nah, se schüllt wedderkamen, he is'r nu. Un as se wedderkamt mit'e Kutsche, do is de Lüttje wedder verswunnen, un se föhrt so wedder aff.

Ja, seggt de Lüttje to de annern Gesell'n, he süht nu doch in, dat dat nix nützen deiht, se wüllt em doch blos tribelleern; denn will he man weggahn. Do geiht he denn wedder upp Reisen.

Un do kummt he denn ook nah'n König hen un fragt em, wo he ook'n Swinjung nödig hett. Do seggt de König: O ja, he kann woll'n Swinjung bruken. Un do seggt de König noch to em: Dor nah den Barg, dor draff he nich mit de Swin hen, dor sünd Drachen upp, de nehmt em anners de Swin weg.

Na, as he de Swin nu rutlett, do denkt he: wo kriggst du de Swin denn nu blos all wedder tohoop; denn de Swin de loopt denn jo ut'nanner. Indem dat he so denk'n deiht, do kummt de ohle Fro wedder bi em. Do seggt de ohle Fro, dat eene Swin dat blifft jümmer bi em. Dor hett se so'n lüttjen Stock, den gifft se den Jungen hen, un mit den Stock dor schall he dat eene Swin man mit slahn; denn fangt et

---

*) Gefängnis.

an to quieken, un denn kamt de annern wedder. Un richtig, as't nah'n Abend togeiht, sleiht he dat Swin; do kamt de annern alle wedder.

Den annern Dag do drifft he'r wedder mit los, un do denkt he, he will den Barg doch ins 'nupp un will sehn, wat't dor gifft. Us he den Barg ruppkummt, do is dor so'n Erd= hütt, dor begeg'n em 'n Deern. Do seggt de Deern, he schall dor doch jo nich in de Erdhütt gahn; denn dor makt se em doot, dat sünd dor luter Röbers in. Do fragt he denn, woveel dor denn sünd. Ja, seggt de Deern, de Röbers hebbt ehr ook mitnahmen, un nahseggen draff se nix, as makt se ehr ook doot.

Do makt de Swinjung sick 'n Swert, dat an beiden Sieden scharp is, un do seggt he to de Deern, nu schall se jem ropen, dat se rutkamt. Un as se eben ut de Döhr kamt, do sleiht de Jung mit sin Swert hen un her un haut de ganzen Röbers öber'n Hupen.

Do fragt he de Deern denn, wat se dor denn sülwst för Arbeit hett. Ja, seggt se, se hebbt in de anner Wahnung noch Peer stahn, de möt se fuddern un verarbeiten; wieder hett se nix to dohn. Ja, seggt he do, denn schall se de Peer man fuddern un wieder uppassen.

Nu kummt denn de Nahricht, de König schall sin Dochter an'n Drachen utleewern. Nu fragt de Swinjung eenmal den König, wo de Swin morgen nich in'n Kaben blieben künnt. Nee, seggt de König, dat kann nich angahn. He hett morgen so'n wichtigen Dag, seggt he, he möt sin öllste Dochter an'n Drachen lewern, un wenn he dat nich deiht, denn vernicht se em dat ganze Land. Nu fragt de Swinjung denn, wo he de Dochter denn lewern möt, üm welke Klockentiet.

Do drifft he 's Morgens mit de Swin los. Un as de Tiet kummt, do geiht he nah'n Barg un hahlt sick dor 'n Peerd her. Un do is he in so'n Rups nah den Platz hen, wo se de Deern lewern möt't. Un as he dor kummt, do is de Königsdochter ook dor. Do fragt he, wo he för ehr hen schall un schall't för ehr affmaken. Ja, seggt de Königsdochter, se glöwt nich, dat dat geiht; denn de Drachen vernich jem dat ganze Land, wenn se nich hengeiht. Na, toleßt ward se sick dor doch eenig üm, un de Swinjung geiht hen.

Un as he henkamen deiht, do fragt de Drachen denn, wo de Deern noch nich kummt. Och, seggt de Swinjung, he schüll noch man 'n Ogenblick Geduld geben, denn will se woll kamen — un dormit kriggt he ook all sin Swert her un haut so bums den Drachen sine seben Köpp von'n Rump aff. Un do nimmt he de seben Tungen rut un geiht wedder hen na dat Hus, wo de Königsdochter un de Kutscher sünd.

As de Swinjung do vertellt, wat he belewt hett, do will't de Königsdochter erst noch nich glöben un schickt den Kutscher hen. As de Kutscher do wedder kummt, do hett he sick de seben Köpp in'n Dook knütt. Aber ünner de Tiet hett de Königsdochter ehr'n Ring affnahmen, hett 'n dörbeten un hett den halben Ring den Swinjung in'e Hoor knütt. Do geiht de Swinjung wedder na Hus, un de Kutscher föhrt mit de Königsdochter ook wedder weg.

Nu seggt de Kutscher aber, he hett de Köpp von'n Drachen mitbrocht; he hett de Königsdochter erlöst, nu möt he de Dochter ook hebb'n. Do seggt de Dochter aber: Nee, dat kann doch nich so angahn; de König schall erst sin ganze Husvolk upp'n Köppel kriegen un uppstell'n.

Un do hett he de Lüh alle upp'n Köppel kreegen, un de Kutscher kriggt wedder de seben Drachenköpp vör'n Dag un seggt, he mött de Königsdochter hebb'n, he hett ehr erlöst. Do seggt de annern Lüh aber, wo he denn de Tungen alle laten hett, de Drache hett doch ook seben Tungen hatt.

Un as de Königsdochter de Lüh alle ankickt, do seggt se: „Eenen fehlt dor noch twüschen!" — Wer dat denn is, fragt de König. „De Swinjung fehlt noch", seggt se. „Och", seggt de König, „de Swinjung, dat kummt dor nich upp an, de

hett de Swin hott, de weet von düsse Geschichte doch jo nix
aff." „Ja", seggt de Königsdochter, „aber de Swinjung
de möt'r noch erst her".

As de Swinjung kummt, stellt he sick mit upp. Do
seggt de Königsdochter: So, nu will se'r achter rümgahn, denn
will se seggen, wer ehr erlöst hett. Un as se do achter rümgeiht,
do find't se den Swinjung, dat de den halben Ring in'e Hoor
hett. Un do treckt se em vör: „Süh, hier is de halbe Ring!
De hett mi erlöst". Un as he nu noch de seben Tungen von
de Drachen rutkriggt, do seggt de König: Denn schall he ook
de Dochter hebb'n, de he erlöst hett.

Un do hett de Swinjung de Königsdochter kreegen un
hett recht glücklich mit ehr tohoop lewt.

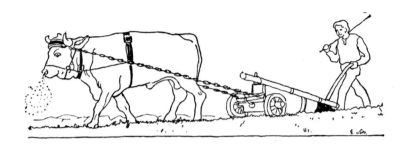

Der dumme Teufel.

Als noch keine Stadt und kein Dorf hier im Lande vorhanden war und die Menschen das Eisen noch nicht kannten, trug es sich zu, daß ein kluger Bauer eine große Verbesserung an seinem Pfluge vornahm. Der Pflug war bis dahin nur ein Balken ohne Räder; am Hinterende war ein Loch eingebrannt, durch das ein spitzer Pfahl gesteckt wurde. Unser Bauer aber brannte noch ein Loch vor den Pfahl und keilte darin ein Kuhhorn fest, so daß das Horn als Voreisen diente und zuerst den Boden aufreißen mußte. Den Hinterteil machte er breiter und gab ihm eine solche Richtung, daß er die Erde umwarf. Der Bauer pflügte nun mit seinem verbesserten Pfluge, und der Acker bekam ein Ansehen, wie er nie gehabt hatte. Da lachte dem Manne das Herz im Leibe, und er rief seine Nachbarn herbei, daß sie sich mit ihm freuten. Die Nachbarn kamen, und als sie den Acker beschauten, staunten sie und riefen: „Nun wollen wir's wohl machen! Nun kann einer zweimal soviel ackern."

Aber als sie dabei waren, sich das Ackern mit dem neuen Pfluge vormachen zu lassen, kam der Teufel zu ihnen und fuhr sie gar grimmig an: „Gut, daß ich euch hier alle bei= sammen habe! Wißt, ich bin der Herr dieses Landes, und all die Felder sind mein. Als eure Vorfahren hierher kamen, ließ ich sie ruhig gewähren, weil sie mein Vieh, Bären und Wölfe,

85

Drachen, Habichte und Fliegen, ungestört ließen. Nun wollt ihr aber mit dem neuen Pfluge die anmutige Wildnis ver= wandeln und mir meine Luſt vermindern. Dafür verlange ich von allem, was ihr auf dem Acker gewinnt, die Hälfte als Zoll!" Die Bauern kratzten ſich hinter den Ohren; doch der kluge Bauer nahm das Wort und fragte ganz kleinmütig: „Welche Hälfte willſt du denn haben, die obere oder die untere?" — „Natürlich die obere," ſprach der Teufel, „was über der Erde wächſt, iſt mein, das andere mögt ihr behalten." Damit ging der Teufel weg, und die Bauern ſtanden in großer Betrübnis beieinander. Der kluge Bauer aber ſprach: „Wir wollen ihm doch eine Naſe drehen!"

Auf ſeinen Rat pflügten ſie im Frühjahr die Felder um und ſäten Rüben darauf. Als nun die Zeit der Ernte kam, da erſchien der Teufel und wollte ſeine Frucht holen. Er fand aber nichts als die gelben welken Blätter, während die Bauern vergnügt die dicken Rüben einernteten. Voll Ärger rief der Teufel: „Diesmal habt ihr den Vorteil gehabt, aber für das nächſte Mal ſoll das nicht gelten! Übers Jahr könnt ihr nehmen, was über der Erde wächſt, und ich will die untere Hälfte haben." — „Uns auch recht," ſprachen die Bauern.

Als aber die Zeit zur Ausſaat kam, ſäten ſie nicht wieder Rüben, ſondern Weizen. Die Frucht ward reif, und die Bauern kamen und ſchnitten die vollen Halme bis zur Erde ab. Als nun der Teufel ſeinen Zoll haben wollte, fand er nichts als Stoppeln, und er fuhr wütend zur Hölle hinab. Die Bauern aber lachten ſich ins Fäuſtchen und nannten ihn ſeit der Zeit nur den „dummen Düwel".

De Wunschring.

Dor wür enmal ein Snider, de harr, as man woll to seggen pleggt, Quicksülwer in'n Steert[1] un ganz un gar keen Lust tom Reihn. He neih lewer in Holt un Busch wat rüm, soch Vagelnester un stöhl unsen lewen Herrgott den Dag. De Meister, bi den he in Arbeit wür, spünn dorüm ok nich altowäl Sid[2] mit em, denn so drad[3] de man eben den Rügg' wennt harr, wupp, wür Musje Blix[4] van'n Sniderdisch herünner un fleit wild.

Enmal plag em wedder mal de Böse, he smeet Nadel un Twirn in de Eck. „De ul verdreihte Prunere[5] hol de Henker ut!" sä he, „ick will lewer in'n Holt spazieren gahn." Na, dat wür god; he also los un to Busch an. As he dor nu so rümdwälen[6] däh, seh he dor in'n Boom en Schor Kreihn sitten, de klänen[7] dor ogenschinlich so'n beten un vertellen sick Röwergeschichten. „Dunner," sä de Snider, „wer dat verstünn, wat de Gäst dor mitenanner snackt, de kunn am En'n sin Glück noch maken; wo faken[8] het man dor nich all van hürt!" Un nu grubel un grubel he jümmer, wo he't anfüng, de Vagel= sprak to lihren, awer he kunn't nich spitz kriegen, dor wür sin Kopp en beten rikelt[9] dick to.

---

[1] im Hintern. [2] Seide. [3] schnell. [4] der Schneider. [5] Näherei. [6] herum= streifen. [7] schwahten. [8] oft. [9] reichlich.

Nu wahn dor in'n Dörp, in de Armhütt, en ohl't
Wiew, de kunn, as de Snack¹) so güng, mihr as Brod eten.
Wenn de Buren dat Rieten in de Knaken oder fünst 'ne Säk²)
harrn, denn soch se in'n Holt allerhand Krut un Bläderkram,
denn dor wär se hellsch³) klok op, un kak un kleie jüm allerhand
Smer un Salw torech. Op't helpen däh, ick weet't nich, aber
se glöben doch daran un geben ehr Wust un derglieken Lebens=
mittel un säden „Moder Aleid“⁴) to ehr. Würen se d'r awer
wedder dör oder doch god op'n Strümpen, denn schimpen se
ehr vor'n Hex un säden ehr nah, dat se Keih un Swin wat
andohn kunn, ut'n Stänner melken, Eier leggen un sülke
Düwelsstückchen verstünn un ok schuld doran wür, wenn de
Froenslüd nich bottern kun'n.

„De Hex schall mi helpen,“ sä de Snider, „denn wenn en
de Vagelsprak versteiht, denn is se't,“ un stöhl sinen Meister en
dicke Mettwust un paß ehr enmal in'n Holt op. „Gun Dag,
Moder Aleid,“ sä he un köm nu mit sinen Kläschen vortüg⁵).
Awer Moder Aleid wull nich anbiten. „Dor snack ick nich gern
äwer,“ sä se. „Och wat wullst nich,“ sä de Snider un höl ehr
de Wust ünner de Näs. „Dat is'n annern Snack,“ sä dat
Wiw, „dat is jo'ne Mettwust!“ Gierig grep se dornah, un
as se s' in de Wull harr, lä se den Finger op de Näs un sä
langsam un fierlich: „Hür to, wat ick di segg: Dor in'n Holt,
— an den Krüzweg, — dor steiht'ne holle Eek⁶). — Dorop waßt
dat Zauberkrut, de Mistel. — Wer dor nu in de Johannes=
nacht, — Punkt Klock twölf, — von de Mistelbeeren — den
Sliem sick in de Uhren smert, — jüst op den letzten Klocken=
slag — in beide Uhren toglick, de versteiht de Vagelsprak.“

Ick kann jo seggen, de Snider lur as so'n Pingstfoß, as
dat Wiw em dat Geheemnis apenbaren däh. As se awer dar
mit klar wür, fung he so rech venynsch⁷) an to grienen. „So,
mihr is dor nich bi?“ röp he, „denn giw mi man de Wust

---

¹) Rede. ²) Seuche. ³) höllisch, mächtig. ⁴) Adelheid. ⁵) mit seinem Anliegen
heraus. ⁶) Eiche. ⁷) falsch.

wedder her," un — dat ick't of feggen mut — ret warraftig
dat ohl Minfch de Wuft wedder ut de Hand. Awer nu harr
ener dat Froensminfch fehn fchullt. As fo 'ne Furje[1]) ftünn
fe dar un reckte de knütte Fuft[2]) in de Lucht, un de roden
tranerigen Ogen gleihn[3]) as fo'n par fürige Kählen. „Dat bringt
di kenen Segen, Kirl," fchree fe, „un de Vagelfprak fchallt
erft recht nich dohn, dat wick[4]) ick di!" Awer de Snider lach
un fliep[5]) de Finger: „Hex Hex Hex, har hiß hiß hiß! Wat
hew ick hir för 'ne feine Wuft!" un harr nu nicks Iligeres to
dohn, as nah den hollen Eekboom to lopen un de Gelegenheit
uttokundfchaften. Jawoll, dat harr all fine Richtigkeit, un de
Snider fret vor Freiden de ganze Mettwuft up. „Nu is
min Glück jo makt!" röpt he, „wenn't doch man blot irft fo
wid wör!" Awer de Tid geiht leider ehren ruhigen Gang un
bekummert fick nich um'n Snider, de Vagelfpraken lihren will.

Na endlich wur't awer Johanni. Unfe Glücksjäger
verget Eten un Drinken un birf'[6]) den ganzen utgelängten Dag
all in'n Holt herüm un ftünn all lang, eh de lewe Sünn'
unnergüng, op finen Poften in den hollen Eekboom un höl fick
mit beide Han'n an enen Telgen[7]) faft, jüft dor, wo dat Zauber=
krut, de Miftel, mit ehr lütten geelgrifen Beeren hüpig[8]) waffen
däh. „Dat ick fe man in'n Düftern to Grep[9]) hew," fä he,
„anners kunn mi dat woll malüren." Nah un nah wörr dat nu
düfter, un de Nacht fack van'n Hewen dal op dat Holt un
den Eekboom un den Snider, un he lüfter un lur, wo van de
ul Turnklock in'n Dörp de Släg heräwerklüngen un en Stün'n
na de anner fick anmellen däh. Et wür em awer opleßt doch'n
beten hellfch eishaftig[10]) dar baben, fo ganz alleen, un dat wür
fo balkendüfter. Un in'n Holt füng dat an to fufen, un de
Störmwind hul dör de Böm, as wenn de Hölljäger[11]) dör de
Luft fegen däh. Un de Uhlen, de juchen: „Huhuhuhuuh!"
un ule Fleddermüs flattern em üm den Kopp. Un de Stün'n,

---

[1]) Furie, Rachegöttin. [2]) geballte Fauft. [3]) glühten. [4]) prophezeien, vorausfagen.
[5]) knipfte. [6]) pirfchte. [7]) Zweige. [8]) häufig. [9]) Griff. [10]) froftig. [11]) der wilde Jäger.

de sleken so langsam hen, dat wohr 'ne Ewigkeit, bit de ul
Turnklock mal wedder slög; em harr noch keen een Mal bi'n
Reihn de Tid so lang durt, un dat wull doch wat seggen! —
Un as dat elwen slahn harr un nu de Geisterstün'n jümmer
nöger un nöger köm, füng em an to gräsen, de Haar krauseln
em opp'n Kopp, un he wür all hartensgirn wedder utreten,
wenn he in de picksware*) Nacht man blot ut den Bom kamen
kunnt harr.

_____

*) pechschwarze.

Awer jedes Ding hett sin En'n, un de Wust sogar
twee. Mit eenmal: „Bumm!" klüng dat, et slög twölf.
De Snider schöt tohop, as wenn he, stats de ul Turnklock,
eenen mit den Klöppel an'n Kopp krägen harr. — Awer he
rappel sick doch to Höcht, — „een — twee — dree" — tell
he un graps un gnür[1] gau mit jeder Hand enige Mistelbeern
twei, un genau, just up'n Punkt, as de letzte Slag ut'er Klock
köm, — wupp! fohr he sick mit de beiden smerigen Finger so-
glick in de Uhren un warbel so drün herüm, as wenn he en
Schruw los harr. Awer, awer! Dat harr he ok, denn wo
künn de Schapskopp sick anners woll loslaten. Dar balanzierte
he nu as so'n Linendanzer[2] op sinen Telgen rüm. — Grabbel
hier mal hen, grabbel dor mal hen, kreg awer nicks to foten
as Luft, un hulter de pulter! güng dat mit eenmal, un kopp=
heister[3] füll he ut den Bom herut un just likfterwilt[4] ünnen in
den hollen Stamm hinin. Un dat wür jo noch sin Glück, denn
wür he bit na Ird kamen, harr he sick jo dod un to Schan'n
full'n, denn obglick so'n Snider jo man licht is, wür he doch
so in de Fohrt, dat he sick sin ganze Kleedasch[5] un stellenwis'
ok noch wat mihr kort un kleen reet un sick so dennig in den
Bom fastklammern däh, dat he sick nich rögen un bögen kunn.
Dar set he, un warraftig nich up Rosen, un arbeid nu vör
Kröpels Kraft[6], üm wedder los to kamen. Jawoll, je düller he
strabbeln däh, je siber sack he dal, un toletzt set he so fast, as
wenn he fastkielt[7] wür. — Na, do kreg het't awer mit de Angst
un ret de Kähl apen un bölk, wat he ut'n Hals winnen kunn.
    Mit eenmal hür he 'ne Stimm baben sick, un dar lach
eener: „Hähähähä! De nimmt keen Vagelneester mihr ut;
hähähähä! Dor stah ick vör in!" — Wat wür dat? —
Warraftig! Dor set jo'n Heisterneest[8] in'n Pull. De Snider ret
sick in de Haar, „ick verstah jo de Vagelsprak," röp he, „awer
wat helpt mi dat hir nu!" — „Dat schad di nicks!" röp de

---

[1] griff und knirschte. [2] Seiltänzer. [3] kopfüber. [4] gerade. [5] Kleidung. [6] mit aller Kraft. [7] festgekeilt. [8] Hähernest.

Heiftermudder, „du ule Völkhals heft mi all de Gören opwakt!"
un se fett fick wedder op ehr Neeft un deck ehr litten Kinner
mit de Flüng¹) warm to: „Wif't man ftill, he dröf jo nicks
bohn," un füng un hürs²) fe in'n Slap:

> „Eia popeia,
> Wat raffelt in't Stroh?
> Dat fünd de lütten Müfe,
> De hebbt noch keen Schoh."

Un fo wider. Awer dat ene lütte Heiftergör³) wull gor nich
inflopen un quarr⁴) jümmer to. „Nu kann'n dar de ganze Nacht
wedder bi kurrwaken," fä fe. „Wef' man ftill, lütt Kind, ick
will di morrn ok wat mitbringen." — „Wat denn?" — „Och'n
lütten feinen geelen Knop." — „Nä, den Knop will ick nich;
oah!" blarr dat lütte Gör wieder. — „Denn'n fülwern Lepel."
— „Nä, den will ick ok nich." — „Na, denn'n lütten gullen
Ring." — „Ja, den will ick." — „Jer, dat glöw ick woll, du
lütte Quarbüx⁵)," fä de Heiftermudder, „du weeß ok woll, wat'r
god is; dat is man'n Wunfchring, den hew ick den König
wegnahmen, un wer diffen Ring hett, kann fick wunfchen, wat
he will, dat kriggt he, un kann feggen, wat he will, dat mut
gefchehn." — De Snider dar ünnen füng an to fpeluren⁶); dat
wür Water up fin Mähl. — „Nu will ick'n hebben!" quarr
de lütte Heifterjung wieder. „Nä, min Söhn," fä de Ohlfch',
„morrn; dat is jo balkendüfter, dor in dat ul Sloß kann'n nu
ja nicks hüren un fehn." — „Blix un noch een!" röpt de
Snider, „wenn ick doch los wür, denn wüß ick, wat ick däh!"

Den annern Morr'n, as kum de Dag grau, köm de
Förfter mit twee Arbeitslüd in dat Holt, güng an den hollen
Eekboom un fä: „Den man üm, denn fin Tid is'r her." —
God, de beiden Kerls fungen denn an to fagen; awer as fe'n
pormal tofneden harrn, fchree de Snider: „Au, au!" denn fe
fagen em jüft in de Föt, un he tög gau, fo god as't gahn wull,
de Been in de Höcht. De Heiftermudder dor baben kreg't ok

---

¹) Flügel. ²) wiegte. ³) Häherkind. ⁴) weinte. ⁵) Schreihals. ⁶) horchen.

92

mit de Angst. „Kinners, Kinners!" röp se, „dat is dor ünnen
nich richtig! Fix op de Flüng!" Un hulter de pulter! sputtern de
lütten Heistergören ut dat Neest un retten sick in'n annern
Boom. De arme Snider awer set gedüllig still. Endlich füll
de Boom, un use Snider besünn sick nu ok nich lang', sunnern
kraul op Han'n un Föt ut sin Gefangenlock herut. De Holthauers
stünnen un verpusten sick'n beten; putz dusend un noch een! köm
dar mit eenmal en lebennigen Snider ut den Boom krapen!
„Dat spökt, dat spökt!" röpen se un leten vör Angst de Sag
fall'n. Awer dat Spökdings däh jem nicks un sä blot: „Ick
weet, wat ick doh!" un ret ut as Schapsledder un jag as so'n
verunglückten Plün'nkirl¹) mit sin blödige Näs un tweigeretnen
Büxen äwer Wischen un Feller nah dat ohle Sloß to, wat
dor eensam up'n Barg stünn, un wo all sid Hunnerten von
Jahren keen Minsch mehr in wahn, kröp in den Keller un
stell sick vör dat Lock, so'n beten in'n Düstern.

Richtig, nah ne Wil köm de Heister anflogen un dat ok
in dat Lock herin, muß²) dar irst so'n beten rüm, köm wedder
un harr den Ring in Snabel. „Her dormit!" röp de Snider
un kreg em bi de Kehl. Awer de Heister wör ok nich „ohne";
he slök eenfach den Ring äwer. „Jer³), Musje," sä de Snider,
„dat helpt di nich," un kreg dat Meß rut, „her mit den Ring,
oder ick sni di de Kehl af!" — Wat schull de Heister maken?
De Snider de knep un pisack⁴) em so lang, bit he woll oder äbel
den Ring wedder utwrucken⁵) däh. „So, min Jung, nu gah
man hen, wo du herkamen büst!" lach de Snider un stek sick
den Ring an'n Finger, „ick wet nu, wat ick doh."

He güng in dat ohle Sloß henin, in den groten Saal,
un sä: „Ick will den König sin Kron un Zepter hebben!"
Kum geseggt, harr he de gulle Kron op'n Kopp un den gullen
Zepter in der Hand. Nu stell he sick vor dat Speigel un
bekeek sick. „O, wat lett mi dat fein!" röp he, „awer bi Kron
un Zepter hürt ok de Mantel;" denn he wüß woll, wo so'n

---

¹) Lumpensammler. ²) mauste, suchte. ³) ja. ⁴) kniff und peinigte. ⁵) ausspucken.

93

König utleg, dat harr he all faken nog op de Korten sehn. „Her mit den Mantel!" kommandir he, un as von unsichtbaren Hän'n wör em de Mantel ümhungen. He bekeek sick webber in dat Speigel un röp: „O, wo kleed mi dat schön! Awer to den Königsmantel hürt ok de Degen; her damit!" Un de gulle Degen köm ok anklätern un spann sick em van sülwst üm Liw.

„So," sä de Snider un bekeek sick van achtern un van vörn un kremm¹) sick as ne Wandlus, „nu bün ick en richtigen König, un nu will ick ok wisen, dat ick't bün!" Dormit mak he sick op un güng in de Stadt, wo de König wahn, un furts in den König sin Sloß.

De ul König set up sinen Thron un harr all sin Ministers un Trabanten üm sick versammelt un wör in hellen Zorn un röp: „Dor sitt ick nu so nakt un blot, Kron un Zepter, Mantel un Degen, allens is mi stahlen! Wenn ji mi nich in 'ne Stünn den Dew²) herbischafft, lat ick jo Köpp afhau'n! — Wo is de Dew? Ick will't weten!" — „Hir hängt'e!" röp de Snider un köm mit sinen ganzen Staat in'n Saal herin, güng — mir nicks, dir nicks — op'n Thron hinup, kreeg den König bi'n Krips un sä: „Rünner mit di!" — De König set dar stiw un starr, as wüll he versteenern; dat güng em denn doch äwer Krid un Rodsteen. „Haut den Hund to Grus un Mus³)!" krisch he heser vor Wut. Awer de Snider sä: „Pst, man sacht!" — „Rit't em bi lebennigen Liw ut'anner!" gill⁴) de König un wör grön un geel in't Gesicht. — „Nich so hißig, nich so hißig!" sä de Snider, un as de Ministers un Trabanten op em los kömen, sä he ganz pomadig: „Köpp na ünnen, Been na baben!" Un as mit'n Wuppdi! wür de ganze Gesellschaft ümkippt, stünn upp'n Kopp un höll de Been in de Höcht. Ok den König güng't nicks beter; he flog koppheister von sinen Thron herünner un tillföt⁵) dar ok in de Luft. „Na, wat seggst denn nu?" frög de Snider. — „Entweder du bist de Düwel, oder du hest den Wunschring!" stähn de König, denn de wür'n

bäten vüllig un anböstig, un dat Koppstahn wör em sur. —
„Richtig, mit Schalotten¹)!" lachde de Snider, „un nu man
rünner mit di!" Dormit stött he den olen König eenfach van'n
Thron herünner, dat he dor langstreckt hinfüll, sett sick hinop,
höll den Zepter vorut un sä: „Föt na ünnen, Kopp na baben!"
Do stünn jeder wedder richtig op sin Föt un frei sick un rög
keen Klau.

De ul König, as he seg, wo de Saken stünnen, lä sick
opt Bitten un sä: „Ick bitt di üm Gott's willen, du schallst
ok de erste General sin; blot Kron un Zepter, dat lat mi!"
„Is nich," sä de Snider, „General, dat is nicks, König mutt
ick sin. Un nu, wat ick seggen wull, bi'n König mutt ok
doch'n Königin, anners is de Geschicht doch jo noch för de
Katt: her mit de Königsdochter!" — „Och, ok dat noch!" jammer
de König, „dat kann un kann nich angahn; se hett ok all'n
Brägam." — „Schad't nich," sä de Snider, „her mit ehr!" — „Jer,
denn weet ick'r nich mihr af, denn halt se in Gott's Namen,"
süfz de ohl Mann un verhüll sin Gesicht. De Königsdochter
köm. „Den schall ick nehmen," röp se, „den ulen Dünndarm?
Kirl, lewer spring ick in'n Sot²)!" — „Nanu," sä de Snider,
„wokeen snackt denn woll glik van affupen! Hir her, hir schallst
sitten!" Un wupp! dar set se, as wenn ehr de Wind dar
henweiht harr. „Markst du Müs³), min Dirn?" lach de Snider
un tög ehr bi de Näs, „man nich so opsternatsch⁴) hir, anners
will ick di woll noch tahm kriegen." Awer se füng ludhals an
to schreen: „Vadder, Vadder! List du dat, dat se so mit
din Dochter ümgaht?" — „Jer, min lewes Kind", sä de ul
König, „he het den Wunschring. — Ick bitt di um allens in
de Wilt," fleh he nu un füll vör den Snider op de Knee,
„du schallst ok de feinste un rikste Gräfin hebben, de in'n ganzen
Lan'n to finnen is, denn lat de Prinzessin free, wil se nu ja
doch eenmal verlawt is!" — „Junge, dat muchst du woll!"
sä de Snider, „verlawt oder nich, is mi ganz snubbe⁵); in veer

---

¹) große Zwiebeln. ²) Brunnen. ³) Merkst du was? ⁴) widerspenstig. ⁵) einerlei.

Weken is de Hochtid, un nu hult den Bort daräwer, anners kriegst enen an de Binf'¹)!" Dormit wink he mit dat Zepter un enleet de Versammlung.

„Och, min lewe, söte Dirn," jammer de ul König, as he mit sin Dochter 'nut gung, „wo mutt uns dat gahn!" Awer se tröst ehren Vadder: „West' man still; veer Weken is 'ne lange Tid, dar kann noch veel passeren, un dat wür jo doch sunnerbar, wenn wi in dat Unglück, wo wi doch rein nicks för künnt, so ganz un gar unnergahn schullen."

Se hoffen nu jümmer, op een oder anner Ort den Ring wedder to kriegen, awer vergews; denn unse Snider wüst, wat em denn tokakt²) wür, un hött em as sinen Ogappel. En Nacht mal köm en Prinz, wat de fröhere Brügam wür, mit'n blanken Degen un wull mit Gewalt em den Ring wegnehmen. Awer de köm schön an; koppheister wör he ut'n Finster smeten, in den Sloßgraben henin, un wür dar bald elendiglich verdrunken. Sid de Tid wag dat nüms³) mehr, un de Prinzessin gew ok alle Hapnung op, un de Hochtidsdag köm heran.

Mit königliche Pracht un Herrlichkeit schull dat Fest denn nu fiert warden. Hunderte van Inladungen würen van den Snider utschickt, natürlich blot an Königs un Grafen un Freeherren; sider güng he nich, un van sin Verwandschopp wör nümms nödigt. „Bewahre," sä he, „dat sünd jo man all Schosters un Sniders." Endlich wür de Dag dar. „Bum, bum!" güng dat all van'n fröhen Mor'n an; de Soldaten schöten mit Kanonen. Dat ganze Sloß, van ünnen bit baven wür en Blomengaren, so vel Kränz' un Blomengirlanden würen anbrocht; un dor kömen so vel gulle Kutschen un Kajolen anjagen, un dat wür'n Staat mit all de Königs un Königinnen, Prinzen un Prinzessinnen, dat et nich to seggen is, un all wörn se liker vergnögt. Blot een nich, de't doch am meisten sin schull, de Brut. Wenn de ehren Tokunftigen ankeek, de vor Freiden rümsprüng as so'n kopplosen Hahn, denn schuder⁴)

¹) Backe. ²) zugekokt. ³) niemand. ⁴) schauderte.

se sick, as löp ehr dat kohle Fewer öwer. Un as de Klocken anfüngen to lüden un se nu ehren Snider inhaken müß, üm in fierlichen Optog sick na de Kark to begeben un sick troen to laten, knep se de Lippen tohop, de kohle Sweet stünn ehr vör'n Kopp, un se seh so witt ut as de Dod. Den ohlen König awer, de achter hergüng un dat seh, wull dat Hart breken, un he fohl de Hänn'n ton Beden. Un, — dat wi dat denn ok nich verget't, — enen Trurigen gew dat noch, dat wür de Prinz, de fröhere Brägam; de leg in'n Holt un ret sick vör Gram binah de Haar ut'n Kopp.

De Tog güng nu in de Kark, dat Brutpaar stell sick vör den Altar, de annern stellen sick dar in'n halben Kring¹) rüm, un de Hofprediger höl ne fierliche Trorede. As he darmit klar wür, sä he: „Wechselt die Ringe!" — „En Glück, dat't sowid is!" dach de Snider, denn he kunn sick vör Opregung nich mihr helpen. Gau tög he den Ring vun'n Finger un stek em de Prinzessin an'n Finger un höll sine Hand ok hin. Awer dar sprüng de Prinzessin as de Blitz torügg na ehren Vadder. „Den Wunschring hew ick!" röp se un stek em den Ring an'n Finger. — „Hult stopp²), ick hew mi versehn!" röp de Snider. Awer nu rich sick de ohl König up un sä: „In de Knee mit di, du elendige Snider!" Un de Snider knick tohop as so'n Taschenmeß. „Her mit min Kron un Zepter un Tüg!" röp de König, un as in'n Nu harr he sin'n Staat wedder an, un unse Snider stünn dar mang all de feinen Gäst wedder mit sin ul smerige Jack un kläterige Bür, wo de Flicken man so an dahl bummeln, jüst as so'n verunglückten Plün'n-kirl. „Bindt em," röp de König, „un bringt em an'n Urt, wo em weder Sünn noch Maan beschint!" Sofurt sprüngen de Trabanten to un bünnen em mit isernen Keden, dat he „au" schree, un marschiern mit em af. Gau wörr de rechte Brägam halt, un de Hofprediger müß sin Trorede noch mal wedder-halen un dat junge Par richtig tohop geben. Un de Prinzessin

¹) Kreis. ²) halt ein!

97

löpen noch mal de Fewers wedder äwer, awer vor Freiden, un de ohl König fohl*) noch mal sin Hän'n, awer ton Danken.

As awer de Hochtid to En'n wür, müß de Snider vör't Brett. „Wat schüll wi mit em maken?" frögen de Richters. „Den Kopp herünner, den Kopp herünner!" röp de ohl König. Awer as de Snider dor nu stünn as so'n Jammerlappen un utseh as'n Licht för'n Schilling, dur dat de Königsdochter. „Lat em leben, Vadder," sä se, „he will sin Straf woll kriegen." „Na jer, denn man to," sä de König, „denn bindt em man verkihrt op'n Zegenbuck un lat em lopen." Na, dat wür denn ok dahn, un de Zegenbuck neih mit em ut. Wo de beiden awer toleßt afbleben sünd, dat weet ick nich, denn ick kann nich gegen en Zegenbuck anlopen.

*) faltete.

Bur un König.

Dor wür mal en Bur, de wür mit sick ganz untofreden un glöw, van all de Minschen op de Wilt harr't de Bur am slechtsten. Enmal muß he enen Korw mit junge Hahns up dat königliche Sloß bringen; un as he nu dör den König sinen Goren güng un seh all de Pracht, dat Sloß mit de vergullten Turns un hogen Finstern, un de Rosenhecken un Blomen= beeten, een noch schöner as dat anner, süfz he swor op un sä: „Och ja, so'n König, dat glöw ick, de brukt nich to plögen un to seihn un kann jümmer för de Lust gahn. Ick wull, dat ick so'n König wör!"

To desülve Tid köm de König ut sinen Saal, wo he mit sin Ministers tohop wesen wür un hellsch rüm regiert harr, denn de Kirls würen jümmer gegen 'n Strom; un besunners harr he sick bannig schull'n mit sinen ulen knickerigen Finanz= minister, de gor nich so wull, as he. Argerlich stell he sick nu an't Finster un drück den hitten*) Kopp gegen de kohlen Finster= schiben, un as he den Buren dar mit sinen Korw so gemütlich herbummeln seh, süfz he ok swor op un sä: „Och ja, so'n Bur, wo hett de dat god, de brukt nich to regieren un to sorgen un kann jümmer lustig un vergnögt leben. Ick wull, dat ick so'n Bur wür!"

De Bur güng in dat Sloß. „Much doch woll mol mit em snacken," sä de König, „mi dücht, so'n Bur, de mutt ja woll absolut glücklich sin," un lett den Buren to sick befehlen. Awer as se dor nu so beid staht un sick ankikt, ward mit eenmal de ganze Stuw hell, un en Engel steiht dar un seggt: „De lewe Gott de schickt mi her, de hett dat all hürt, wat ji seggt hebbt, dat schall all so warden, as ji jo wünschen doht." Un dormit tick he jeden mit so'n lütten witten Stock an un sä: „Sid, wat ji wüllt, so lang, as ji wüllt!" Un dornah ver= swünn he. Un as he verswun'n wür, stün'n se dor un keken

---

*) heißen.

sick an un wüssen gor nich, wat se seggen schull'n. De König harr den Buren sin ul smerige Jack un Bü^{1}) an un de ul grise Prük^{2}) op, un in de Hand höl he den ulen klaterigen Korw mit de Hahns, un in de anner den dicken, eken Hester^{3}). Un de Bur harr den König sinen feinen Mantel an un de gulle Kron op; un in de een Hand höl he den gullen Reichsappel un in de anner dat gullen Zepter. Un dor wür de Sak nu mit gob. De nee Bur schüw furts mit sin Hahns af un güng nah sinen Hof, un de nee König mak sick dat in sine feine Stuw kommod^{4}).

„Nu segg eener, wat'n Sak is," sä he, „dat harr ick mi denn doch nich drömen laten, dat noch so wat ut mi wör!" un güng in den Saal, sett sick up sinen Thron un swung mit dat Zepter. „Dat Regieren schall mi nu Spaß maken! — ‚Kumm hir mal her!‘ segg ick denn oder: ‚Raus aus das Haus!‘ natürlich mal up hochdütsch, denn ick mutt jüm doch wenigstens mal wisen, dat ick't kann. Kinners ja, un denn möt't se dat all dohn, watt ick segg; un Gnad Gott den, de dat nich deiht! Wat! Bün ick nich König? Denn word ick awer grow, ja düchtig grow word ick denn; dat hürt sick jo so, denn Königs de sünd grow."

Den annern Morrn, as he kum de Ogen apen harr un sick noch ganz gemütlich in sin gullen Himmelbett rümmwralen^{5}) däh, klüng dor buten ünner sin Finster all Musik: „Morgen= gruß, Phantasie von Beethoven," spel de Militärkapell. „Haha, se bringt mi all'n Ständchen," see de Burkönig, „na, dat is jo aller Ihren wirt. Aber wat dat woll vör Mus= kanten sünd? Mi dücht, vant Spelen künnt se jo woll nich recht wat kriegen, dat geiht jo so kunterbunt, de een spelt jo woll'n Walzer un de annern 'n Hupsach^{6}). Na, 't is enerlei, se meent't jo god," sä he un wölter sick ut'n Bett herut, „dat is'n anner'n Snack, as des Morrns Klock fiw op de Döschdeel^{7}) to stahn." Un he tög de Klingel. Mit eenmal köm

---

^{1}) Hose. ^{2}) Perücke. ^{3}) eichenen Stock. ^{4}) gemütlich. ^{5}) herumwälzen. ^{6}) Hopser. ^{7}) Dreschdiele.

en blankbeknöpten Deener rinstörten: „Ew. Majestät?" — „Bring mich den Koffe!" sä de König, „un denn sag zu die Kerls da draußen, sie sollten 'n bischen was Ornliches spielen, en vernünftigen Schotts oder so was; dies wär ja for die Katz!" — „Zu Befehl, Ew. Majestät," sä de Deener un güng, un de Koffe käm, un de Schotts ok; un de König sett sick ganz fidel dal un drünk un fleit: „Füterütütüh!" un pedd den Takt mit de Föt. As nu awer de Bedeente anspringen käm un em, as he dat gewahnt wür, jeden Happen hinlangen wull, wör he vergrellt un sä: „Was! Du büst jo woll abasig¹)! Meinst du, daß ich mein Essent nich allein in die Mund kriegen kann? Raus mit dich! Hol mich die Stibel 'rein, ich will nachher 'n bischen for die Luft gehn!"

„Nä," sä de Burkönig, as he alleen wür, „dat Hoch= dütsch hal awer doch de Düvel. Dat fallt mi jo bannig sur, un dar brickt man sick jo de Tung bi af. Nä, dor hew ick keen Lust to; ick snack platt, un dormit is't vörbi. — Awer, wenn se mi denn man nicks utlacht? — Wat, utlacht? — Enen König utlachen, dat fehl ok noch. Nu will ick't irst jüst recht gor nich mihr, un de Swerenot schall de Kirls kriegen, wenn se dor noch lang äwer grismulen²) wüllt!"

Awer dat harr so licht nicks to seggen, denn wo ward de Mantel woll mihr nah den Wind dreiht, as op'n Königshof! De Ministers un Beamten un all de Gäst, irst snackten se noch hochdütsch, awer dat dur nich so lang, un se sabeln um, un uns' ohl gode plattdütsche Sprak käm to groten Ihren; se wür Hofsprak.

Doch, wat ick vertellen wull, de Burkönig, as he keen Lust mihr harr, op'n Sofa rümtowöhlen, stünn op, tög sick de Stebel an un güng en beten för de Luft. He beseh sick denn nu allens, dat Sloß un den groten Gorn un all, wat em nu tohüren däh. Bi de Gelegenheit köm he ok op den Wirtschafts= hof, wo Reih un Per un derglieken Veehwark sick uphöl.

---

¹) nicht munter. ²) lachen.

„Dunner, dat schallst di doch mal genauer antiken," segg he un
geiht nu von eenen Stall to'n annern un twüschen de Meß=
hümpels un Mullhöp dor un besüht sick allens opt genauste;
ob de Reih god instand sünd, wovel Kalwer se anbunnen hebbt
un so wider. Awer dat durt nich lang, so kummt een van
de Ministers an, bögt sick so krumm as so'n Flitzbägel¹) un segg:
„Ew. Majestät bitte ich, in Gnaden verzeihen zu wollen, wenn
Ew. Majestät untertänigster Diener sich erlaubt, Ew. Majestät
gehorsamst zu erinnern, ob das Betreten der Wirtschaftsräume
auch mit § 9 der Hofetikette übereinstimmen dürfte." Awer de
König sä: „Wat snackst du dor, Kirl? Dor ward jo keen
Swin klok ut!" Na, nu wör he denn 'n beten dütlicher un sä
denn so ungefihr as: Dor snacken denn de annern Königs
äwer, un dat wür gor keen Mod, wenn 'n König in'n Kohstall
güng. „So," segg de König, „dat is jo dat irste, wat ick hür.
Narrsche Täg sünd dat; kumm mi mit so'n Drähnsnack²) nich
weller!" — „Ach, Majestät," sä de Minister. „Ick will d'r
hir glik bi Majestäten," röp de König argerlich, „wullt d'r
rut!" un güng nah den Wirtschafter. „Hebbt ji hir gor keen
Swin?" — „Nein, Ew. Majestät." — „Schall'n Swinkaben³)
boht warden, dar an minen Sloß, awer mit'n Utlop, dat ick
dat wohren kann!" — „Zu Befehl, Ew. Majestät," segg de
Wirtschafter. As awer de Boheree⁴) los gahn schall, kamt mit
eenmal sös Ministers angahn un bögt sick so deep vör den
König, dat se binah mit de Näs an de Ird stöt't, un de een
segg: „Ew. Majestät wollen gnädigst verzeihen, wenn wir uns
die Frage erlauben, ob nicht Ew. Majestät Schloß durch den
von Ew. Majestät gnädigst befohlenen Anbau in seiner Schön=
heit beeinträchtigt werden dürfte?" — „So," segg de König,
„dat i'n goden Snack, wi möt awer doch Swin hebben, dat wi
ornlich inslachten künnt." — „Aber ans Schloß, Majestät" —
füngen jene weller an; awer de König wör heel ungnädig un
sä: „Och wat, Majestät hir un Majestät dar! Wat scher ick

¹) Flitzbogen. ²) Rederei. ³) Schweinstall. ⁴) Bauerei.

mi üm de Majestät, wenn ick mi nich mal'n Swinkaben bohn laten kann, wo ick will!" un güng argerlich in sin Stuw un fett sick achtern Disch, denn dat wür Middag.

„Wat is denn dat nu wedder?" sä he, „säbenerlee Deel op'n Disch un all so'n beten Snibbelee¹), dat man nich weet, wo man't in'n Mund kriegen schall. Un wo süht dat ul Kram leidig ut, un wo rückt dat sunnerbar!" Un he stek allerwegen de Näs in un rök doran: „Nä, dat kenn ick nich, un wat ick nich kenn, dat eet ick ok nich." He klingel den Lakaien: „Backt mi mal'n ornlichen Bookweetenpannkoken mit Siropsstippers!" — „To Befehl!" sä de, awer all op platt, un güng af. Et dur woll'n gode Stün'n, do wör 'ne Schöttel rinbrocht. Awer as de König de blot seh, wör he gel un grön vör Arger. „Du grote Släks," röp he, „nennst du dat Bookweetenpannkoken? Dor kann man jo därkiken!" un smitt em dat Fatt up de Hacken: „Bookweetenpannkoken will ick!" Nah 'ne Wil geiht de Där wedder apen. „Endlich!" röpt de König, awer de Bedeente makt en Gesicht as so'n aftagene Kanin!, un segg: „Och, Majestät, anners künnt wi kenen backen." — „Majestät hen un Majestät her," segg vör Wut de König, „wat tell ick op all de Majestät, wenn ick nich mal'n Bookweetenpannkoken kriegen kann!"

Slimmer as mit de Bookweetenpannkoken güng dat den Burkönig awer nu noch mit't Regieren. He wür nämlich kum mit sin Eteree där, do köm de Minister un sä: „Majestät, de Deputatschon²) von de Buren is dar." — „Lat se rin," sä de König, un de Buren kömen rin un füllen vör den König op de Kne un beden: „Och, Herr König, wi hebbt so slechte Tiden; schenk uns doch ditmal de Stüern!" De König kitt sinen Minister an, de awer seggt: „Nä, dat geiht nich; wi hebbt anners keen Geld genog." — „Ach wat," segg de König, „de armen Buren künnt ok nich jümmer berappen. Gaht man to, ick will jo gnädig sin," un giwt Befehl, de Buren schüllt en ganz Johr

¹) Schnippelei. ²) Gesandtschaft.

free van Afgaben wesen. „Na," segg de Minister, „denn man to, awer Ine Majestät schüllt mal sehn, wat darvon ward."

Op disse Ort güng een Dag nah den annern hin, awer dat Johr wür noch lang nich to En'n, do kömen mit eenmal all de Ministers angahn un bögen sick so deep vor den König, dat se binah koppheister[1] schöten, un de Finanzminister sä: „Majestät, dat Geld is all," un de Justizminister: „De Gerichtslüd wüllt ehren Lohn hebben," un de Kriegsminister: „De Suldaten hebbt ok all lang nicks mehr kregen." — „Och watt," segg de König argerlich, „ji hebbt jümmer wat to quesen; de annern möt't töben, un de Suldaten schüllt affchafft warden; wat doh wi damit? De fret't us blot arm." — „Is all all god," antern de Ministers, „awer Ew. Majestät lesen dit mal." Dormit äwerreichen se den König en grot schreven Dings. — „Wat," ropt de, „min Nahwer schickt mi 'ne Kriegserklärung? — Dat is doch starken Toback! Ick hew den Kirl jo doch nicks dahn! — Schriwt em, dat he mal to mi kummt."

Na, de kummt. De König wör so dull un fohr em wüterig an: „Wat? Du wullt Krieg anfangen? — Wat? Un wullt Minschen slachten? — Wenn du wat wullt, denn fat mi an!" Un dormit tög he mit de knüt'te Fust äwern Disch, dat't bals[2]. — „Di will ick nicks," sä de frömde König ganz kolt, „awer wenn du mi nich dat Stuck Land geben wullt, wat mi von Rechts wegen tohürt, mag de Krieg entscheden." — „Di hört 'n Fleit[3] to!" röp de Burkönig, „ick will kenen Krieg, un darmit is de Putt[4] af!"

Awer de Putt wör dormit noch lang nich af, denn de feendliche König reis grimmig weg, un na en por Weken krimmel un wimmel dat ganze Land von frömd Suldatenvolk. „Dat is jo'n verfluchten Kirl!" sä de Burkönig un let sin Suldaten ok sammeln, denn von Affchaffen kunn nu jo keen Red mihr sin. — —

---

[1] kopfüber. [2] schallte. [3] Flöten, d. h. mit nichten. [4] Topf, d. i. die Sache.

Awer wo güng dat den egentlichen König, de in den Buren verwannelt wür? — Nu, den'n güng't in de irsten Tid ganz god. He frei sick, dat he dat Sorgen un Regieren von'n Hals los wür, un wenn he dags achter de Plog un Egg herlopen müß, un abends so möd wür, as'n Jagdhund, denn säh he: „Das schadet nicht; danach schläft man gut und braucht keinen Schlaftrunk." Denn he pleg, wenn he alleen wür, woll noch mal hochdütsch to snacken, awer he kunn ok platt; dat harr he wolleher van sinen Bedeenten lihrt, un wenn dat ok jüst nich vel up sick harr, för gewöhnlich weg kunn he sick doch dormit helpen. Et wür so'n ganz verdöbelten Kirl, un wenn he dor in sin ul pultrige Mandierung¹) op sin Hofstä rümschütt= büssen²) däh, schull ener gor nich seggt hebben, dat he vör korte Tid noch op'n Königsthron seten harr. —

Of mit Eten un Drinken wür he gor nich krüs³). Un wenn he's morrns, wenn he eben ut'n Bett köm, all achter de Klütenpann sitten muß, un de ulen grisen Dinger noch gor nich recht rutschen wullen, denn tröst he sick: „Wenig bedürfen ist der Gottheit am nächsten; Vespertid giwt wat Beters." Awer Vespertid, wenn he in'n Felle up de Plog set un kreg sinen Fretbüdel un sin Kruk vull to drinken vörtüg⁴), denn wür dat ok man so; un dat krummdrögde⁵) Botterbrod, wo he mit= unner ok noch erst de Migemmen⁶) rünner söken müß, de sick bi de Botter lustig makt harrn, un de muddige Kaffe würen ok jüst nicks vör'n Lewhebber un Finsmecker. De Hunger arbeid'r awer doch 'nin, un he kek nah de Kreihn, de üm em to hüppen un Wörm un Käwers sochten, oder hür nah de Lerken, de baben em sweben un süngen, wat dat Tüg hollen wull, un verget, wo't smeck, un wenn he daran dach, sä he: „Bald is't jo Middag, denn giwt wat Beters." Awer middags, denn gew dat Klüten⁷) un Speck; na, un de't mag un kann't verdrägen, is't ok jo all'n god Eten; awer he much man just keen Speck,

¹) schlechte Kleidung. ²) herumwirtschaften. ³) kraus, d. h. unzufrieden. ⁴) hervor.
⁵) krummgetrocknete. ⁶) Ameisen. ⁷) Klöße.

dat harr he noch sin Lew nich much, un verdrägen kunn he't ok nich, dor kreg he jümmer so'n bannige Liwwehdag ¹) nah, un besunners nah de Bookweetenklüten, de faken so hart würen, dat man dor woll enen Löcker mit in'n Kopp smiten kunn. „Nä," sä he, „Klüten un Speck, brrr! Awer morrn giwt ja woll wat anners." Na, dat däh't denn ok, nämlich Speck un Klüten, un so wessel dat üm. Oder ok dat gew mal Arwken ²) mit Speck, oder Speck un Bohnen, oder Steckröw mit Speck un so wider.

Als awer de Specketeree ³) gar keen Enn nöhm, sä he upleßt: „Nä, nu ward't mi awer doch to dull! Dor fehlt blot noch de Trankruk, anners wär'n de reine Eskimo. Giwt nich bald mol wat anners, Hushöllersch? Un wenn't ok man 'n lütt schraaet⁴) Biefstek is." — Awer dor köm he an de rechte. „Wat," säh se, „Biefstek? Dat fehlt ok noch; wi sünd doch keen Eddellüt! Un denn kann ick sowat äwerhaupt nich maken. Hürt hew ick'r woll all mal wat van, awer maken, nä, dor bemeng ick mi nich mit." — „Na, denn nich," süfz de Bur, „denn immer un ewig Speck. O, Schicksal, du straffst mich hart!"

Dat wür also all en Durn an de Ros', de em fröher so schön dünk, awer dor kömen bald noch mihr vörtüg. Mit de Buree⁵) wull dat nämlich gar nich so recht gahn, as dat woll schull. He quäl un arbeid as'n Perd, un doch käm he nich recht vörwarts; un he wür ok ganz solid un ornlich, söp nich un spel keen Korten, un doch eräwer⁶) he sick nicks: eben dat he liek un recht höl, dat wür't ok all. Un dat wür doch en schöne Stä, schöne Wischen un Weiden dorbi, so god, as een in'n Dörp. — Wo käm dat awer van? He much to girn slapen un kunn 's morrns nich ut de Puk⁷) finnen. Awer „Morgenstunn hett Gold in'n Munn," wer dar nich an denkt, de kann de Buree man an'n Haken hängen.

---

¹) Leibschmerzen. ²) Erbsen. ³) Speckesserei. ⁴) gebratenes. ⁵) Landwirtschaft. ⁶) erübrigte. ⁷) aus dem Bett.

In sinen Hus würen se natürlich all düchtig god dormit tofreden. De enzigste, de dargegen protestier, dat wür de Hahn.

Op sinen Hof wür en Hahn, de het „Krischan". Dat wür en ul tro Dirt. Jeden Morrn, Klock veer, stünn he gewetenhaft up sinen Posten un röp ut vullen Hals:

„Kikeriki!

Dat Däsen is vörbi!"

Un wenn sin Wiwer dor noch nich recht op lüstern wüllen, kreg he se, een nah't anner, bi'n Kanthaken un smet se van'n Wimen¹) hindahl: „Rünner mit jo; leggt Eier un doht wat!" Un wenn he sin Volk in'n Gang harr un jeder sin Pflicht un Schülligkeit däh, flög he achter den Buren sin Kamer un röp den ok. Awer de wull ok nich lüstern, sunnern dreih sick gar to girn noch mal wedder üm. Awer Krischan Hahn gew keen Parduhn²) un bölk un schree, dat de Stänner in'n Hus beben un de Bur toleßt vör Wut ut'n Bett sprüng, em mit'n Tuffeln an'n Kopp smeet un ut't Hun'nlock jag, oder: „Schweig, infames Vieh!! Aasdirt, hult de Snut!" röp he un lä sick wedder in de Klapp. Awer kum slöp he wedder —

„Kikeriki!

Dat Däsen is vörbi!"

güng dat nu achter sin Finster, un Krischan hür nich eher op, bit Bur un Knecht in't Wäer³) würen un ok ehr Schülligkeit dähn.

Awer — Undank is jo der Welt Lohn, — enes Sünnabends sä de Bur to de Hushöllersch: „Morrn wüllt wi mal Höhnersupp eten." Un as dat düster wör, steg he op den Wimen, un — Krischan wör'n Kopp körter makt.

Awer sin Dod räch sick, denn, wat meent ji woll, wen de Höhnersupp am besten smeck? De beiden Knecht. Un dat harr ok sin besunnern Grün'n. Dat würen nämlich 'n por Kirls, man pleg woll to seggen: Wer jüm kenn, de köff jüm nich. De wören all so veelerwärts wesen un narends harrn se Arbeit

---

¹) Hühnerstall. ²) Pardon, Gnade. ³) Wetter.

funnen, — de von fülwft güng. „Kafpar," fä de een Fulwams¹) to den annern, „weeft du wat? De ul Hahn is god bi Sid; nu künnt wi ok länger flapen." Un dat köm ok fo. De Hahn, de weck den Buren nich, de Bur, de weck de Knechte nich, un de? — na, de bleben ok ruhig liggen. Ewer dat En'n von't Led wür: de Arbeit blew ok ruhig liggen; un wenn anner Lüd dor all 's morrns vörbitierden²), harrn fe faken³) noch nich mal Hackels⁴) fneden, un as anner Lüd all mit Saatwarken⁵) un all dör würen, füng unfe Bur irft dobi an un wüß vör Hilligkeit toleßt nich mehr, wo em de Kopp ftünn. „Ick weet un weet nich, wo ji Kirls dat makt," fä he eenmal to finen Nahwer, den ohlen Vader Schult. Awer ohl Vader Schult füng an to lachen, „ick will di wat feggen," fäh he un drähn fo'n beten dör de Näs, „Ji künnt nich ut de Puk finnen, dat is de Sak; du muß di'n Hahn wedder anfchaffen; en Burhof un denn kenen Hahn, dat geiht nich, denn Morrnftun'n hett Gold in'n Mun'n!" „Jee, denn mutt ick dat man rein dohn," fä de Bur, „awer wat helpt mi de ganze Kram, wenn'n nich mal ornlich flapen kann!"

Dat giw nu noch en fo'n ganz verdöbelt Sprickwurt, wat he awer ok nich kenn; dat het: „En Bur mut achter un vör Ogen hebben." He harr nämlich nich mal vör welk; wenigftens feh he nicks, wat üm em togüng. Un dat wür fihr flimm. Denn fin beiden Arbeitsföker, fo dämlich as fe anners ok würen, dat harrn fe doch bald fpitz un dähn denn upleßt ok rein, Gott der Wilt, nicks mihr, as dat fe freten un föpen, dat anner Lüd fick daräwer ophölen, un en Slachter, de en por Quenen⁶) köpen wull, fä, as he in'n Stall rinkeek: „Och du lewe Tid! nä, fo'n Zegenbück, de kann ick nich bruken; awer de armen Dinger hebt jüm ehr Recht nich kregen un fünd nich ornlich oppaßt." — „So?" fä de Bur un mark noch nicks, blot fin Geldbüdel, de markt wat: He muß fin Beefter för'n Ei un Botterbrot utgeben.

Awer eenmal, dat wür in de Roggenernt, güngen em doch de Ogen apen. He köhm nah'n Felle. Dor leg de dicke Fulwams van Lüttknecht, stats to meihn, ganz gemütlich achter 'ne Hock un let sick de Sün'n in'n Hals schinen. Na, do löp den Königbur awer de Gall äwer. „Was muß ich sehn!" röp he un snack vor Wut hochdütsch. „Meinst du Kanaille, daß ich dich darum füttern und löhnen will, daß du hier auf der Bärenhaut liegen sollst?" — De Kirl verjag sick, dat de Bur em so op hochdütsch anköm un mak woll'n Gesicht, as de Koh vör dat nee Dor. De Bur awer röpt den Grotknecht: „Hier her!" un wies mit den utgestreckten Arm op den annern: „Züchtige diesen Buben einmal gehörig! — Ich muß einmal ein Exempel statuieren [1]," sä he. Awer he wör mit sin Exempel nich klor, denn de Grotknecht kek em jüst so däsig an un wüß gornich, wat he schull. „Tell em mal ornlich welk op!" dolmetscher de Königbur. „Nä," sä nu de Knecht, „dat doh't nich." — „Hau ihn! sag ich." — „Nä, dat doh'k nich; slahn doh'k em nich, ick will'n Döbel dohn!" Awer nu wör de Königbur gel un grön vör Wut. „Weg," röp he, „mir aus den Augen!" — „Denn kannst uns Kost un Lohn geben," sä de Grotknecht. „Fort, fort!" gill de Bur, awer de Grotknecht sä: „So, Kasper, nu kumm man her, he hett uns tweemal gahn heten. Nu hebbt wi Tied un gaht 'n beten in'n Krog." Un dormit dreihn se sick üm un güngen weg. Un de Königbur stünn un kek jüm nah un wüß nich recht, wat he seggen scholl, denn sowat wör em jo noch sin Lew nich passiert. Wer harr dat dacht, dat de verfluchten Kirls ok glik afgahn däh'n! — —

„Was nun werden will, das mag Gott wissen," säh he. Na, un dat wür ok warraftig keen Klenigkeit. Dor stünn all dat lewe Kurn her, un he harr keen Meihers. Un de ganzen Wischen legen dal, un he harr keen Hauers. De annern Burn dachen gor nich mihr an Haun un sehn jümmer to, dat se dor vör de Roggenernt mit klar würen, aber he wür dösigerwis' [2]

---

[1] Beispiel feststellen. [2] dummerweise.

110

mit beides toglik kamen un set nu erst recht in de Patsch. Nu birs'¹) he denn von een Hus in't anner, dat he Hülp kreg. Awer dor wür man nüms to hebben, en por ohle stäkerige Ohlendeelers²), de't üm Gottswilln däh'n, anners kunn he nüms kriegen. Na, et wür ok enerlei, denn nu tred wat in, wo he allerdings nicks för kunn, wat awer den Buren in so 'ne Lag schirweg³) verrückt maken kann: dat füng an to regen, un dat so fürchterlich, as wenn 'ne Sündflut wedder kamen schull, un hür in veer Weken nich up. Un as endlich dat Wäer ümslög, wür't lewe Kurn 'n handlang utwussen, mör⁴) un verröt't⁵), un dat Hau leg op de Wischen as Meß. „Nu kann he sin Keih tokum⁶) Winter man'n gröne Brill upsetten, un geben jüm Häbelspöhn⁷) vör,“ sä ohl Vader Schult. Un dat küm ok so. As de Winter dor wür, harr he sülwst keen Brod op'n Disch un dat Veeh brüll in'n Stall, dat't enen Steen erbarmen kunn.

„O weh, o weh! Was fang ich an, was fang ich an!“ jammer de arme Königbur un mark nahgrad, dat ok de Burn= stand sin Lasten un Sorgen harr. Do güng't mit eenmal: dor kummt Krieg, un he seggt to sin Hushöllersch: „Ji möt't sehn, dat ji jo helpt, un dat Veeh künnt ji man verköpen, ick gah nah'r Stadt un lat mi bi de Suldaten annehmen, denn de König kann woll noch düchtige Kirls bruken.“

Un dat kunn he, denn wi wet't jo, dat würklich de Krieg utbraken wür. Awer vör allen Dingen kunn de Burkönig, de jo öbberste Feldherr spelen muß, sülke bruken, de em mit goden Rat to'r Hand güngen, denn de wüß tolest von all dat Sul= datengedriw, von all dat Befehlen un Anordnieren gor nich mihr, wo em de Kopp stünn, un kreg Dag un Nacht keen Ruh. Awer ganz bunt wör em de Geschich, as he nu an den Feend köm. Nu güng dat an en Fragen un Dohn, bald so un bald so. Dor kummt en General un segg: „Majestät, wat schöll wi maken, wi möt't doch nu losslagen.“ — „Jer, denn doht

dat, wenn jo dat dücht." — „To Befehl, awer wo schüllt wi
denn toerst angriepen?" — „Ih ja, dat möt't ji sehn." —
„Jer, wi wet't man nich, wo de Feend steiht." — „Dunner=
wedder, denn schickt doch mal de Husoren dor hen!" — Na,
dat geschüht, un nah'n Tidlang kummt de wedder un mellt:
„Dor steiht he, achter den Holt." — „Schön, denn neiht em
nu man," segg de Burkönig un schickt sin Volk dorup los.
Awer oh weh! as dat eben afmarschiert, kummt de Feend mit
sin Hauptarmee van ene ganz annere Sid un fallt jüm in de
Flanken; achter'n Holt harren man villicht 'n porhunnert Mann
tom Schin stahn. Puh! wat wör dat nu vör en Gemetz! De
armen Kirls — — och, ick mag't gor nich seggen, wo't dor
nu hergung —. De Burkönig schick sin Suldaten hierhin un
dorhin, awer allerwegens wör he slagen. In heller Ver=
twiwelung höl he dar in dat Slachtgedruhß; allens güng
koppünner, koppawer*); he harr sick mit de Fust in de Hor to
faten, un seh so witt ut as de Dod un wüß nich mehr, wat
he säh un däh. — „Tum Dunnerwedder, Majestät!" füng
dar toletzt so'n ohlen grisköppigen General an, „wo könnt Se
de Lüd woll gegen den Barg anschicken, dat is jo blot, dat
dat arme Volk afslacht ward; 't is ja 'ne Sün'n un Schan'n!"
— „Ja, ja, ja!" jammer de König, „dat is't ok, dat is't ok;
awer wat schall ick unglückliche Kirl blot opstell'n?" —
„Majestät!" röp dar 'n gemeenen Suldaten, „fahren Se doch de
Kanonen dar op dat Feld an; von darut könnt Se ja dat ganze
Heer bestriken, un denn, Majestät —." — „Och wat, Majestät!"
röp de König angstvull un wrüng de Hänn, — „dat helpt doch
jo nicks; wat fang ick an, wat fang ick an! — Gott in'n hogen
Himmel, wür ick doch blot keen König mihr; wür ick doch
wedder Bur!" — „Un wür ick doch wedder König!" röp jene
Suldat, — ji wet't woll, wer dat wür.

Awer — kum, dat se't seggt harrn — dor wär't mit
eenmal ganz hell bi jüm, un de Engel stünn wedder dor un sä:

---

*) topsunter, topsüber.

„Na, fünd ji so wid, ji beiden! Op annermal denn wünscht jo nich so wat wedder t'recht un wes't tofreden mit dat, wat jo de lewe Gott beschert!" — Dormit tick he jeden mit finen lütten witten Stock wedder an un fä: „Sib, wat ji wüllt!" Un de Bur wür wedder Bur, un de König wedder König. Un hei! wo gau de Saak nu 'n annere Wennung kreg, un wo de Kanonen äwer't Feld hindönnern; un hei! wo de Husaren äwer't Slachtfeld sufen un dor den Feend packen, wo he am weeksten [1]) wür. De Slacht wür noch gewunnen, un bald wür dat Land rein van dat frömde Volk. De anner ul König kreg nicks un kunn de Kriegskosten noch to betahlen.

Unse beiden Wunschkirls awer güngen nu — so gau, as se man kunnen — dorhin, wo se herkamen würen; un de König nöhm sin Zepter wedder in de Hand un de Bur den Plogstehrt [2]), un nüms [3]) wür vergnögter as se. Se würen nu klok worden un wüssen, dat jeder Minsch sinen Packen Not un Sorgen to slepen hett un jeder Stand finen Freden hett un sine Last.

---

[1]) am weichsten, d. h. schwächsten. [2]) Pflugsterz. [3]) niemand.

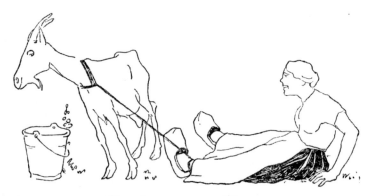

De dumme Gret.

Hans wull freen, harr awer keen Geld. Gret wull't ok, harr awer keenen Brägam[1]). Warüm nich? Wil se in de Kark jümmer dat Gesangbok äwer Kopp höl un op'n Amt, as se ehr Arwschopp[2]) antred, dree Krüzen tagen[3]) harr un von Lesen un Schriben so veel verstünn, as de Kreih von'n Sünndag. Se wär en ohlen Fuhlwams[4]), harr in de Schol nicks leert un to annere Arbeit ok keen Lust. Se harr awer en groten Geldbüdel. Un wat däh Hans? He free den groten Geldbüdel un kreg Gret to. „Wat wullt du mit so'n Drüdj[5]) dohn?" sä'n de Buren, „de is je so dumm, dat ehr de Gös[6]) bit't." — „Ah wat," sä Hans, „se schall je keen Pastor warden un ok keen Zupperdent[7])," un he klapp op de Tasch: „Se hett awer wat in de Melk to krömen[8]), un dat is hier de Hauptsak!" — „Na, dat schall uns ins[9]) wunnern," sä'n de Buren, „wo du dormit to Seel[10]) kummst!"

En por Dag nah de Hochtid sä Hans: „Gret," sä he, „ick gah nu nah Stadt un bring dat Geld nah de Sparkass'; paß nu ok god op't Hus, un dat de Zeg' ehr Recht krigt!" — „Ja," segg Gret un güng in de Düns un smeer sick en

---

1) Bräutigam. 2) Erbschaft. 3) gezogen. 4) Faulpelz. 5) Dummbart. 6) Gänse.
7) Superintendent. 8) krümeln. 9) einmal. 10) zu Ende.

ornlichen Knacken¹) Botterbrod op. Un as de Zeg' an to
blarren²) füng, kreg se se an'n Strick un güng'r mit in'n Hoff
un trock se dor. Se bünn sick den Strick üm't Been un sett
sick in't Gras un vertehr ehr Botterbrod, wat ok sowid recht
wür; denn „Eten un Drinken holt Liw un Seel tohop³),
beter as en isern Band". Awer de ohl Zeg' wull sick gar
nich togeben un reet ehr jümmer an't Been, dat't ehr ornlich
killen⁴) däh. Dat harr sick en annere ok nich gefallen laten.
Se sprüng also op, nähm en düchtigen Schech⁵) un tog ehr
enen äwer't Krüz, de wär nich slecht. Awer de Zeg' neih⁶)
ut, un — Gret leeg mit de Näs in'n Dreck. Un jedesmal,
wenn se wedder opstahn wull, wupps! reet de Zeg' wedder an,
un se leeg dor wedder her. „Wat fang ick an, wat fang ick
an!" röp se. To'm Glücken käm Hans noch wedder üm, —
he harr noch wat vergeten. „Du lewe Tid!" sä he, „fat doch
enfach dat Tau an, dann büst du jo klor," un bröch de Zeg'
in'n Stall. „Kannst ehr man Hau⁷) vorgeben," sä he, „ick
spür woll, dat Trecken⁸), dor kummt mit di doch nicks nah."

Schön, Gret gew ehr also Hau vor. Awer Zegen, dat
sünd ohle wunnerliche Dinger; dat plegt woll to heten: Zegen
un Hun'n un Kinner, de denkt lang. Dat ohl Diert⁹) kunn
de Prügel von erst ok nich wedder vergeten, un jedesmal,
wenn Gret dor vörbi käm, denn stött se ehr mit de ohlen
langen Hörn in'n Puckel. Un enmal, as se ehr Hau raf=
kriegen wull, do nähm de ohl Zeg' enen Tolop¹⁰) un bumms
ehr dor in't Liw. „Ohl Diert," sä Gret, „du kannst enen jo
un'sund¹¹) maken; awer töf¹²), dat will ick di doch aflehren¹³)."
Un wil dor nu jüst ehren Mann sin Sag'¹⁴) achter de Dör
hüng, nähm se de un sag de ohl Zeg' beide Hörn af.

As awer de Mann nah Hus käm un dat Spittakel¹⁵)
seg, slög he beide Han'n baben Kopp tohop: „Wiw¹⁶), du

---

¹) Stück. ²) schreien. ³) zusammen. ⁴) schmerzen. ⁵) Aft, Stock. ⁶) riß aus. ⁷) Heu
⁸) Ziehen (am Seil). ⁹) Tier. ¹⁰) Anlauf. ¹¹) ungesund. ¹²) warte. ¹³) abgewöhnen. ¹⁴) Säge.
¹⁵) Spektakel. ¹⁶) Weib.

büst jo woll rein nich klok," röp he un wull ehr erst en
Lekschon¹) ut de hölten²) Bibel vörlesen, däht awer nich;
denn wenn man erst twee Dag verhierat is, mag man doch
nich glik so unnasch³) wesen⁴), — sonnern sä blot: „Nu binn
di de Hörn man sülwst vör'n Kopp, du büst jo noch veel
dummer as de Zeg'! Mi wunnert un wunnert, dat du ehr
ok nich noch de Been affagst!" — „Meenst dat?" sä Gret
un dach äwer de Geschicht nah.

De Zeg' dach'r awer ok noch äwer nah. Un gegen
Abend, as Gret in'n Stall güng un melken wull, stött se ehr
den halben Pott vull Melk üm. „Ohl Diert!" sä Gret un
stell ehren Pott bisid, „awer töf, dat wüllt wi anners maken;
woto de Umstänn? De Melk kummt jo naher doch dör'n
Hals," un lä sick eenfach ünner de Zeg' hin un — ach! man
mag't nich mal seggen, wat dat ohl Postür⁵) nu angew. Awer
dat wär de Zeg' to nah, un se nähm den Fod un pedd⁶) ehr
in't Gesicht, dat'r dat Blot andahl löp. „Ohl Diert!" röp
Gret, „kannst di noch nich schicken? Ick will di dat aflehren!"
Un se kreg de Sag' wedder her un — sag de unglückliche Zeg
beide Hinderbeen' af.

As nu awer de Mann to Hus käm, „oh du lewe Tid!"
röp he, „Fronsminsch⁷), wat hest du nu makt!" un höll ehr
de Fust⁸) an'n Kopp. „Wiw, Wiw, ick jag di bald äwer
Stock un Block!" — „So?" segg Gret, „hest du mi dat nich
sülwst seggt, dat ick ehr de Been affagen schull?" — „Oh
ja! — ja, ick hew't seggt," sä Hans un sweg nu schier still,
kreg en Meß⁹) her un schlach dat arme Diert, dat'r doch
man wat van to Nütten¹⁰) käm.

„Dor," sä he den annern Morrn, as he na'r Arbeit
wull, „dor hest en schön Stück Fleesch, dor mak nu en ornlichen
Braden von, awer ornlich saftig, ick mutt'r van Dag düchtig
ran." — „Ja," sä Gret un däh dat ok un bra dat Fleesch,

---

¹) Lektion. ²) hölzernen. ³) böse. ⁴) sein. ⁵) Gestell. ⁶) trat. ⁷) Frauenzimmer.
⁸) Faust. ⁹) Messer. ¹⁰) Nutzen.

116

as fick dat hör, un gew der of Solt¹) an un Nägelken²) un
Lorbeerbläder. Un dormit de Braden nu ornlich faftig würr,
däh fe d'r en ornlichen Klax³) Botter an un lä em denn
in'n Balje⁴) mit Water.

Hans käm to Hus un fett fick achter'n Difch. Gret plant
den Braden vör em dahl. „Mein Gott, Fronsminfch, wat is
dat?" — „Ja," fä Gret un lach äwer't ganze Geficht, „is de
nich god faftig? De hett awer of binah en ganze Stünn
in'n Water legen." — „O, o!" röp de arme Mann, „wen
de lewe Gott ftraft, den giwt he en dumme Fro! — Nu
krieg em man wedder op't Für un bra em wedder där⁵)!"
— „Jer," fä Gret, „ick hew man keen Torf mehr." — „Denn
nimm Holt!" — „Jer, dat is of all." — „Denn nimm en
beten Stroh, dat he doch man warm ward." — „Ja," fä Gret
un güng wedder in de Käk⁶), un Hans güng noch en beten
in'n Hoff to graben.

Op de Dehl leg en groten Hümpel⁷) Stroh, denn fe
harren güftern erft döfcht⁸). Gret hal nu en Hand vull Stroh
un ftak dat ünner de Pann. Awer dat Stroh flamm op, un
denn wär't wedder ut. Se hal noch en Hand vull. Dat güng
jüft fo. „Töf," fä fe un lä den Finger an de Näs, „dat
will ick anners maken: ftats dat Stroh to halen un ünner de
Pann to ftecken, will ick lewer de Pann halen un op dat
Stroh fetten." Un fo gefegg, fo gedahn. Se fett ehr Pann
mit den Braden baben op den Strohhümpel un ftek den an.
Na, de brennt' awer! In'n Nu ftünn all dat Stroh in
Flammen, de löpen op de Hill'n⁹) un von de Hill'n op den
Bähn¹⁰) un von den Bähn op dat Dak un keken toleßt baben
ut de Luk. Un alle Lüd in'n Dörp de röpen: „Für!" Un
nu kreg Hans dat of to fehn un käm in Dodesangften anlopen.
Un fin Gret ftünn dor vör dat Für, fprüng von een Been
op't anner un fchree, all wat fe kunn: „Min Fleefch verbrennt,

---

¹) Salz. ²) Nelkenpfeffer. ³) Stück. ⁴) Tubben. ⁵) durch. ⁶) Küche. ⁷) Haufen.
⁸) gedrofchen. ⁹) Treppe. ¹⁰) Boden.

min Fleesch verbrennt!" Hans awer leet ehr dor stahn un güng sporenstreks nah Stadt nah de Sporkass' un hal den groten Büdel vull Geld wedder un lä ehr den op'n Puckel un sä: „So, du dumme Gret, nu mak, dat du mi vör Ogen weg kummst, un kumm nich eher wedder, as bit du en'n finnst, de dummer is as du!" —

Se güng nu los un soch[1]), fünn awer nüms. Un as se ehr Geld all harr — un dat dur[2]) nich lang, denn se et anners nicks as Mulschell'n[3]), Botterkoken un Pottkoken — do lep se dor rüm un röp jümmer: „O, wat bün ick hungerig, o, wat bün ick hungerig!" Un en Mann, de den Schelm in'n Nacken harr, sä: „Du must di op'n Puckel dahl leggen, denn flegt di de gebraden Duben[4]) in'n Hals." Se däh dat, awer de gebraden Duben wullen nich kamen, un so is de dumme Gret denn rein so elennig — verhungert.

Christel zur Kirmes.

Christel wollte zur Kirmes gehen und hatte kein Kleid. Sprach sie zur Spinne: „Web du mir ein Kleid!" — „Gern," sprach die Spinne, und sie ging gleich an die Arbeit und webte ein Kleid, das war so luftig und duftig, als wär' es aus Mondenschein und Sterngeflimmer gemacht.

Und als sie das Kleid anzog, sagte Christel: „Es sind ja gar keine Spangen darin." — „Tut mir leid", rief die Spinne, „die kann ich nicht machen." — „Du kannst auch gar nichts," sagte Christel, ging zum Dornbusch und fragte: „Dorn=

busch, willst du mir nicht ein paar Spangen schenken?" — „Gern,"
sagte der Dornbusch und gab ihr welche, und Christel schloß
ihr Kleid.

„Nun sollst du mir auch noch mein Goldhaar kämmen!"
sagte Christel. „Das will ich nicht," antwortete der Dorn=
busch, „dein Goldhaar wär' mir zu schade." Da ging Christel
zum Hahn: „Hahn, ich will zur Kirmes gehen; leihe mir
deinen Kamm!" — „Gern," sagte der Hahn, und sie strählte
sich ihr Goldhaar, und es war wie Abendsonne auf einem
ruhigen Teich.

Christel wollte zur Kirmes gehen und hatte keine Schuh'.
Da ging sie zum Reh und sprach: „Ich will tanzen auf der
Kirmes, leihe mir deine Schuh!" — „Gern," erwiderte das
Reh, „willst du alle vier oder bloß zwei?" — „Was denkst
du von mir?" sagte Christel, „bloß zwei!" — Und als sie die
trug, ei, konnte sie da hüpfen und springen!

Christel wollte zur Kirmes gehen und hatte keinen Hut.
Da ging sie zum Wiedehopf und sagte: „Leih mir deinen
Federhut!" — „Gern," sprach der Wiedehopf, „wenn er dir
nur nicht zu groß ist!" — „Ach nein," meinte Christel, „der
paßt schon. Aber nun mußt du mir auch noch mit einem
Schirm aushelfen!" — „Einen Schirm? Den habe ich selber
nicht," sagte der Wiedehopf. „Na," rief Christel, „dann geh'
ich ohne Schirm, regnen wird's heute ja wohl nicht."

Christel wollte zur Kirmes gehen und hatte keinen Spiegel.
Da ging sie zum Weiher und sagte: „Laß mich in dein An=
gesicht sehen." — „Gern," antwortete der Weiher, und als sie
hineinschaute, ei, wie hübsch war sie da!

Christel wollte zur Kirmes gehen und hatte kein Geld.
Da ging sie zum Herrgott und bat: „Ich will zur Kirmes
gehen, schenk mir Geld!" — „Was willst du denn mit dem Geld?"
fragte der Herrgott. „Ei, lustig sein auf der Kirmes und mir
einen Schatz kaufen!" — „Geh nur hin," sagte der Herrgott, „ein
Mädel wie du kriegt auch so einen Schatz."

Die drei Zeugen.

Es gab einmal eine große Stadt, darin wohnten ein König und ein Lumpensammler. Der König hatte einen Sohn und eine Tochter, der Lumpensammler dagegen nur einen Sohn, das war ein Bursch, schlank und fest gewachsen, dazu geschmeidig wie ein Wiesel, schlau wie ein Fuchs und unverfroren wie ein Spatz. Der wäre gern herausgewesen aus seines Vaters Geschäft, konnte aber nicht; denn kein Mensch wollte ihn haben. Sie sagten alle: „Sein Vater ist ja nur ein Lumpensammler."

Nun geschah es, daß dem König sein Sohn starb, und als er ihn hatte beisetzen lassen, sagte er zu seiner Tochter: „Jetzt hab' ich keinen Erben mehr, und ich weiß gar nicht, wem ich das Reich hinterlassen soll, wenn der Tod mich abrufen wird." — „Das ist ganz einfach," antwortete die Königstochter, „ich werde darüber herrschen." — „Das möchtest du wohl!" rief der Vater, „aber das passiert mir nicht; denn wenn der Unterrock regiert, haben die Flöhe freies Spiel. Nein, ich weiß einen besseren Rat: Du mußt dich verheiraten, und wenn ich den Karren stehen lasse, mag dein Mann ihn weiter schieben." — „Mir auch recht," sagte die Königstochter, „dann ist Aussicht vorhanden, daß ich doch noch einmal etwas zu sagen haben werde." — „Willst du da hinaus?" sprach der König, „ich sage dir, ich lasse mir nicht jeden fremden Flaps als Schwiegersohn gefallen." — „Einen Flaps will ich auch gar nicht," erwiderte die Tochter, „im Gegenteil, er muß das Einmaleins können und schlauer sein, als ich es bin." — „O du grundgütiger Gott!" klagte der Vater, „noch schlauer als du? Da werden wir lange suchen müssen! Und woran willst du erkennen, ob er wirklich schlauer ist?" — „Er muß mir ebenbürtig sein," sprach die Königstochter. Als der Vater das hörte, lachte er und meinte, es gäbe Königssöhne genug auf der Welt. Doch die Tochter blieb ganz ernst und sagte: „Freilich, aber wer mich zur Frau haben will, der muß

121

von gleicher Geburt sein, und dafür muß er drei wahrhaftige Zeugen beibringen; alles andere kann ihm gar nichts nützen."

Weil der König nun doch nichts daran machen konnte, war er es zufrieden, und er ließ in allen Zeitungen bekannt machen, er suche einen tüchtigen Schwiegersohn, der müßte noch schlauer als seine Tochter und ihr durchaus ebenbürtig sein, und dafür wären drei wahrhaftige Zeugen beizubringen.

Ei, das gab einen Spaß! Da war mancher Jüngling von guter Geburt, der hätte gern um die Prinzessin gefreit, wagte aber doch nicht hinzugehen; denn sie war bekannt als ein Ausbund von Klugheit. Endlich stellte sich aber doch ein fremder Königs=sohn ein, der war jung und reich und schön von Gestalt. Er ließ sich melden, ward vorgelassen und sagte zur Prinzessin, er möchte sie zur Frau. Sie fragte zunächst, ob er ihr denn auch ebenbürtig sei. „Das will ich meinen!" rief jener stolz, „ich bin der Sohn eines sehr mächtigen Königs." — „Das kannst du wohl sagen," meinte die Prinzessin, „ich möchte aber meiner Sache sicher sein. Wo sind deine Zeugen?" — „Ei, mein Vater und meine Mutter!" erwiderte der Freier ganz betroffen. „Gut, die können passieren," sagte die Königstochter gelassen, „aber wo ist der dritte Zeuge?" Als der Ärmste das hörte, wußte er nicht, wen er nennen und was er sagen sollte. Er tat seinen Mund auf, vergaß aber, ihn wieder zuzumachen, und weil er nun gar nicht mehr aussah wie ein richtiger Prinz, ward er sogleich nach Hause geschickt.

Das erzählte man sich bald in allen Landen ringsumher, und fortan hatte keiner den Mut mehr, um die Hand der Königstochter anzuhalten. Nun glaubte sie schon, sie müßte eine alte Jungfer werden. Aber zuletzt meldete sich doch noch ein Freier, und das war niemand anders, als der Sohn des Lumpensammlers.

„Vater," sagte er eines Tages, „ich habe euer Handwerk satt. Ich spür' einen Sinn in mir, der will höher hinaus. Wenn es sein muß, will ich lieber statt eurer Lumpen die

122

Schleppe der Königstochter tragen. Ich geh aufs Schloß des Königs und melde mich zu seinem Schwiegersohn." Der alte Lumpensammler machte ganz merkwürdige Augen und sagte bloß: „Du bist nicht recht gescheit!" — „Das wird man ja sehen," entgegnete der Junge, und wie er ging und stand, machte er sich auf den Weg zum Schlosse, gab sich ein Ansehen und sprach zur Wache: „Geh einer zur Prinzessin und sage, es sei jemand da, der sie zur Frau begehre."

Das geschah; das ganze Schloß geriet in Bewegung, und der Hofstaat versammelte sich im großen Thronsaal, und alle waren sehr neugierig. Fanfaren erklangen, und goldbetreßte Diener führten den Sohn des Lumpensammlers dahin, wo der König und seine Tochter saßen. Der Bursch kam frei und keck daher, und seine Augen blitzten heller als die Reichsdiamanten in Krone und Zepter. Er neigte sich tief vor dem Könige, vor der Prinzessin aber nur ein wenig. Das nahm sie ihm übel und sagte: „Was für einen sonderbaren Boten schickt dein Herr? Er hätte dir ein besseres Gewand reichen können, als solch geflicktes Wams." — „Verzeihung, gnädigste Prinzessin," rief da der Bursch, „meine geflickte Jacke hat mich mehr gekostet, als Euch Euer ganzer Schmuck. Ich habe sie mir verdient, Ihr aber habt den ganzen Tand bekommen, ohne auch nur einen Finger darum zu rühren." — „Du könntest höflicher sein," meinte die Prinzessin. „Aufrichtig sein ist mehr wert, als höflich sein," war die Antwort. „Wenn du aufrichtig bist, so sage mir, weshalb du dich vor dem Könige tiefer geneigt hast, als vor mir?" fragte die Königstochter. Jener sprach: „Wer eine Frau nehmen will, soll seinen Kopf nicht von vornherein in die Nähe ihrer Füße bringen." — „Wie?" rief die Prinzessin, „du selber erkühnst dich, um mein Herz zu werben?" — „Um Euer Herz erst später, hohe Herrin, jetzt nur um Eure Hand." — „Vergiß nicht, zu wem du redest! Ich bin die Tochter eines Königs." — „Das macht nichts," sagte der Bursch, „ich bin der Sohn eines Lumpensammlers!"

Als die Prinzeſſin nun inne ward, was für ein Menſch
um ſie anzuhalten wagte, ward ſie kirſchrot vor Zorn und rief:
„Wer mich zur Frau haben will, der muß mir ebenbürtig ſein,
ſonſt nehme ich ihn nicht. Wie willſt du beweiſen können, daß
der Sohn eines Lumpenſammlers gerade ſo viel iſt als die Tochter
eines Königs?‟ Da meinte der Burſch, dafür habe er ja gerade

124

seine drei Zeugen mitgebracht. Die Prinzessin mußte lachen, denn sie sah niemand, der ihm helfen konnte, und wollte deshalb ihre Namen wissen. Jener aber lächelte, verneigte sich ganz höflich und sagte: „Meine drei Zeugen sind gleich zur Hand, und wahrhaftig sind sie auch; denn sie haben niemals gelogen. Es sind Sonne, Luft und Erde."

Da ward die Königstochter neugierig und sprach, das wären drei gute Zeugen, die wären ihr gerade recht, und die Sonne möchte nur gleich anfangen mit ihrem Zeugnis. Da ging der Bursch an die hohen Fenster des Saales und zog die Vorhänge beiseite, daß die Sonne hereinkonnte. Dann hieß er die Prinzessin neben sich treten, zeigte auf die beiden Schatten, die auf dem weißen, marmornen Fußboden zu sehen waren, und sagte: „So spricht die Sonne, hohe Herrin: Wärst du mehr als des Lumpensammlers Sohn, so müßte ich deinem Schatten Farbe geben; aber schau hin, er ist genau so schwarz wie seiner."

Dagegen konnte die stolze Königstochter gar nichts sagen; aber nun wollte sie auch wissen, was die Luft dazu sagen werde. Da stieg der Bursch auf einen hohen Sessel, sprang herab und bat die Prinzessin, desgleichen zu tun. Aber sie war so etwas nicht gewöhnt, sprang hart auf die Hacken und sagte: „Au!" Der Bursch verkniff sich ein Lächeln und rief: „So spricht die Luft, hohe Herrin: Wärst du mehr als des Lumpensammlers Sohn, so hätte ich dich tragen müssen wie den leichten Schmetterling; aber nun hast du dir sogar noch weh getan."

Als die Prinzessin das zweite Zeugnis hörte, ward sie ganz kleinlaut; aber sie wollte doch noch den Spruch der Erde hören. „Ja," sagte der Bursch, „die braucht mehr Zeit dazu, ich erachte, etwa dreißig Jahre. Man lasse zwei Gräber machen, beide von gleicher Tiefe, dann will ich mich in das eine legen und die schöne Prinzessin in das andere, und man soll uns zudecken zum ewigen Schlaf. Wolltet Ihr dann nach dreißig Jahren fragen: Wer ist mehr, die Königstochter oder des Lumpensammlers Sohn? — so würdet Ihr überhaupt nicht mehr fragen können; denn was die Erde dann von Euch und mir übrig gelassen hat, ist hier wie da nur ein Häufchen Asche."

So sprach der Bursch, und als er zu Ende war, ward es ganz still im Saal, daß man beinahe das Herz der Prinzessin klopfen hörte. Sie setzte sich, stützte den Kopf in ihre Hand und dachte lange nach. Dann hob sie ihr Angesicht, und es leuchtete freudig auf unter den Strahlen der Sonne. Sie sagte leise: „Sonne, Luft und Erde — drei gute Zeugen hast du mir gebracht, und was sie zu sagen hatten, das habe ich mir wohl gemerkt, fürchte auch beinahe, daß du klüger bist als ich. Wohlan, weil uns denn doch einmal dieselbe Sonne bescheint, wenn wir dieselbe Luft atmen müssen, so will ich dich fortan nicht geringer achten als mich selber! Aber das soll noch gute Weile haben, daß wir uns ins Grab legen; erst laß uns zusammen leben!"

So geschah es, und es kam später einmal die Zeit, wo der Sohn des Lumpensammlers ein großer König ward.

Bruder Luſtig.

In der Zeit, als Chriſtus und die Apoſtel noch auf
Erden wandelten, traf es ſich einmal, daß Chriſtus mit Petrus
über Land ging. Sie überholten einen armen Handwerks-
burſchen, der desſelben Weges zog, und dieſer bat, ſie möchten
ihm doch etwas zu leben geben, denn er habe den ganzen Tag
noch nichts gehabt. Obgleich der Geſelle ſo recht wie ein

Bruder Liederlich aussah, dauerte er Jesum doch so, daß er Petrus den Ranzen öffnen, das Brot herausnehmen und mit dem Fremden teilen hieß. Petrus gehorchte den Befehlen seines Herrn, teilte das Brot, legte die Hälfte wieder in den Ranzen und gab die andere Hälfte dem Burschen, der sie alsbald verzehrte. Dann wanderten alle drei rüstig weiter.

Als es Mittag ward und die Sonne hoch am Himmel stand, legten sie sich unter einen Baum zum Schlafen nieder. Christus und Petrus waren auch bald eingeschlafen, aber der Handwerksbursch hielt sich wach, und als er die beiden andern schnarchen hörte, öffnete er den Ranzen und aß auch die zweite Hälfte des Brotes; dann überließ er sich dem Schlafe. Nach= dem alle ausgeschlafen hatten, sagte Christus zu Petrus: „Nun wollen wir das übrige Brot essen." Als aber Petrus den Ranzen öffnete, war das Brot fort. Da sagte Christus, wer das Brot genommen habe, möge es nur bekennen; aber es meldete sich niemand.

Sie setzten nun ihre Reise fort und kamen an ein großes Wasser. Christus und Petrus wanderten trockenen Fußes hinüber; als aber der Bruder Lustig es auch versuchte, sank er hinein. Da sagte Christus: „Hast du das Brot genommen, so bekenne es, und ich will dich hinüberführen." Aber jener blieb beim Leugnen und sank immer tiefer, bis endlich Petrus Fürbitte einlegte und Christus ihn hinüber wandern ließ.

Dann gelangten sie an eine große Stadt, welche die Hauptstadt des Königreichs war. Die Königstochter darin lag gefährlich krank, und der König hatte bekannt machen lassen, wer sie wieder gesund mache, der solle vier Tonnen Goldes haben, wer sich aber für einen Arzt ausgebe und die Kur nicht glücklich vollbringe, der solle des Todes sterben.

Als die drei Wanderer das vernahmen, sagte Christus zu dem Bruder Lustig, er solle nur hingehen und sich zur Heilung der Königstochter anbieten, dann werde ihm auch die Heilung gelingen; aber das Gold wollten sie sich teilen.

128

Bruder Luftig tat, wie ihm geheißen; aber die Königstochter wurde von der Arzenei, die er ihr reichte, nur noch kränker. Darum sollte er zum Tode geführt werden.

Chriftus und Petrus standen dabei, wie er gebunden zur Richtftätte gebracht wurde. Und Chriftus sprach nochmals zu ihm: „Willft du nun gestehen, wer das Brot genommen hat, so will ich dich aus der Gefahr erretten." Aber er blieb bei seinem Leugnen und ließ sich weiterführen. Als Petrus auch dieses Mal Fürbitte für ihn einlegte, antwortete Chriftus: „Sei nur ruhig, es wird sich alles schon machen." Kaum hatte er das gesagt, als auch schon Befehl vom Schlosse kam, den Verurteilten frei zu lassen, denn die Königstochter besserte sich zusehends.

Bald darauf war die Königstochter ganz wieder hergeftellt, und der Bruder Luftig erhielt die vier Tonnen Goldes, die ausgelobt worden waren. Getreulich brachte er sie seinen Gefährten, um mit ihnen zu teilen. Chriftus teilte das Gold in vier Teile und legte für jeden einen Teil hin, und als Bruder Luftig fragte, wer den vierten Teil haben solle, antwortete er: „Den vierten Teil soll der haben, der das Brot genommen hat." Da sagte Bruder Luftig rasch: „Das habe ich getan!"

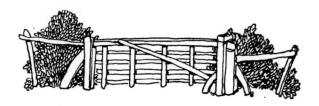

Der Glasberg.

Ein Bauer hatte drei Söhne: Hinnerk, Klaus und Jan; aber Jan galt für den dümmsten, wurde geneckt und verhöhnt und immer beiseite gestoßen.

Nun begab es sich eine Zeitlang, daß dem Bauern alles Stroh, welches den Tag über ausgedroschen war, am folgenden Morgen verschwunden war. Da entschloß sich Hinnerk, einmal aufzubleiben, um den Dieb zu ertappen, und stellte sich in einer Ecke auf die Wacht. Um Mitternacht wurden die beiden Scheunentüren aufgeworfen, und herein trat ein gewaltiger Riese, der band alles Stroh in ein großes Bündel und trug es fort. Hinnerk fürchtete sich sehr und wagte nicht, sich zu rühren.

Als er am nächsten Morgen erzählte, was er erlebt hatte, entschloß sich Klaus, die folgende Nacht zu wachen, aber es erging ihm nicht anders; vor Furcht wagte er die Ecke, in welcher er sich verborgen, nicht zu verlassen. Da bat Jan, Wache halten zu dürfen, aber es wurde ihm abgeschlagen; „denn", sagten sie, „was wolltest du dummer Junge da wohl ausrichten?"

Aber als alle zu Bette waren, schlich sich Jan heimlich in die Scheune und legte sich ins Stroh. Um Mitternacht kam der Riese wieder, band das Stoh zusammen und trug es fort, und Jan saß im Strohbündel. Der Riese ging in einen Wald, wo er seine Höhle hatte, und warf das Stroh nieder. Dann machte er ein großes Feuer an und warf das Stroh nach und nach hinein. Immer kleiner wurde der Strohhaufen, und Jan war kaum noch bedeckt; da hörte der Riese auf, legte sich hin und schlief ein.

Jan kroch heraus, und als er an der Wand ein Schwert hängen sah, dachte er: „Ich will das Schwert nehmen und dem Riesen den Kopf abschlagen." Aber das Schwert war so schwer, daß er es nicht von der Stelle bewegen konnte. Da

130

ſah er eine Flaſche, daran ſtand geſchrieben: „Wer aus dieſer
Flaſche trinkt, der kann das Schwert regieren." Jan trank,
nahm das Schwert und ſchlug dem Rieſen den Kopf ab.
Dann beſah er ſich die Höhle näher und fand eine große
Menge von Gold und koſtbaren Geräten und Kleidern. Im
Stalle ſtanden drei wunderſchöne Pferde, denen gab Jan die
Krippen voll Hafer und ging nach Hauſe, erzählte ſeinem
Vater und ſeinen Brüdern aber nichts.

Nun trug es ſich zu, daß der König des Landes, welcher
eine einzige Tochter hatte, einen gläſernen Berg bauen ließ,
und auf die oberſte Spitze ſetzte er ſeine Tochter und ließ ver=
künden, wer mit einem Pferde den Berg hinaufreite und ſeiner
Tochter ihren Ring nehme, der ſolle die Königstochter haben

und nach seinem Tode das Reich erben. Da zog jedermann nach dem Glasberge, um sein Glück zu versuchen. Auch Hinnerk bestieg das beste Pferd aus seines Vaters Stalle und wollte den Berg hinanreiten, und viele Tausende waren noch am Platze; aber alle Pferde glitten von dem Berge ab. Am zweiten Tage versuchte es Klaus, aber er hatte kein besseres Glück. Nun bat Jan um die Erlaubnis, den Versuch machen zu dürfen, aber sie lachten ihn aus und wiesen ihn ab.

Als nun am dritten Tage der Bauer mit seinen beiden ältesten Söhnen sich wieder nach dem Glasberg begab, um zuzusehen, eilte Jan in die Höhle, kleidete sich prächtig an und bestieg eins von den Pferden. Als er zum Glasberge kam, waren aller Augen auf ihn gerichtet, aber niemand kannte ihn. Er erreichte die Hälfte des Berges, dann verschwand er mit seinem Pferde, und als sein Vater und seine Brüder wieder nach Hause kamen, war er schon da. Den ganzen Abend wurde nur von dem fremden Prinzen gesprochen; aber Jan schwieg zu allem.

Am folgenden Tage hatten sich jene kaum auf den Weg gemacht, so holte sich Jan neue Kleider und das zweite Pferd, mit dem kam er schon über die Hälfte den Berg hinauf. Alles bewunderte ihn, und zu Hause wurde wieder nur von dem unbekannten Prinzen gesprochen.

Am nächsten Morgen zog Jan sich die schönsten Kleider an, die in der Höhle waren, bestieg das dritte Pferd, und nun ritt er den Glasberg ganz hinan und empfing auf dem Gipfel knieend aus der Hand der Prinzessin den Ring. Damit sie ihn aber wieder erkenne, flocht ihm die Prinzessin einen Golddraht ins Haar. Jan aber brachte sein Pferd und seine Kleider wieder in die Höhle und ging nach Hause.

Am andern Morgen stand Jan vor dem Ofen und wärmte sich. Da fragte sein Vater: „Jan, was hast du in deinem Haar?" — „Ach", sagte Jan, „es wird wohl ein Strohhalm sein," und wendete sich ab.

132

Als nun der Hochzeitstag kam, bat Jan, ob er wohl zum Schlosse gehen und zusehen dürfe; aber „was willst du dummer Junge da machen?" erhielt er zur Antwort, und sein Vater ging mit Hinnerk und Klaus allein hin. Da begab Jan sich in die Höhle, legte die besten Kleider wieder an und ritt nach dem Schlosse, und die Prinzessin empfing ihn mit Freuden, denn sie erkannte ihn an dem Golddraht in seinem Haar.

Als sie an der Tafel saßen, erblickte Jan seinen Vater und seine Brüder unter den Zuschauern. Er ging auf sie zu und fragte: „Kennt ihr mich wohl?" Aber sie antworteten: „Nein." Da gab er sich zu erkennen und sprach: „Seht, wenn ich so hartherzig wäre wie ihr, so würde ich euch jetzt auch nicht kennen wollen; aber ich will Böses mit Gutem vergelten." Dann nahm er sie bei der Hand und führte sie zur Tafel und brachte sie zu großen Ehren.

Die drei Hunde.

Ein armer Bauer hatte zwei Kinder, einen Sohn und eine Tochter. Als er nun starb, hinterließ er ihnen nichts als sein kleines Haus und drei Schafe. Der Knabe sprach zu seiner Schwester: „Wähle dir!" und sie wählte das Haus. Da nahm der Knabe die drei Schafe, schnürte sein Bündel und zog über Land. Er kam in einen Wald, und da er hungrig war, machte er sich ein Mittagsessen, so gut er konnte, die Schafe aber ließ er unter einem Baume weiden.

Als er nun da saß, kam ein Mann mit drei Hunden daher, der bot ihm einen Tausch an, er wolle ihm die drei Hunde für die drei Schafe geben. Johann, der Knabe, aber wollte nicht und sagte: „Die Hunde wollen gefüttert sein, und ich habe für mich schon zu wenig; die Schafe aber suchen ihr Futter selbst." Sprach der Mann zu ihm: „Du irrst dich, die Hunde bringen vielmehr dir Essen und können dir auch sonst noch sehr nützlich sein; die Hunde heißen: der kleine „Hol-Speise", der mittlere „Zerreiß-ihn" und der größte „Brich-Eisen und -Stahl", und wenn man sie ruft, so tun sie, was ihr Name sagt." Johann besann sich nun nicht lange und nahm die drei Hunde.

Als er eine Zeitlang marschiert war, hungerte ihn abermals, denn seine Mittagsmahlzeit war nur knapp gewesen, und er sprach zu dem kleinen Hunde: „Hol Speise!" Da lief der Hund fort, was er laufen konnte, kam jedoch bald wieder mit allerhand schöner Speise, die verzehrte Johann mit seinen Hunden.

Nach einiger Zeit begegnete ihnen ein schwarzer Trauerwagen, darin saß, ganz in schwarz gekleidet, eine schöne junge Dame. Johann fragte den Kutscher, was das bedeute, aber der Kutscher gab keine Antwort. Johann aber ließ nicht nach und fragte nochmals. Da antwortete der Kutscher: „Nicht weit von hier haust ein schreckliches Ungeheuer, das fordert jedes Jahr eine Jungfrau von vierzehn Jahren, und dieses

134

Jahr hat die junge Königstochter das Los getroffen, die muß ich jetzt dem Ungeheuer überliefern." Damit fuhr der Kutscher weiter; aber Johann folgte dem Wagen nach, bis sie an einen Berg kamen. Hier hielt der Wagen an, die junge Dame stieg aus und schritt mit dem Kutscher den Berg hinan. Johann begleitete sie, obwohl beide ihn warnten und ermahnten, zurückzubleiben.

Als sie ungefähr den Berg erstiegen hatten, kam ihnen ein großer feuriger Drache entgegen. Die Dame blieb weinend stehen, der Kutscher wandte sich um und ging zurück. Johann aber sprach zu seinem mittleren Hunde: „Zerreiß ihn!" und im Augenblick sprang der Hund auf das Ungetüm zu und fraß es mit Haut und Haaren. Nur einige Zähne ließ er liegen, die steckte Johann in die Tasche. Die Dame fiel vor Johann auf die Kniee, dankte ihm und bat ihn, mit auf ihres Vaters Schloß zu kommen; aber Johann wollte erst die Welt besehen und versprach, nach drei Jahren wiederzukommen; solange solle sie auf ihn warten. Darauf zog Johann mit seinen drei Hunden weiter.

Die Prinzessin bestieg nun den Wagen, um zur Stadt zurückzufahren. Der Kutscher aber war ein böser Mensch, und als sie an einen großen Bach gekommen waren, hielt er an und sagte zur Prinzessin, sie solle ihrem Vater sagen, daß er den Drachen erschlagen habe, und wenn sie das nicht verspreche, so wolle er sie mit Wagen und Pferden in das Wasser stürzen. Die Prinzessin weinte und flehte, aber es half alles nichts, und um ihr Leben zu retten, versprach sie, zu tun, was der Kutscher verlangt hatte. Nun fuhren sie zur Stadt.

In der Stadt waren alle Häuser mit schwarzen Tüchern und Fahnen behangen und besteckt. Als aber das Volk sah, daß die Königstochter lebendig und wohl zurückkehrte, nahm es die schwarzen Tücher und Fahnen weg und schmückte die ganze Stadt mit Rot. Und der König, als er seine schon verloren geglaubte Tochter wieder hatte, freute sich über die

Maßen, und als seine Tochter ihm erzählte, daß der Kutscher den Drachen erschlagen habe, machte er ihn zum Edelmann und versprach ihm seine Tochter zur Frau, und übers Jahr sollte die Hochzeit sein.

Das Jahr verstrich der Prinzessin unter Weinen und Bekümmernis, denn sie hatte große Liebe zu Johann gefaßt, und als es verflossen war, ging sie zum König und bat ihn in Tränen, ihr noch ein Jahr Zeit zu lassen. Das tat der König. Aber auch das zweite Jahr verstrich, und Johann ließ sich nicht sehen, und die Prinzessin bat den König nochmals um ein Jahr Aufschub. Der König sprach: „Es sei, wie du willst, aber es ist die letzte Bitte, die ich dir gewähre; hernach gebe ich dir auch keinen Tag weiter."

Der Hochzeitstag kam heran. Die Stadt war mit Fahnen und Kränzen geschmückt, und die Glocken läuteten den ganzen Tag vom frühen Morgen an. Da kam ein Jüngling mit drei Hunden durch das Tor in die Stadt und fragte was für ein Fest gefeiert werde. Sie antworteten ihm, heute sei der Tag, wo die Königstochter Hochzeit halte mit dem Edelmann, der vor drei Jahren den Drachen erschlagen habe. Da schickte der Jüngling seinen Hund Hol=Speise ab, der lief in des Königs Schloß und in den Speisesaal auf die Königs= tochter zu und leckte ihr die Hand. Die Königstochter erkannte den Hund, nahm eine Serviette, in die eine Königskrone ge= stickt war, legte von der besten Speise hinein und gab sie dem Hunde, der sie seinem Herrn brachte.

Aber der Bräutigam der Prinzessin hatte den Hund gesehen und ebenfalls wiedererkannt und schickte einige Leute von der Wache, die nahmen den Jüngling, gerade wie er beim Essen war, gefangen und setzten ihn in ein Gefängnis und banden ihn mit Ketten fest. Die Hunde folgten dem Gefan= genen bis vor die Tür und legten sich dort hin und wimmerten nach ihrem Herrn. Als der Jüngling das Wimmern vernahm, rief er, so laut er konnte: „Brich Eisen und Stahl!" Ein

136

Augenblick, und der Hund legte seine Vorderpfoten an das Gitter und zerbrach es, sprang ins Zimmer, biß Johann die Ketten ab und sprang wieder hinaus, und Johann ging frei und ledig ihm nach aus dem Gefängnisse.

Unterdessen war die Königstochter weinend vor ihren Vater getreten und hatte ihm alles erzählt, wie Johann und nicht der Kutscher sie errettet habe von dem Drachen, und wie Johann jetzt in der Stadt sein müsse, da sie seinen getreuen Hund gesehen habe. Der König sandte nach Johann aus, der alles so bestätigte, wie es die Königstochter gesagt hatte, und noch die Zähne aufweisen konnte, die von dem Drachen übrig geblieben waren. Auch der Kutscher wurde herbeigerufen und gestand seine Schlechtigkeiten ein, als er Johann mit den Hunden und den Drachenzähnen vor sich sah. Da wurde zwischen Johann und der Königstochter die Hochzeit vollzogen, der Kutscher aber kam in das Gefängnis, und wahrscheinlich sitzt er noch darin.

Johann lebte überaus glücklich mit seiner Gemahlin; aber er vergaß seiner armen Schwester nicht, sondern erzählte seiner Gemahlin seine Lebensgeschichte von Anfang an und bat, ihm zu gestatten, daß er seine Schwester aus ihrem Häuschen auf das Schloß hole, um dort mit ihnen zu leben. Seine Gemahlin war damit gern zufrieden, und er holte die Schwester herbei. Da fing Brich-Eisen und -Stahl an zu sprechen und sagte: „Wir wollten nur sehen, ob du deiner armen Schwester auch vergäßest, denn da wäre es dir schlecht ergangen; nun aber ist es gut, und du brauchst uns nicht mehr.“ Und wie er das gesagt hatte, verwandelten sich die drei Hunde in drei Vögel und flogen davon. Johann aber mit Frau und Schwester führten ein Leben in Eintracht und Freude, und wenn sie nicht gestorben sind, so leben sie noch.

Die drei Enten auf dem Dümmersee.

Am Ufer des Dümmers weidete einst ein armer Hirten=
knabe, namens Niklas, seine Herde. Der Knabe hatte frühe
seine Eltern verloren und war von dem Meier des Dörfchens
an Kindes Statt angenommen worden.

Der See lag da im leichten Morgennebel; Wasserhühner
und Taucher schwammen auf und ab. In der Ferne sah er
einige Kähne, mit welchen die Fischer den See befuhren.
Wenn ich doch auch so auf dem See umherrudern könnte!
dachte Niklas und schaute sehnsüchtig nach den Schiffen hin,
die fast eine Stunde entfernt waren.

Siehe, da bewegte sich etwas in der Mitte des Weihers
und kam immer näher. Bald unterschied Niklas drei wunder=
schöne Enten, die stolz auf dem Wasser hinsegelten, untertauchten
und wieder emporstiegen. Endlich kamen sie gerade auf den
Knaben zu, schwammen am Ufer hin und her und schienen
ganz zahm zu sein. Niklas griff rasch in seine Tasche, holte
sein Frühstück hervor und warf die Brotbrocken nach den
Enten hin ins Wasser. Die Tierchen ließen nicht lange auf
sich warten, nach und nach wurde das ganze Frühstück preis=
gegeben, und als alles hin war, wurde Niklas betrübt, daß er
nicht noch mehr hatte.

Wenn du sie fangen könntest! dachte er, du machtest sie
ganz zahm und hättest sie bei dir auf dem Weiher und am

138

Waffer! Aber als Niklas am Uferhang hinabkletterte und die Hand nach den Enten ausstreckte, da wichen sie ihm so geschickt aus, daß er nichts ausrichtete. Desto höher stieg sein Verlangen. Umherspähend erblickte er ein langes und breites Brett auf der Wiese, schleppte es hurtig herbei und ließ es ins Wasser gleiten. Dann sprang er hinauf und stieß mit einem lauten „Juchhei!" vom Lande. Sogleich kamen die Enten ganz zutraulich herbei, umkreisten das Fahrzeug, schwammen bald vor ihm, bald ihm zur Seite. Niklas ruderte den Enten tapfer nach, da er hoffte, es möchte ihm gelingen, eins der Tiere zu ergreifen.

Auf einmal sah er sich um; aber wie erschrak er, als er das Ufer ganz in der Ferne liegen sah! Er war mitten auf dem See, und rund um ihn her war eine große Wasserfläche. In seinem Eifer hatte er die Umkehr ganz vergessen. Eine große Angst überfiel ihn; er hielt sich an seinem Brette fest, als ob er jetzt erst einsähe, daß er leicht hinabfallen könne. Indes hatten sich die Enten dicht neben seinem Brett versammelt und sahen ihn so freundlich an, als ob sie ihn beruhigen wollten. Niklas vergaß einen Augenblick alle Gefahr; haftig fuhr er mit beiden Händen vorwärts nach den Enten, dabei verlor er das Gleichgewicht, das unsichere Fahrzeug schlug um, und Niklas sank hinab in die blaue Flut. —

Als er die Augen öffnete, lag er auf einem köstlichen weichen Ruhebett in einem glänzenden Saale. Vor ihm standen drei wunderschöne Mädchen von ungefähr zwölf Jahren, in schöne weiße Gewänder gekleidet, mit seidenen Bändern in den blonden Locken. Lächelnd sahen die drei Kinder den Knaben an. „Wo bin ich?" fragte Niklas. „In unserm Schlosse," sprachen sie. Niklas sprach: „Ich wollte ja drei weiße Enten auf unserm See haschen und fiel dabei ins Wasser; bin ich denn tot und im Himmel?" — „Du lebst, guter Knabe," war die Antwort, „du bist frisch und gesund. Du bist nur erschrocken und weißt noch nicht, was du redest. Besinn dich nur erst recht, dann wird's besser gehen!"

Niklas sah nach allen Seiten um sich, bald auf die holden Kinder, bald auf die flimmernden Wände, bald auf die Pracht der Sessel und Ruhebetten. „Willst du bei uns bleiben?" sprach eins der Mädchen und faßte Niklas bei der Hand. „Du sollst es gut bei uns haben. Doch wisse: wenn du erst drei Tage bei uns verweilt hast, so kannst du nie in dein Dörfchen zurückkehren; denn wenn du wieder obenhin kämest, so könntest du dich nicht an die Luft gewöhnen und müßtest sterben." Erstaunt hörte Niklas zu. Die Freundlichkeit der Mädchen, ihr frommes, sanftes Gesicht flößten ihm Zutrauen ein. Heiter sprang er von seinem Lager auf und rief: „Ich bleibe bei euch!"

Das war eine Freude für die guten Kinder! Sie jauchzten laut auf und riefen fröhlich: „Du sollst unser lieber Bruder sein!" Nun faßten sie ihn an beiden Händen und sagten: „Wir wollen dir unser Schloß und unsern Garten zeigen; komm her!" Es war gut, daß sie ihn angefaßt hatten, denn beinahe wäre Niklas der Länge nach hingefallen, weil er auf dem Fußboden nicht gehen konnte; denn dieser war spiegelglatt und bestand aus großen Silbertafeln. „Du wirst schon gehen lernen," sagten die Mädchen schalkhaft und zogen ihn aus einem Zimmer ins andere. Welch ein Glanz! Niklas sperrte vor Erstaunen den Mund weit auf und sah alles, was er wissen wollte, so gut es in der Kürze ging. Da sah er Perlen, so dick wie wälsche Nüsse, Diamanten wie Hühnereier. Gold= stangen faßten die Wände ein; mit Gold, Silber oder Spiegel= glas war der Fußboden getäfelt. Herrliche Muscheln, seltene Meerschneckengehäuse, Alabaster und Marmorplatten leuchteten dazwischen. An den Wänden hingen goldene Armleuchter mit langen Wachskerzen, und mitten in den Sälen sah man goldene Kronleuchter von hundert Armen. Tische, Stühle und andere Hausgeräte waren von gediegenem Golde.

Die Mädchen hatten ihre Freude an der Überraschung des Knaben, dem nun alle Häuser seines Dorfes armselig vorkamen, und führten ihn treppauf, treppab, so daß Niklas glaubte, das Schloß habe gar kein Ende. Endlich kamen sie in die unteren Räume. Da waren Küche und Keller. Auf einem großen Herde brannten lustig die Feuer, in vielen Töpfen kochte und briet es, und ein herrlicher Duft war überall verbreitet. Aber keine Köchin war zu sehen, alles schien sich von selbst zu machen. Die Mädchen sind gewiß Hexen! dachte Niklas bei sich, und es ward ihm unheimlich zu Mute; aber sie blickten ihn so freundlich, zutraulich und unschuldig an, daß er seines Argwohns bald vergaß und vergnügt weiter hüpfte. An die Küche stießen lange Gänge deren Wände mit Gänsen und Enten, Hühnern und Schnepfen, Wachteln und Krammetsvögeln, Hasen, Hirschen und Rehen verziert waren. In einem Zimmer waren herrliche Kuchen, Zuckerwerk und Marzipan, und in einem andern flossen drei Quellen, die eine von Wasser, die andere von Milch, die dritte von Wein.

Aus dem Schlosse ging's in den Garten. Da sah Niklas Beete voll der köstlichsten Blumen: Rosen, Nelken, Hyazinthen, Levkojen, Lilien, und wer weiß, was noch alles, die blühten in schönster Farbenpracht und erfüllten die Luft mit süßem Dufte. In herrlichen Laubengängen flogen prächtig gefiederte Vögel umher und sangen die schönsten Weisen. In dem Obstgarten, der sich daranschloß, standen die Bäume in langen Reihen so voll von Früchten, daß die Zweige unter ihrer Last zu brechen drohten. Auch die Gemüsegärten standen in Flor, auf den Feldern wuchs üppiges Getreide, und auf den Wiesen weideten große Viehherden. „Du kannst das alles nun künftig genau besehen und nehmen, was du willst; denn es ist alles unser, und du bist unser lieber Bruder," sprachen die Mädchen mit freundlichem Lächeln. Und Niklas ließ es sich wohl bei ihnen sein, auch das Mahl schmeckte ihm vortrefflich.

Als Niklas am folgenden Morgen in dem kostbaren Schlafzimmer, das ihm die Mädchen angewiesen hatten, erwachte, waren seine alten Hirtenkleider verschwunden und schönere an ihre Stelle gelegt, die zog er sogleich an. Bald kamen seine Gespielinnen, und die Zeit verstrich ihm im Fluge.

Wochen und Monate entschwanden, ohne daß er's merkte, und nach sieben Jahren war aus dem kleinen Niklas ein großer, stattlicher Jüngling geworden, dem das blonde Haar in herrlichen Locken auf die Schultern fiel. Seine drei Gespielinnen aber blieben so jung, so klein, so kindlich, wie sie gewesen waren, als er sie zum ersten Male gesehen hatte; sie schienen sich gar nicht zu verändern. Das war ihm auffallend, und je mehr er darüber grübelte, desto mehr trat ihm seine eigene Lage vor die Augen; und obwohl es ihm nicht an Beschäftigung im Garten und mit schönen Büchern fehlte und er herrlich und in Freuden lebte, so schien ihm doch sein Zustand sonderbar. Er dachte an sein Dörfchen, seine Pflegeeltern, die Gespielen seiner Jugend, und eine unwiderstehliche Sehnsucht nach der Heimat setzte sich in seinem Herzen fest. Wohl erinnerte er sich des Ausspruchs der Mädchen: „Wenn du drei Tage bei uns verweilst, so kannst du nie zurückkehren." Wohl wußte er, daß er frei gewählt habe, daß seine Schwestern ihn herzlich liebten, und suchte seinen Kummer zu verbergen. Doch wenn er allein war, konnte er sich nicht enthalten, bitterlich zu weinen. Die Spuren seines Grames zeigten sich immer mehr. Seine Wangen wurden bleich und sein Blick trüb und kummervoll.

Bedenklich sahen seine Freundinnen diese Veränderung und fragten Niklas betrübt um den wahren Grund. Doch er schwieg und legte sich Zwang an, heiter zu sein. Einst aber, als er allein zu sein glaubte und in seinem Schmerz laut aufschluchzte, traten seine Schwestern zu ihm, und eine von ihnen sprach: „Guter Niklas, wir haben wohl den Grund deiner Traurigkeit, dein Sehnen nach der Heimat, erkannt; wir haben dich oft weinen und jammern sehen. Weil du nun so redlich gegen uns denkst, so soll dir dein Wunsch gewährt sein. Du sollst zu den Deinen zurückkehren!" Niklas war vor Freuden

142

stumm, er wollte danken, aber er vermochte es nicht; denn die lieblichen Kinder sahen ihn so freundlich, aber doch traurig an, und eine Träne glänzte in ihren Augen. Sie drückten ihm herzlich die Hand und waren ihm aus den Augen verschwunden. Er weinte vor Schmerz und Freude. —

Als Niklas am andern Morgen erwachte, lag er am Ufer des wohlbekannten Sees. Herrlich schimmerte der Weiher in der Morgensonne. Nicht weit vom Ufer schwammen die drei Enten auf und ab wie einstmals. Er streckte ihnen die Arme entgegen, sie nickten ihm freundlich zu, schwammen in die Mitte des Weihers, tauchten unter, und nie sah er sie wieder. Hinter ihm standen zwei Hirtenknaben, die ihn neugierig betrachteten und seine Fragen offen und bescheiden beantworteten. Sie waren aus seinem Dörfchen. Rasch stand er auf. Ja, da war alles wieder, die schöne Au, die Flur der Heimat! Sein Herz schlug vor Freuden, bald war er im Dorfe.

Im Meierhofe kannte ihn niemand; doch als er sich seinen Pflegeeltern zu erkennen gab, freuten sie sich. Sie staunten seine schöne Gestalt an, bewunderten seine Kleider, fragten ihn, wo er während der sieben Jahre gewesen und wie er damals so auf einmal verschwunden sei. Niklas erzählte, soviel er nur in einem Atem herauszubringen vermochte.

Im Dorfe verbreitete sich schnell die Nachricht von seinem Wiedererscheinen. Man freute sich allgemein; denn jeder hatte den guten Knaben lieb gehabt. Jung und alt versammelte sich um ihn, die wundersamen Dinge zu vernehmen, die er von dem unbekannten Lande im See erzählte. Die Kleinen jauchzten, als sie von allen Herrlichkeiten dort unten hörten; die Alten aber schüttelten den Kopf und glaubten ihm kein Wort.

Niklas blieb bei dem Meier und besuchte in der ersten Freude seine Bekannten, seine ehemaligen Gespielen und die geliebten Plätze seiner Kindheit. Aber nach wenigen Tagen beschlich ihn schon eine leise Sehnsucht nach dem unbekannten Lande und nach den drei lieben Mädchen. Sie wuchs täglich. Umsonst ging er mehrere Male am Tage zum Weiher, die schönen Enten erschienen nicht. Er weinte und harrte, aber vergebens. Nirgends fand er Ruhe, sein Gram nahm überhand. Da bleichten seine Wangen. Langsam schlich er nach dem See, setzte sich ermattet ans Ufer, entschlummerte und erwachte nie wieder.

Hirtenknaben fanden ihn. Schon wollten sie nach dem Dörfchen eilen, um die Mär zu verkünden, da fiel ihr Auge auf das Gewässer des Weihers. Und siehe, ein prächtiges Schiff kam daher gerudert. Darin saßen drei Mädchen mit schwarzen Bändern um Stirn und Leib. Ein goldenes Ruder hatte jedes von ihnen in seiner Hand, und pfeilschnell trieben sie das Fahrzeug der Stelle zu, wo Niklas lag. Bald war es da. Die Mädchen stiegen ans Ufer, nahmen sanft den entschlafenen Jüngling auf die Arme und trugen ihn behend aufs Schifflein. Dann ruderten sie rasch von dannen und waren bald in der Mitte des Sees. Wie Eiszapfen vor den Sonnenstrahlen zerrann das Schifflein und was darin war.

Drei weiße Enten umkreisten dreimal die Stelle, wo das Schiff verschwunden war, und tauchten dann unter. Nie hat man auf dem Dümmer wieder ein solches Schiff und so schöne Enten gesehen.

Warum das Meerwasser salzig ist.

Es war einmal ein lieber, wackerer Knabe, der hatte weiter nichts auf Erden als eine blinde Großmutter und ein helles Gewissen. Als er nun aus der Schule war, wurde er Schiffsjunge und sollte seine erste Reise antreten. Da sah er, wie alle seine neuen Kameraden mit blankem Gelde spielten, und er hatte nichts, auch nicht den geringsten Mutterpfennig. Darüber war er traurig, und er klagte es der Großmutter. Sie besann sich erst ein wenig, dann humpelte sie in ihre Kammer, holte eine kleine, alte Mühle heraus, schenkte sie dem Knaben und sprach: „Wenn du zu dieser Mühle sagst:

,Mühle, Mühle, mahle mir
    Die und die Sachen gleich allhier!'

so mahlt sie dir, was du begehrst; und wenn du sprichst:

,Mühle, Mühle, stehe still,
    Weil ich nichts mehr haben will!'

145

so hört sie auf zu mahlen. Sag aber nichts davon, sonst ist es dein Unglück!" Der Junge bedankte sich, nahm Abschied und ging aufs Schiff.

Als nun wieder die Kameraden mit ihrem blanken Gelde spielten, stellte er sich mit seiner Mühle in einen düstern Winkel und sprach:

"Mühle, Mühle, mahle mir
Rote Dukaten gleich allhier!"

Da mahlte die Mühle lauter rote Dukaten, die fielen klingend in seine lederne Mütze. Und als die Mütze voll war, sprach er nur:

"Mühle, Mühle, stehe still,
Weil ich nichts mehr haben will!"

da hörte sie auf zu mahlen. Nun war er von allen Kameraden der reichste. Und wenn es ihnen an Speise fehlte, da der Schiffshauptmann sehr geizig war, sprach er nur:

"Mühle, Mühle, mahle mir
Frische Semmeln gleich allhier!"

so mahlte sie so lange, bis er das andere Wort sagte; und was er auch sonst noch begehrte, alles mahlte die kleine Mühle. Nun fragten ihn die Kameraden wohl oft, woher er die schönen Sachen bekomme; doch da er sagte, er dürfe es nicht sagen, drangen sie nicht weiter in ihn, zumal er alles ehrlich mit ihnen teilte.

Es dauerte aber nicht lange, da bekam der böse Schiffs=hauptmann Wind davon, und das war Wasser auf seine Mühle. Eines Abends rief er den Schiffsjungen in die Kajüte und sprach: "Hole deine Mühle, und mahle mir frische Hühner!" Der Knabe ging und holte einen Korb voll frischer Hühner. Damit jedoch war der gottlose Mensch nicht zu=frieden, er schlug den armen Jungen solange, bis dieser ihm die Mühle holte und ihm sagte, was er sprechen müsse, wenn sie mahlen solle. Den anderen Spruch aber, wenn sie aufhören solle, lehrte er ihn nicht, und der Schiffshauptmann dachte auch nicht daran, ihn darum zu fragen. Als der Junge gleich

146

nachher allein auf dem Verdeck stand, ging der Hauptmann zu ihm und stieß ihn ins Meer und dachte nicht daran, wieviel Sorge und Mühe er Vater und Mutter gemacht hatte, und wie die blinde Großmutter auf seine Rückkehr hoffte, sondern stieß ihn ins Meer und sagte, er sei verunglückt, und meinte, damit sei alles abgetan.

Hierauf ging er in seine Kajüte, und da es eben an Salz fehlte, sagte er zu seiner kleinen Mühle:

"Mühle, Mühle, mahle mir
Weiße Salzkörner gleich allhier!"

da mahlte sie lauter weiße Salzkörner. Als aber der Napf voll war, sprach der Schiffshauptmann: "Nun ist's genug!" Doch sie mahlte immerzu, und er mochte sagen, was er wollte, sie mahlte immerzu, bis die ganze Kajüte voll war. Da faßte er die Mühle an, um sie über Bord zu werfen, erhielt aber einen solchen Schlag, daß er wie betäubt zu Boden fiel. Und sie mahlte immerzu, bis das ganze Schiff voll war und zu sinken begann, und ist nie größere Not auf einem Schiffe gewesen. Zuletzt faßte der Schiffshauptmann sein gutes Schwert und hieb die Mühle in lauter kleine Stücke; aber siehe! aus jedem kleinen Stück wurde eine kleine Mühle, gerade wie die alte gewesen war, und alle Mühlen mahlten weiße Salzkörner. Da war's bald ums Schiff geschehen: es sank unter mit Mann und Maus und allen Mühlen.

Diese aber mahlten unten am Grunde noch immerzu lauter weiße Salzkörner. Und wenn du ihnen nun auch den rechten Spruch zuriefest, sie stehen so tief, daß sie es nicht hören würden. Siehe, davon ist das Meerwasser so salzig.

Fraulü können näit swiegen.[1]

D'r was äinmaal vöör lange Tied en Mann, däi leefde
van Fis= un Vogelfang. Häi woonde in'n lütjet Huus näit
wied van de Dullert[2]. As häi up en Namiddag unnerweegs
was, funn häi 'n grote Püüt[3] vul Geld. „Jung," dochte
häi, „wenn du dat hollen kunst! Man — Fraulü können näit
swiegen. Oslevern? — all dat Geld oslevern? 'n bitje[4]) oslevern?
Dat gait näit, dat kann if näit, if deu't[5]) näit! — Man, du
must dat al kleuk anfangen, wen't näit haruut komen sall, dat
du dat Geld funnen hest."

Däi Mann verstook dat Geld mit de Büdel an de Weg,
gung un fung sük Fis und Vogels. As häi mit sien Fangst
tefreden was, draide häi de Vogels de Hals umme, hung se
in de Fisnetten un läit se in't Water; man de Fissen brochde häi
mit de Vogelnetten in't Rait[6]), in Boom un Busk. Daarmit
klaar[7]), gung häi na Huus, läit dat Geld verstopt liggen un

148

sä tegen sien Olske¹): „Frau, du salt van Avend mal mit mi
meuten²), na Weer³) un Wäiten⁴) heb wi en geuden Fangst."
De Frau nam de Körven un gung mit.

Unnerweegs, 't wur al dunker, sä de Mann tegen sien
Frau: „Ik heb di wat te seggen, man du dürst dat nooit
navertellen, — ik heb Geld funnen." — „Du Geld funnen?"
räip de Frau, „waar? wovööl? waar is't? wies!" — „Hier
ligt't," antwoorde häi un wees na däi Stee, war häi't verstopt
har. „Wenn wi ummekomen, dan neem wi dat mit. Dat
Geld kan ik näit oflevern, dat will wi hollen⁵); man swieg!
Blift dat unse, dan sitten wi d'r geut in un sün vöör uns
Levend uut alle Sörge. Swieg!"

Däi Frau sä, wenn't wesen mus, dan kun se swiegen as
äine; döör höör⁶) sul't nooit an de Dag komen, dat häi dat
Geld funnen har. Un of häi löven kunn, dat säi dat Geld
näit ook hollen wul, dat se höör äigen Mann un sük sülws
int Unglük brengen kunn? So wat sul häi man jo näit denken;
säi was dichte as en Pott.

Däi Mann wus sien Wäitje⁷) wal; man — kleuk as
häi was — sä'e niks tegen, dä d'rn Stap bi un sweeg as'n
Boom. So kwammen se gaue an dat Däip⁸), dat an de
Binnensied von de olle Dullertdiek henläip. De näije Man⁹)
was mit de Sünne in't Nüst gaan; in't Westen, achter de
Diek, stun'n Wulkenbanke, un't weerlüchde, un wenn däi Flakker=
schien over de Diek dale ful, dan läit dat swarte Water noch
swarter. De Frau wus näit, war't van kwamm, höör was so, 'k
wäit näit achtig¹⁰), säi wuur so kelsk¹¹).

Däi Mann truk de Fisnetten uut dat Water un lee se
mit de Vogels vöör höör hen. „Wat is dat?" räip se,
„Vogels in de Fisnetten?" — „Wees stille," sä de Mann
sachte, „swieg! Dat is hier wal meer so, et gait hier näit

----

¹) Altsche. ²) Fische fangen. ³) Wetter. ⁴) Wissen. ⁵) behalten. ⁶) sie.
⁷) Wissen. ⁸) Tief. ⁹) neue Mond. ¹⁰) ich weiß nicht wie. ¹¹) eigentümlich zu Sinne.

alle mit rechte Dingen teu. Neem de Vogels un leg se in de Körv." Man säi dee't näit, se düs't näit deun.

Do haalde de Mann de Vogelnetten, lee se wat bisied un sä: „Dan help hier!" Säi kwamm; man, as wat se van'n Hörntje[1]) stoken, so gung se an, as se nu de Fis sach. De Mann sprung up un fraagde besörgd, wat höör feelde. „Gott in'n hogen Hemel!" räip se, „Fis in't Vogelnett!" — „Swieg doch! wees näit so mundgau!" flüsterde de Mann; if heb di dat ja segd, dat gait hier näit alle mit rechte Dingen teu. Dat is hier meer so; swieg doch, du kannst ja swiegen!"

Ja, säi kunn swiegen, un se sweeg nu ook. Säi ßakde[2]) as Klumpe Unglück tesamen un sä niks. De Mann dee b' Arbaid; säi lee gien[3]) Hand an, säi düs näit upkieken.

As b' Arbaid daan was, säi de Mann: „Wacht even, if mut over de Diek; an b' ander Sied hauen sük de Düvel[4]) un uns Doomdi's[5]) weer." — „Wat?" freug de Frau. „De Düvel un de Doomdi's slaan sük achter b'Diek," sä häi, „dat wil'k mi ansäin." — „Blief hier!" beedde de Frau, un man kunn't hören, 't Harte sat höör vöör de Hals. Man de Mann braide daar gien Nakke na, häi flitsde de Diek umhoog un räip bloot: „Koom mit!"

Wat sul säi deun? Bi höör Mann was se ja wal am vailigsten[6]): säi stunn up. In däi Ogenblick sleug vöör höör de Weerlücht over de Diek, achter höör schoot'n Fis in't Water, over höör Kop floog mit Geschrai 'n Regengilper[7]) döör de Lücht, un höör Mann verswunn jüüst achter de Diek: do fungen höör de Bäine an to beven[8]), un se schoot weer in'n Dutt[9]) tesamen.

As de Mann weerkwamm, vertelde häi höör, wat häi daar alle gruselachtegs see'n un höört un weu de olle Knecht[10]) wunnen har. Dan nam häi de Netten un Körven, de Vogels un Fissen un gung up't Huus of. Säi hul sük dicht up sien

---

¹) Horniffe. ²) sank. ³) keine. ⁴) Teufel. ⁵) böse Geister. ⁶) wohlsten.
⁷) Regenpfeifer. ⁸) zittern. ⁹) Haufen. ¹⁰) der Teufel.

Sieb; dusend Gedanken gungen höör döör de Kop, man se see niks. Un wenn de Mann näit an dat Geld doch'd har, säi har dat ja wal liggen laten. — — —

Jaar un Dag sün dan over't Land gaan. Un däi Stee, waar dat Huuske stun, stait'n näi Huus, daar wonen de Mann un sien Frau; säi sün noch Fiskers, un't gait höör geud.

Up'n moyen Namiddag is bi de Fiskersfrau höör beste Fründske[1] up Besök. Säi baiden hebben al mennigmaal so tesamenseten un'n anner höör Harte anvertraut; säi kleunt-jeden[2] all's mit'nander döör, un de Welt wur't näit wies.

„Man seg maal," sä däi Naberske früntelk, „ji komen düchteg vöörut, hai ji wat arft[3])? Van dat bitje Fiskeräi kann dat näit alläine komen."

De Huusfrau smüsterte[4] wat verlegen un wus näit, sul säi dat nu seggen, of[5]) sul se dat näit seggen? So hartelk[6]) as van Dage[7]) waffen säi ja wal noch nooi mit'nander west, un — dat was doch al so lange her, dat säi dat Geld funnen harren — höör beste Fründske düs[8]) se dat nu wal anvertrauen; dat däi sweeg, was ja seker[9]). Un höör sülws prikkelte dat örndliek up de Tunge, — 't mus haruut.

„Ja," sä se, „wiel du't büst, wil if di't seggen; du kannst ook swiegen un brengst dat näit unner d' Lü." — „Nooit[10])!" sä de Naberske un lee höör sachjes[11]) de Hand up de Schoot. — „Dan wil'k di't seggen," sä de Fiskersfrau, lee de Hand an de Mund un flüsterde höör in't Dor: „Mien Mann het maal Geld funnen." — 't was d'r uut. —

Däi geude Fründin har noch äin geude Naberske, däi faak[12]) bi höör up Besöik kwamm. „Du," so wur disse bi so'n Gelegenhait äinmal fraagt, „du, wäist du wal, waarum däi Fiskerlü so upklüvern[13])?" — „Ne," sä däi Frau, „dat wäit if näit; dat wäit nüms, un't is gaar näit te begripen." —

[1]) Freundin. [2]) klönten, sprachen. [3]) geerbt. [4]) schmunzelte. [5]) oder. [6]) herzlich. [7]) heute. [8]) durfte. [9]) sicher. [10]) Nein. [11]) sachte. [12]) oft. [13]) emporkommen.

„Ik wäit't wal," fä de Fründske, „man ik düür[1]) di't näit feggen." En Ogenblick later vertelde fäi de Sake boch.

De darde[2]) har höör Hand d'r up geven, dat se swiegen wul, man fäi brochde dat netfo an de väirde. Un fo gung dat wider, bet de Müskes[3]) un Vogels up Huus un Hof dat Gemunkel allerweegs hören kunnen un dat Amt däi Sake in de Hand nemen mus. Dat gung bannig gaue teu, un't was noch licht, dat offkleuntjede[4]) Gaarn weer uptewikkeln, un an dat Ende was dat klip un klaar, dat däi geude Naberske de Anfank van de ganze Proteräi[5]) uut de Fiskersfrau höör äigen Mund har.

De Fisker un fien Frau wurren nu vöör Gericht laden, um de Waarhaid, däi klaar vöör elk[6]) un äines Ogen lag, te befegeln.

„Mann," freug de Amtmann, „hai Ji Geld funnen?" — „Ne!" fä de Fisker, un häi bleef bi fien „ne", as fe hum nochmaal un weer freugen. Häi har gien Geld funnen. De Frau wur fraagt, man däi fä niks; fäi keek verlegen na höör Mann, up de annern un weer na höör Mann un — fä niks.

De Amtmann markde Mufen[7]) un fä: „Frau, fegd de Waarhaid, wenn Ji bekennen, dan word dat Oordäil näit fo fwaar. Ik rade Jeu tom beften, fegd de Waarhaid!"

„Mien läive Mann!" beedde do de Frau, „mien läive Mann, laat uns man bekennen, däi Heren wäiten dat nu ja boch," un tegen de Amtmann fä fe: „Ja, Heer Amtmann, mien Mann het mal Geld funnen, un wi hebben dat Geld näit oflevert, wi —"

„Wat!" ful höör de Mann in de Rede, „ik heb Geld funnen un näit oflevert? Dat mus ik boch wäiten, un ik wäit d'r niks van!" — „Wäift du dat näit?" werde de Frau, „un ik kann dat mien Levent näit vergeten, 't was up den fülwigen Dag, as wi's Avens Fis in de Vogelnetten un Vogels in

<hr>

[1]) darf. [2]) dritte. [3]) Mäufe. [4]) abgeknäuelte. [5]) Gefchichte. [6]) jedermann. [7]) Flaufen.

de Fisnetten fangen hebben, un de Düvel un de Doombi's heuen sük achter de Diek! Hest du dat vergeten?" Kolle[1] Swäitdrüppen rulden höör van de Kop, un'n Grusel gung höör de Pukkel dale.

De Amtmann keek däi Frau mit grote Ogen un de Mann mit'n bedurelk Gesichte an; dan tikde häi'n paarmal mit'n Finger vöör sien Kop[2], winkde mit de Hand of un sä: „Gaat man weer na Huus, ik wäit' nu wal."

So kunnen de Fisker un sien Frau weer na Huus gaan, un wenn de olle Knecht[3] se noch näit haald het, dan leven se noch.

---

[1] kalte. [2] als Zeichen, daß es mit der Frau nicht ganz richtig sein müsse. [3] der Teufel.

Inhalt.

* Die mit einem Stern bezeichneten Nummern sind Dialektstücke.

Quellenangabe

nebst Anmerkungen zu den Märchen des II. Teiles.

1. **Die kleine schwarze Frau.** Aus Carl und Theod. Colshorn, Märchen und Sagen (Hannover, 1854 — eine neue Ausgabe mit den Märchen und Sagen aus dem Colshornschen Nachlaß befindet sich in Vorbereitung), Nr. 32, S. 95, mit der Bemerkung „Mündlich in Gifhorn". Vgl. Grimm, Nr. 3 (Marienkind) und Schambach und Müller, Nr. 10 (Die grüne Gans).

2. **Hans Winter.** C. und Th. Colshorn, Nr. 37, S. 123, mit der Bemerkung „Mündlich in Warmbüttel".

3. **De grote Hans.** Von G. Müller-Suderburg nach der Erzählung einer 83jährigen Tagelöhnerin aus der Lüneburger Heide aufgezeichnet und zuerst in der Zeitschrift „Niedersachsen", Halbmonatsschrift für Geschichte, Landes- und Volkskunde, Sprache, Kunst und Literatur Niedersachsens (Carl Schünemann, Bremen), 13. Jahrg. 1907/08 veröffentlicht. Vergl. A. Kuhn, Nr. 9 (Der starke Hans), Kuhn und Schwartz, Nr. 18 und Grimm, Nr. 90 (Der junge Riese).

4. **De Daglöhnerlüe un dat Kin-Jes's.** Aus dem Hannoverschen Volkskalender, herausgegeben von P. Freytag (H. Feesche, Hannover, 1884), unter der Überschrift „Zwei Volksmärchen aus der Lüneburger Heide", mit dem Buchstaben B. unterzeichnet. Vgl. Grimm, Nr. 87 (Der Arme und der Reiche), Colshorn, Nr. 17 (Die drei Wünsche) und Hebels Schatzkästlein, S. 110 (Drei Wünsche).

5. **Der reiche Graf und der arme Holzhacker.** Hannoverscher Volkskalender 1884, von demselben Verfasser B.

6. **Die zwei Brüder.** Aus Karl Bartsch, Sagen, Märchen und Gebräuche aus Mecklenburg (W. Braumüller, Wien, 1879) I, Nr. 2, S. 474, unter der Überschrift „Ein Siegfried-Märchen", von einem Seminaristen in Neukloster. Vgl. Nr. 18 dieser Sammlung.

7. **Vagel Fenus.** Gymnasiast L. Kröger aus Klütz, von seinem Vater erzählt, abgedruckt in K. Bartsch I, Nr. 13, S. 497. Vgl. Grimm, Nr. 165 (Der Vogel Greif), Pröhle, Nr. 8 (Vogel Fabian) und Wisser I, S. 34 (Vagel Fenus).

8. **Katt un Kater.** Aus R. Wossiblo, Mecklenburgische Volks-
überlieferungen (Wismar, 1897/99) II, Nr. 1836—1843, nach drei ver-
schiedenen Lesarten zusammengestellt. Vgl. Grimm, Nr. 80 (Von dem
Tode des Hühnchens) und Nr. 38 (Die Hochzeit der Frau Füchsin).

9. **Hans, bei nich frien will.** Aus H. F. W. Raabe, Allgemeines
plattdeutsches Volksbuch, Sammlung von Dichtungen, Sagen,
Märchen, Schwänken ꝛc. (Wismar, 1854), S. 112.

10. **Siebenschön.** Aus K. Müllenhoff, Sagen, Märchen und Lieder
der Herzogtümer Schleswig-Holstein und Lauenburg (Kiel, 1845),
Nr. 4, S. 388, mit der Bemerkung „Aus Puttgarden auf Femern".
Vgl. dasf. Märchen bei Bechstein, S. 123.

11. **Vom Zauberer, der kein Herz im Leibe hatte.** Nach der
Erzählung des alten Lorenz Jensen, Flensburg, Norderstr. 67
aufgezeichnet von H. Traulsen unter dem Titel „Aschpott"; für
diese Sammlung bearbeitet von den Herausgebern. Vgl. Müllenhoff, Nr. 7, S. 404 und Bechstein, S. 61 (Der Mann ohne
Herz), desgl. Asbjörnson (Von dem Riesen, der kein Herz im
Leibe hatte) in der Sammlung „Tiermärchen" (Wunderlich), S. 81.

12. **Hans un de Königsdochter.** Aus der vorzüglichen Sammlung
Ostholsteinischer Volksmärchen von W. Wisser „Wat Grotmoder
vertellt" (Eugen Diederichs, Leipzig, 1904 u. 1905), 2 Bdch., ein
3. folgt Weihnachten d. Is. — I, S. 24.

13. **De Eddelmann un de Bur.** W. Wisser I, S. 70.

14. **De kloot Bur'ndochter.** W. Wisser II, S. 19. Vgl. Grimm,
Nr. 94 (Die kluge Bauerntochter), Colshorn, Nr. 26 (Die kluge
Dirne) und Pröhle, Nr. 49 (Die kluge Hirtentochter).

15. **Von der Königstochter, die nicht lachen konnte.** Von
Heinrich Carstens als dithmarsisches Volksmärchen mitgeteilt in
Sohnreys Landjugend (Berlin SW. 11, Deutsche Landbuchhandlg.),
VII. Jahrgang, S. 138. Vgl. Grimm, Nr. 64 (Die goldene Gans),
Bechstein, S. 174 (Schwan, kleb an) und Pröhle, Nr. 27 (Halt
fest).

16. **Wat man warrn kann, wenn man blot de Vageln richti
verstan deit.** Aus Klaus Groth, Quickborn (Lipsius und Tischer,
Kiel) I, S. 12. Dasselbe Märchen als Volksmärchen aus Norder-
dithmarschen in Firmenich, Germaniens Völkerstimmen III, S. 39.

17. **Dat Wettloopen twischen den Swinegel un den Haasen
up de lütje Heide bi Buxtehude.** Plattdeutsches Volksmärchen aus der Gegend von Stade, verfaßt von Dr. Wilhelm
Schröder, zuerst abgedruckt im „Hannoverschen Volksblatt" 1840,

157

Nr. 51. Daher aufgenommen in Firmenich, Germ. Völkerst. I, S. 210, Grimm, Nr. 187 und hochdeutsch bei Bechstein, S. 196. Hier nach der neuen, einzig rechtmäßigen, vom Verfasser selbst besorgten Original-Ausgabe (Schmorl und von Seefeld, Hannover, 1868).

18. **Von den lüttjen Smäjung.** Een ohlt norddhannöwersch Märchen (aus Wehrden, Kreis Lehe), nahverteilt von Fritz Husmann-Lehe.
Vgl. die Siegfriedsage und Nr. 6 dieser Sammlung.

19. **Der dumme Teufel.** Aus dem Amte Beverstedt; nach Wiedemann, in Köster, Altertümer, Geschichte und Sagen der Herzogtümer Bremen und Verden (Stade, 1856), neu bearbeitet von den Herausgebern. Vgl. Grimm, Nr. 189 (Der Bauer und der Teufel).

20. **De Wunschring.** Von D. Abbenseth, zuerst abgedruckt in A. Freudenthal, Aus Niedersachsen I, S. 366.

21. **Bur un König.** Märchen in Bremervörder Mundart von Diederich Abbenseth; zuerst abgedruckt in Aug. Freudenthal, Aus Niedersachsen II, Schilderungen, Erzählungen, Sagen und Dichtungen (Carl Schünemann, Bremen, 1895), S. 188. Vgl. Seidls Gedicht, Der König und der Landmann (Bifolien, Wien, 1849, S. 75).

22. **De dumme Gret.** Von D. Abbenseth, aus dem Nachlaß des verst. Volksschriftstellers hier zuerst veröffentlicht. Vgl. Grimm, Nr. 59 (Der Frieder und das Catherlieschen).

23. **Christel zur Kirmes.** Von Georg Ruseler-Oldenburg, aus dessen neuestem Werk „Die gläserne Wand", Legenden und kleine Geschichten (Buchverlag der „Hilfe", Berlin, 1908).

24. **Die drei Zeugen.** Von Georg Ruseler-Oldenburg, zuerst abgedruckt im Hamburger Generalanzeiger, 1906.

25. **Bruder Lustig.** Aus L. Strackerjan, Aberglaube und Sagen aus dem Herzogtum Oldenburg, 2 Bd. (Oldenburg, 1867, G. Stalling — eine wesentlich vermehrte neue Auflage, bearbeitet von Pastor Willoh zu Vechta befindet sich in Vorbereitung und wird in 2 Bänden zum Preise von 6 Mk. zu Weihnachten dfs. Js. erscheinen), II, S. 301, mit der Bemerkung: Aus Saterland und Oldenburg. Vgl. Grimm, Nr. 81 und Bechstein, S. 21 (Vom Schwaben, der das Leberlein gegessen).

26. **Der Glasberg.** L. Strackerjan II, S. 304, aus Pakens i. Old. Vgl. Bartsch, Nr. 10 (Der dumme Krischan).

27. **Die drei Hunde.** L. Strackerjan II, S. 330, aus Scharrel. Vgl. Bechstein, S. 154.

28. **Die drei Enten auf dem Dümmersee.** Von Vornbaum in Dr. phil. Herm. Weichelt, Hannoversche Geschichten und Sagen 2. Ausgabe in 4 Bänden (O. Lenz, Leipzig), II, Nr. 129, S. 73.

29. **Warum das Meerwasser salzig ist.** Aus C. und Th. Colshorn, Nr. 61, S. 173 mit der Bemerkung „Mündlich in Leer und Hannover".

30. **Fraulü könen näit swiegen.** Von T. Kerkhoff-Leer, nach der Erzählung von Peter Arens, aus dem Rheiderlande; zuerst abgedruckt in der Halbmonatsschrift „Niedersachsen", V. Jahrgang, 1899/1900, S. 168. Vgl. Wisser II, S. 88 (De kloot Bur).